黄裳集

创作卷II

旧戏新谈

一脚踏进朝鲜的泥淖里·拟美国兵日记

新北京　和平鸽的翅子展开了

山东人民出版社·济南
国家一级出版社　全国百佳图书出版单位

学术顾问： 李济生　杨　苡　黄永玉　姜德明
钟叔河　郑　重

编辑小组： 陈子善　胡长青　李　辉　陈麦青
陆　灏　吕　浩　励　俊　凌　济
容　洁　容　仪

1951 年在梅兰芳家

1954 年与妻在北京十三陵

《旧戏新谈》1948 年开明书店初版书影

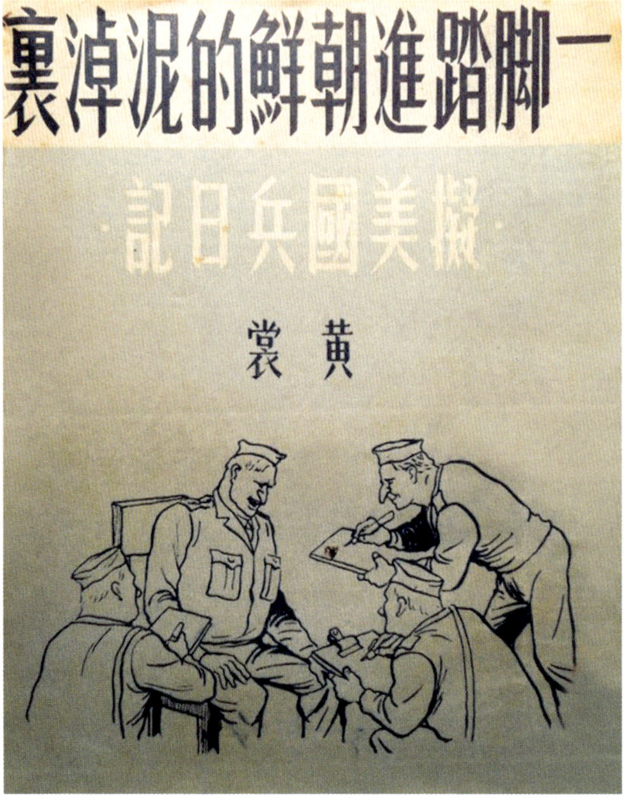

《一脚踏进朝鲜的泥淖里·拟美国兵日记》1950 年泥土社初版书影

《新北京》1950 年上海出版公司初版书影

《和平鸽的翅子展开了》1951 年平明出版社初版书影

目　录

旧戏新谈

第二辑

第五辑

一脚踏进朝鲜的泥淖里·拟美国兵日记

新北京

新北京

和平鸽的翅子展开了

旧戏新谈

《旧戏新谈》，剧评集，1948年8月开明书店初版。书前有徐铸成、吴晗、靳以序，书末有唐弢跋。

据初版本编入。

徐序

黄裳兄的《旧戏新谈》将付印，要我写几句话。

大约在前年冬天，我们接到许多读者的信，说《文汇报》的版面太沉闷，希望我们有一点革新，因此我们决定添辟两个附刊。一是《新闻窗》，由梁纯夫兄主编，供应读者一些有关新闻背景的资料。一是《浮世绘》，由黄裳、钦源、梅朵三兄主编，主要的目的是介绍各种新的知识，并提高读者娱乐的水准。这附刊创刊以后，几乎每天有一篇《旧戏新谈》，署的笔名是“旧史”。

因为我对平剧有相当深的嗜好，很多朋友都疑心是我写的，其实，我从来就没有写过剧评，像《旧戏新谈》这样清新活泼的散文，我根本也写不出来。

我自从离开学校后，经常总保持一种运动及一种娱乐，以调剂身心；二十年的记者生活没有毁掉我的康健，主要就是靠这个习惯。娱乐方面，最初是玩留声机，收音机，拍昆曲，最后是浸沉于平剧；那是因为抗战这几年，什么都玩不起了，而偶然又遇着一个在北平很有名的“老票友”，吸引了我的兴趣。哪里知道，这玩意儿，竟像吃鸦片做旧诗一样，一靠近，就被它吸住脱不了身。我曾花了整整一年的功夫，去研究平剧的基本组织如音韵、格律、锣鼓，等等；后来学唱，学做，更费了很大的精神。这位“正宗谭派”的票友，教起来一丝不苟，一字一腔，都要你学得丝毫不变，而且要考究神态和境界。我那时也深悔搞这无聊的玩意，但既经犯了瘾，简直就迷下去了。要不是湘桂大撤退这一幕惊涛骇浪，冲破我苟安的环境，我也许竟变成“票友”了。受了这个教训，“复员”回上海以后，就再也不敢提这劳什子。

我不敢说平剧没有它的艺术价值，尤其它的影响之大，到现在恐怕还没有一种戏剧能够和它比拟。全国各乡各镇，几乎都有它的影子；甚至南洋各地的侨胞，尽管对国语不大了解，对平剧也一样的爱好。最近我到台湾去游历，各处也都有“票房”和平剧的演出，这看来绝不是胜利后跟“五子登科”一起复员去的，沦陷了五十多年，它还是和孔庙城隍庙等等一直保存着的“国粹”，可见它的植根之深了。而且平剧的兴起，当初本来也是一种戏剧的革命，把各地的乡土戏，冶为一炉，成为通俗易解的平民艺术，推翻古典而贵族化的昆曲等等。可惜后来经所谓骚人墨客的改进，把它粗犷的泥土气全销蚀了，活泼可爱的农村艺术慢慢地又变成了庙堂和贵族的点缀品，而且种种人为的格律，把它捆得死死的，不再有多少生气；一部分演变成上海的整本戏，更是面目全非了。

我对戏剧根本是外行，而又在无意中染上过平剧的瘾，知道它的积习之深，实在看不出它有多大的前途，要改良，除非重把它解放回农村去，但是又谈何容易？所以关于这一类的讨论，我总是站得远远的。

黄裳兄其实也是一个外行。但正因为他是一个外行，才能超脱一切，用活的眼光来看这个死东西，从这个角度里，看到了人生，看出了现实。这是一个很新奇的尝试。

当《文汇报》还没有被扼杀以前，读者每天看完了国内国际的新闻，再读他的《旧戏新谈》，许多面目会浮在眼底，道貌岸然的老生，打诨帮闲的丑角，似乎都另有一番生气。

黄裳兄这个尝试，这一年来给我苦闷的生活以不少安慰。譬如，平剧中即使是夫妻对坐“叙叙衷肠”的时候，涉及一点秘密，马上就“禁声”不语，要做一番警戒的场面。以前我看了，只觉得是多余而不近情理，现在想来，这竟是最深刻的表现。足见言论自由是“古已有之”，调查统计，也并非“于今为烈”了。

徐铸成

三十七年三月

吴序

——关于作者

几年前在昆明，从上海的《周报》上，读到黄裳先生关于美国兵的文章，生动的文笔，顿时吸引住了我，从文章里知道作者是翻译官，一个翻译官而写得出如此情趣如此风调的文章，想象中此公应该是读书人家的子弟，在大学里读外语系，年纪二十多岁。老实说，在昆明看够了，也听够了翻译官的故事，对之是并不“肃然”，也不肯“起敬”的，一直到读了《关于美国兵》之后，才肃然了一下。

不久，又读到《昆明杂记》，作者特别对于南明史事关怀，惭愧得很，自己在昆明前后住了将近十年，原是抱着搜辑南明史料的大计划去的，十年来虽然先先后后买了百十种书，几百份碑帖，却不曾写过关于昆明，关于南明一个字，不但“此愿竟成虚”，到头来连书和拓本一塌括子都拿去换米了，发了“书归天禄阁，人在首阳山”之叹。看看一个过路游客，在百忙中还上昆明和贵阳的图书馆作研究，不能不脸红，也不能不起敬。

接着又在《文汇报》上读到作者的南京通讯，犀利的文笔，翔实的报道，熟识的风格，读了如见故人。

不久，作者回沪编报，开始和我通讯，要我替报纸续写《旧史新谈》，为了对于他的文章的爱好，当然是乐于从命。

于是，奇怪的事情来了，《浮世绘》上连续发表《旧戏新谈》，署名是旧史，谈皮黄谈昆曲极当行，屡次提到十几年前看此戏，又对京朝名角，一个个如数家珍，甚至会说起是某年某月在某地听过某角唱某戏，如话开天遗事，似乎作者是上了年纪的行家。但是，问题不止于此，文中还谈及服装的美，脸谱的美，表情的美，作者绝不是一个庸俗的旧戏行家，而是对旧形式的艺术具有高度的欣赏和批评能力的。而且，更重要的是第一作者对当代史事极熟识，《新安天会》这一篇好极了，张奚若先生曾经好几次和我谈起此文。第二，作者对旧史也如其对旧戏之当行，没有一句外行话。第三，他说的是旧戏，读的人读的却是新戏，他对旧戏史事的批评，公平而有分寸，有分量。第四，文章清新流丽，相当熟练。

每次得到《文汇报》，总习惯地先读旧史的文章，虽然我对旧戏一无所知，却对《新谈》抱极大兴趣，作者有几次提到火判，说到某角（大概是侯益隆吧?）演火判，脸谱服装表情美极了，美极了，这个美极了的印象，隔了一年多，到今天我还在时时想着。

记不起来是什么时候了，是从《新谈》里发现，还是作者自己告诉我的，证实《新谈》确是黄裳先生的著作。

同时又从报纸上作者别一篇文章，知道作者不但不是外语系出来的，甚至不是文学院，是学工程的。我最初自以为是的推测全错了。

作者似乎对南明史事还在继续探寻，为了吴昌时，还特地访问了鸳湖，写出了明代覆亡前夕，政争幕后人一生的《鸳湖记》。

几个月前，作者来信说，《旧戏新谈》的稿子选出了五十几篇，预备结集，并且说明是取意于《旧史新谈》的，有义务作一篇小序。这一义务的实践，由于我已说过一无所知的困难，拖延了好久，实在谈不出什么道理，只好就所知道的说了一点，不能算是序，就算一个读者对于作者的介绍，学学作者惯用的题目，题记为《关于黄裳先生》罢。

我能向读者说的话，老老实实地说，我是喜欢读作者文章的一个读者，尤其喜欢读这一本书，我不懂旧戏而喜欢作者所欣赏的旧戏，我写过《新谈》，却更倾倒作者的《新谈》。

吴晗

三月十三日于清华园

章序

前人言道："舞台小人生，人生大舞台。"就是那个被英国人看得比印度还值钱的莎士比亚也曾在他的戏里把人比成一个不讨好的演员，演过了他的那一出，便被世界忘掉的傻瓜。他们都把人生和戏混为一谈，其实，戏真是从人生中摘出来的，人生倒不能当作戏。如果把人生当戏做，个人也许显得睿智绝顶无挂无碍，苦的却是别人——那些一板一眼做人的，全被扯到你一个人的戏中去，免不得啼笑皆非了，换一句话说，抱着正正经经做人的态度过日子，苦的是自己不过是伤害自己而已；如果以人生为戏剧，你也许是最聪明的演员，抡着聪明的斧，伤害的无非是别人。

原来是谭戏的，一开头，就把话扯远了，还是让我赶快收回来，就戏论戏吧。

溯自看戏以来，将近三十年矣，说不上能懂得什么，不过止于一个热心的看客。说热心，倒一点也不假，好像是生而俱来，每场必是依时早到（多半是连饭也没有吃好），静候三通鼓，等待拔旗跳加官（近来仿佛连这些都没有了，却加上了"谢幕"的尾巴），如果不幸赶晚了一步，老远的一听到锣鼓齐鸣，就如同上战场的马，不由得加紧脚步，冲上前去，心中有无限的懊恼同时升起，我把那些老的看死了，小的看大了，可是至今我还不过是一个热心的看客而已。

若是说有一点成绩的话，那就是从乱七八糟的戏目和戏子的中间，我分出一个高低好坏来。我懂得哪一个戏子，唱哪出最拿手，我也知道哪一出戏是任凭谁也唱不好的，听到佳处“好声”也能冲口而出。什么是佳处，那是说不出也道不出的，就从那一声响彻山谷的长啸中，消去自家胸中成年累月堆积起来的块垒，听到好处，气一平，“好”声是自然而然出来的，当然那与到科班捧角起哄不同，因为后者全是主观的，近乎扯淡，你一喊，他一顶，弄出岔子，散戏后天桥外空地再见，总得打个鼻破血出，争个上下。也有过于正直的看客，一听到窦尔墩骂黄天霸为奴下奴便大鼓其掌，惹得全场注目，那是只取意识，说不上懂戏，至于那些奉命捧角，埋着头两手高擎，大鼓其掌，原来是应该撵出戏园子的。

我看过多少小生小旦，长大了便唱正生正旦，到老便去为丑角，丑角照例有三根鼠须，表示老奸巨猾，人生的经验不少，话能从两头说。至于净呢，有的虽然狰狞可怕，倒不一定是坏人。有人说凡是脸向上勾的是善的，向下勾的是恶的，这些歪嘴斜眼睛的，无非是奴才打手之流，什么也说不上了。可是欺压起老百姓来，总还是这些人为多，老实的看客是容易上当的，忘记他们的后边也还有抱腰的勾大白脸的主子。

在戏里，好角色倒并不一定扮地位高的人，坐而为主的也许是一个戏包袱，立而为仆的说不定是个好角，被敲牙割舌的是正工老生当行，而那个高踞宝座，发号施令的倒是一个破锣嗓子的烂花脸，在台上是他，前呼后拥，作威作福，下了台，抹抹油彩，就见到一个满脸烟容，流清鼻涕的瘾君子，像一条老狗似的蜷缩在戏箱边上，再等下一出戏，以便打杂。戏总有他唱的，可是他一辈子也唱不好。

至于声音高低隐显，也不足以说明角色的好坏，大嗓不见得有味，低声不见得不动人。上下高低之中，有一个适当的配合，最怕的是拿不准调，忽高忽低。道白还好，可自诩另出一派，若是唱起来，那可难煞琴师，急煞同台唱戏的，苦煞听戏的客人了。

一般看客，习于为戏中人担忧，所谓“替古人担忧”也，我有时为戏子担忧，生怕他一失手，一走腔，赢得满场倒彩，弄得前功尽弃，丢尽了脸。有时还为我所请的客人急，如果他是一个老看客，姗姗来迟，那就要害我频频回首，望得脖子酸痛，幸而他来了，看得没有趣，那也成为我的一份心事，好像演戏的不是他人而是我自己。曾经请过一个客人看科班戏，他照例迟来，忘记在孩子们的班中，戏码前后不以好坏为准绳，等他到了，正赶上最后的一出大武戏《登台笑客》（只有到广和楼的人才知道这出戏），戏既无趣，坐的又近，尘土迎面扑来，使我也无法向他解释，最后未终场而离去，客人是颓丧万分，我也像一只斗败了的公鸡，而台上仍在不断厮杀，要拼个你死我活。凡是武戏免不了杀人，因为那些武生原来是以表演杀砍为事的，只有正月初一唱的

《英雄会》那却不同，那和君子之争相差无几，只是那个结局并不怎么 Fair。就是那个“奴下奴”的爸爸黄三太，暗使甩头一子，把那个好汉窦尔墩绊倒尘埃才结束了那出戏。

虽有战争，而不流血，老百姓把它当作一出吉利戏，可见得不管真的假的，老百姓是不喜欢流血的。再要为了满足自己私欲，流尽老百姓的血，那么老百姓一定是恨入骨髓，迟早要群起而攻之的。

一切的进步和改革我都赞成，惟独旧戏我不这样主张。既然以“旧”相称，就大可保留它的本来面目，另可创造新歌剧，自成一型。正如同不必磨去铜绿加以消毒，把出土的古器当饭碗用也。就以舞台上的设备而论，废去了台上的高栏杆，《花蝴蝶》就不必再练杠子工了，没有那两根大柱，《金钱豹》也无法把钢叉钉在上面，看客也不必“吃柱子”了，这还都是不相干的，至于减去“出将”“入相”下的两块戏帘，使躲在后台的无法看前台，使唱倒板的无法躲藏他自己，使师傅无法为他那新露脸的徒弟把场，也使捡场的无法在一扬一落之间显出他虽是戏外人也颇能缓速应节。最受损失的，还是那些大角，出场亮相不易，犹记小楼在世，戏帘一扬，侧身而出，轻微地颤那么两三下，然后猛地把头向台口一转，眼睛一张，仿佛照亮了全场；双脚站定，又似安稳了大地，全身挺住连背旗也像塑就的，这时全园鸦雀无声，过了二三秒钟才似大梦初醒般齐声来一个“碰头好”。

如今，改良了，上场只能像溜边的鱼，要不然，上场门的看客老早就看清他，任何大角也无法使出他的扭转乾坤的力量（事实上大角也快死光了），尽管把几十盏明灯黑了又亮满台仍像一无所有，使看客不知什么时候才适宜地喊出他的碰头好，其尴尬情形，正如我费了这许多傻力气，写了这篇文章，也还没有喊出我的“碰头好”一样。

其实，作者也是“叫好”的看客，真有一出好戏上演，我们也会不约而同地齐声叫好。我们原来是不惯于互相标榜，当面捧场也。

靳以

第一辑

评剧家

鄙人涉足歌场，三十年于兹，所看者一大半是京戏。然而却从来没有想到过要写关于戏的文章。为什么呢？因为这似乎是一种专门的行业，普通人不能插足。过去也颇喜欢买买所谓戏剧刊物之类来读，于诸大名家稍有认识，虽然对他们未必佩服，然而却从来没有想过要腹诽一下的意思。因为他们都是有点本领的。或者看过谭供奉，或者听过陈石头，牌头极大，语有根源，后辈如我者是只有恭聆教诲的资格的。

现在自己也要来献丑了，提笔之初，先想要将这一些前辈剧评家分析一下。照我看来，这批人可分三大类：（一）职业的剧评家——代表人物当推齐如山与徐凌霄，他们熟于梨园掌故，广交平剧名伶，自己也懂戏，所以凡有写作，大约是有点道理的。但他们从不谈旧剧的意义，也从不提倡改革，相反地，倒是非要保守不可，如谭供奉在某戏中挂“黑三”，马连良改挂“黑满”，那就得骂一个狗血喷头之类。（二）捧角家——女性的称为“捧角嫁”，他们凡有所作，都别有用心，不是想得被捧者青睐，即是想达到什么目的，这一批人人品甚下，而又毫无知识，常常胡说，最要不得。（三）这第三种是只能欣赏，不能批判的，因为他们不懂阴阳字，不会起霸勾脸，然而却写文章，或对《黄鹤楼》作源流考，或说鲁子敬并非傻瓜，然而我看他们倒不免是傻瓜，这些位的文章我是不大看的。

话说回来，我自己以“羊毛”的资格来乱谈，弄不好一定有落入“第三流”内去的危险，然而却不想知难而退，姑且“骑驴看账本”，走着瞧罢！

评剧家之二

因为上一次就分析了“评剧家”，字数所限，关于那第二类人物未能尽所欲言。话说这一批人中也包含一些所谓“诗人”“才子”在内。概自明末以来，男色之风甚盛，那原因是因为士大夫不许狎妓，只能找漂亮的男戏子来寻开心。直至清末，男女合演还没有能成为事实，一般士大夫，不能不寄情于优伶而捧之。王紫稼在明末清初，风头十足，吴梅村为他特撰《王郎曲》，那位投降清朝的龚芝麓也赠诗曰：“蓟苑霜高舞柘枝，当年杨柳尚如丝，酒阑却唱梅村曲，肠断王郎十五时。”肉麻之至。这是清初时名士捧角的情形。

至于清季中叶以至清末，此风更盛，但当在将来谈之。

现在我想介绍另一位“名士”和他的丑态，不过这不是对“相公”而是对破天荒的“坤伶”了。这故事见于《后孙公园杂录》，所谓名士即易哭厂是也：

“帝制时期，自命帝党者，荟萃都下。皆捧坤伶。……而刘喜奎色艺实领王冠。名士如易哭厂（实甫），罗瘿公，沈宗畸辈，日奔走喜奎之门，得一顾盼以为荣。哭厂曰，喜奎如愿我尊呼母，亦所心许。或曰：是非汝绿树阴中之老妈乎？

喜奎登台，哭厂必纳首怀中，大呼曰：我的娘我的妈，我老早来伺候你了。每日哭厂必与诸名士过喜奎家一二次，入门脱帽，必狂呼我的亲娘，我又来了。”不必再抄，否则真肉麻死了。这就是“名士”捧角的样子。我当然不想去效法，不过易实甫的流风遗韵，正自未已，现在传其“衣钵”，肉麻如昔者还是有的。

而现在的坤伶能像刘喜奎那样的也少了。言慧珠在北平自杀写了洋洋的遗书，大家颇为注意，然而不死之后，还是老样子，那一场表演也真的成为表演，给人留下来的只是滑稽之感而已。

京白

以前曾经有人称话剧为“道白剧”。如果狭义地说来，这个定义倒是不错的。尤其是，有些小戏，结构简单，没有什么太深的意义，讨好全在演出者语言的技巧，由此想到话剧的语言问题，又想到旧剧中的京白，很有一些话想说。

旧戏中的京白，普通是小丑，花旦，用得最多，有时老生，花面，小生……也间或在韵白之中掺杂两句京白进去，往往能使人精神一振，觉得这实在大有道理。然而说京白而真能说得好的，却实在甚少甚少。

四大名旦之中，程砚秋不大说京白，即偶尔唱两出《能仁寺》之类也不见精彩。梅兰芳雍容华贵，京白极好。我当面听他说普通话，居然也嗓子细得比女人还要细，出语更是委婉，如在台上，更加意一描摹，其妙可想。梅的代表作大约可推《四郎探母》的公主了。身份是天潢贵胄，又是盈盈少妇，梳两扮头，穿旗袍，着高底鞋，那真是绝代风华，更加他的甜而娇的口吻，听戏时真可享受一种不可言说的感印，美极了。

荀慧生的小姑娘戏绝美，如《大英节烈》《得意缘》之类，声口如画，而绝对不是大家闺秀，其京白甜而细碎而糯，又是一种风光。后辈得传其妙者不见有人，毛世来也还不错。

小翠花的京白，又是另一路，如市井妇人，倚门思妇，说年纪在三十左右，已非小姑娘，或竟是半老的徐娘，话语中间自然更多一种深沉爽辣(这两个形容词看来有些矛盾，然而确是如此)，我想欣赏这一类白口的人大约是年纪稍大的人。

这三种不同的京白，大约可以代表了京戏中的女人。自然还有一种，如盖三省所演之禁婆（《金锁记》)，芙蓉草所演《法门寺》中的刘媒婆，与《四郎探母》中之萧太后，然而这毕竟所占的地位较小而较不重要了。

有人说这种京白非北京土著不办，我以为也未必尽然。纯粹的京片子是颇讨厌的，大约只有小丑可用，其“贫”，可以助小丑的描绘性格，然而铁镜公主或何玉凤出此口吻则不免恶形。

以此又想到“国语问题”，一种糅合了京白与吴语或别地方言的所谓新国语，大约可以认为最合“标准”也许是有道理的。

话剧演员中自然有不少北方人，然而以南人学北语者更多，然而他们大抵不大喜欢研究京白，以致所说的对白有时非驴非马，使人听之气沮，此种现象在国产电影中尤为显著。我不是说演戏非先学标准的京片子不可，然而这毕竟是不可或缺的条件。佐临先生是天津人，他导演起来大约满口“天津卫”，有时我觉得“天津卫”是颇合乎幽默条件的，佐临先生善导喜剧，这里面大可加一些说“卫嘴子”的朋友，在形象化的一点上讲来，或可大有效果，也未可知欤!

叫好

“叫好”在南方曰“喝彩”，或者也是所谓“雅言”乎？这是一种捧场必备的条件。如果角色登台，无人叫好的话，则没有苗头，难为其为名伶了。

考叫好，古已有之。《燕兰小谱》注有云：

> 北人观剧，凡惬意处，高声叫好！

《梨园佳话》上亦有云：

> 名伶一出场即喝彩，都人谓之迎帘好。以好之多寡，即知角色之高下，不待唱也。故有老手，已不能唱，而每出仍举座欢呼，谓之字号好，盖以著名已久耳。

这里所说的喝彩法真要笑杀人，俗话说“戏场小天地，天地大戏场”，这种现象又岂只在戏园中如此乎？暂且不表，先说两件别的事。

我虽然听戏多年，然而自己却未曾学会“叫好”之术。

一半是天分太低，二者也是拉不下面皮来之故。然而积数十年的剧场经验，叫好也听过了不少。印象最深者是这么一次：

我在北平吉祥听杨小楼的《艳阳楼》，据老辈说，这戏的最好的地方是杨小楼一掀帘的“亮相”。所谓“亮相”，即是一个Pose，说也奇怪，这一个亮相，原是人人皆会的，总不见得扫边角色就爬了出来罢？然而却又确有分别。杨小楼的亮相即有“气吞河岳”之势。这是千载难逢的机会，因为该时杨已老，而《艳阳楼》实在又不常贴，可惜我坐的是上场门，无法看见，当时心生一计，等高登将要登场锣鼓紧张了起来以后，我设法从台旁踱过去，慢慢地走，随时注意，居然看到了这“亮相”。不料这就激怒了一位老先生，他摸着花白的胡子向我交涉，事态极为严重，因为我挡住了他的视线，使他无法叫“迎帘好”——沪语“碰头采”——使他深深地引为遗憾。

从这次以后，我才深知“叫好”之重要，有许多人，似乎是到戏园中来喊上一嗓子，发泄其郁气，视之为养生之道的。

“叫好”是“捧”的手段。除了上面所说的老先生捧老伶工数十年如一日的一种为艺术而“捧”之外，在戏场中，不外男人捧女伶，女人捧男伶两种。这一种“捧”，自然别有“神圣”的意义，于是叫好之法也就层出不穷，终至沦于“不像话”，有劳维持治安与纠正风俗的警察局出来张贴告示，要“禁止怪声叫好”了。这一种布告我在天津北平的戏园中看过了不少张，可见其形势之严重。

“怪声”之怪，其状多端，真是形容不出。总而言之，是极尽发抒感情之能事的。以前我曾经说过，当刘喜奎出台之顷，易实甫将头埋在袖子里，狂呼“我的亲娘”的一种，大约可以作为“代表作”了。

在北平，战前有一种女学生的“帮”，专捧张君秋、毛世来之类，据说也有精彩的表演。不过我不曾注意，只觉得她们还非常文雅，只是集体鼓掌而已。

这种集体鼓掌是可以听得出来的，非常地有节奏，一起一落，时疏时密。如果有这样的情形，你可以马上决定，这是捧角家在发挥效能了。

还有一种“倒彩”，用以对付自己所不欢喜的伶人，或者当名伶在台上出了毛病时应用，有一次我在印度从无线电收听北平戏园言慧珠杨宝森的《探母》，杨宝森唱滑了嘴，在四郎公主对唱时，应唱“快马加鞭一夜还”他却唱成了“我的娘押粮草来到北番”，当时我想糟了，一会以后，果然“倒彩”大起，间以嘘声，台上当此，难堪已极。

除了这几种情形外，还有一种“后台里喝彩”。虽然营营之声似乎出于台下，然而明眼人一听便知。最近“大舞台”换了主角，“财神爷”也换了派系，一向自认为是人民喉舌，大公无私的角色就来了一个“碰头采”，还带着将旧任嘘了一通，自以为“喝彩术”已经妙到毫端了，却仍不能掩饰了那个小花脸的若隐若现的面具。

至于出现于所谓“霸主”的笔下，化一个名，捧捧自己，在自己编的东西上，说自己的作品是怎样准确怎样的“代表作”之类，则其“技”更是拙劣，殊不值一顾耳。

十万春花如梦里

去京几日，告假数场。南京城如是之荒凉寥落，满目风尘，就是我这喜欢听戏的人也无从找到一个可以驻足的所在。秦淮河畔歌女的清唱也无心去听。“歌声似哭，鬼影幢幢”，不记得是谁曾说过这样的话的了，我看却也正是如此。

由歌女想到坤伶，由风沙想到北方。《洪宪纪事诗》作者刘禺生先生有诗云：“两班脚本斗金钗，歌满春园花满街。观众无须争座位，让他亲贵占头排。”所写当时北京的坤角的兴盛与一般“没有心肝”的亲贵的情景，很使人想起战前的夫子庙的歌女的风光。某某大员前往捧场，哄动京师，传为佳话的事，到现在还为一般人所艳传，但是现在的秦淮河的确已经大不如前。几个歌场也并无若何可以使人向往的盛况了。

吴梅村在应召赴京时，心中不无感慨，集中所存应制诸诗也还有不少悲凉的调子在。而最使人注意的是那一副相传为吴作的悬于广德楼台柱的对联，的确做得很好：“大千秋色在眉头，看遍玉影珠光，重游瞻部；十万春花如梦里，记得丁歌甲舞，曾醉昆仑。”广德楼是从明季传下来的戏园，吴梅村在明朝应试京师，曾官祭酒。明社屋后，重至春明，再做那不自愿的国子监的官儿，当然别有一番心事，于是这广德楼一联也就特别使人读之惆怅了。

而洪宪当时的北京，历尽三百年时光的广德楼中是坤伶鲜灵芝的演出所在。而刘喜奎则在三庆园，两人势均力敌，又各有捧场者，《洪宪纪事诗本事簿注》引蒲圻覃孝方补记之言曰："两班皆坤角，捧者又为左右袒，各张一帜，互斗雄长。易实甫尤倾倒鲜灵芝，当时袁氏诸子要人文客长包两班头二排，喜奎灵芝出台，实甫必纳首怀中，高撑两掌，乱拍曰，此喝手彩也。某日灵芝演《小放牛》，其夫跟包倚鬼门而望，小丑指灵芝向其夫说白曰：你真是装龙像龙装凤像凤。实甫坐前排，一跃而起，大呼曰，我有妙对，诸君静听。我愿她嫁狗随狗，嫁鸡随鸡。樊樊山有诗四章，歌咏其事。"

我以前曾经抄过一点"名士"的丑态，其实这种"佳话"是抄不完的。直至现在，亦仍如此。那班"名士"还在那里大呼"我有妙对"不已咧！但是值得感慨的是"十万春花如梦里"，诸公酒酣耳热、肉麻万状之际，不知曾少忆及那些战伐之中的哀鸿没有！

中国的女伶为什么不能演戏，不能像外国的舞台上的女演员的有那么长的寿命，一大半要这批家伙负责。他们本来即是色情狂，所着眼者不在修养专在色相与风情。于是童芷苓大红。十年前在天津听过童苓芷一次，那样的一堆肉在台上实在不能看出有何妙处。然而"名士"们拜倒了，将军们着迷了，"名士"们又随而粉饰这样的"新闻"，于是女人益红，作风益劣，戏更糟。

女戏子要出嫁，他们关心；出嫁了离婚，他们发头条，真是莫明其妙的家伙。

这真是中国京戏界的悲哀。没有一个能有十年以上寿命的女伶。孟小冬与梅兰芳的桃色新闻是造不出来的了，即使造出来也没有趣，她又是唱老生的，所以还有她的地位。其余的雪艳琴、新艳秋、章遏云……都不见了。

如果是女人而还想在中国的剧坛上长久工作下去，恐怕只有一个办法：去唱丑旦，如《六月雪》中的禁婆。

关于川剧

三年前经广元入蜀，在成都勾留十天，听了两次川剧，曾经写过一篇随笔。那里记录了我对于川剧最初的感印。现在照录如下：

> 在成都曾经听过一次川戏，是与T同去的。记得那一天我们在春熙路上徘徊了许久，想在书店里找一本指南之类的书来看一下，结果是找到了一家据说是正宗标准川戏的地方。四川的文化恐怕以保存于成都者为最丰富也最真粹了罢。这锦官城似乎还不曾失掉它的古味，这在我们这次看的戏里，就得到了证明。
>
> 如果看过点梨园史料的人，总会知道一些清末的梨园界情形，那和晚近是大不相同的。没有名次的高下，大家所拿的是同样的戏份（当然也稍有区别），戏码的先后也全以戏的本身为定而不是以角色为标准的。场面大抵只备一副。胡琴的调子也只有一种，操琴者从不更换，所以那时的戏子的嗓门，必须及到普通的标准才可以，举例来说，《二进宫》里大面青衣老生三人对唱，

如果有一个嗓门特低的就不成。而且那时的腔调也差不多相同，没有出奇立异的花腔，以致非得带“私房胡琴”不可。这种现象最近是不大看到的了。大抵每一个角都携有专用的琴师，那么才可以衬托出他或她独具的奇巧的调子来。甚至有时因为两人之一的调门特别，而临时将弦压低，那声音是很不入耳的。更有老生唱好一段，旦角将要张嘴之际，两人的琴师就要在台口调来调去，看了也很使人不舒服。

我们所去的那一家川戏院就是古风犹存的一家。院里没有绝对的台柱，挂戏以轻重为分。据说是唯一保存了旧班规范的一家。

川戏的戏名很特别，很有昆曲里的“折名”的意味。我们听过一出是妲己使伯邑考教琴，从而诱惑之但终未成功的故事。女主角相当风华，身段也非常繁复，表演喜怒的情感，颦笑都可观。大轴是陆秀夫金山之役的故事，陆由正生扮，据说是川戏中的谭叫天了。有几段反二黄使我觉得川戏中特别多凄楚之音，反二黄在京剧中即甚悲凉，而在川剧里尤其凋伤得厉害。川戏的乐器中有一种很特别的响器，发出呜呜然而又清越的调子，使人想起胡笳。另一特点则是京戏中所无的和音。每逢主角唱完一句，大家（包括场面上人）都一齐应和，普通倒不觉怎样，离乱之际的逃难的场面，听了则颇为凄楚了。总之，我从川戏所得的主要印象是繁音促节，急管繁弦，自然不同于昆曲，与京戏也有殊。宜于写离乱之音，而不宜于写儿女情怀，“小红低唱我吹箫”，盖非是江南的产物不可也。

到重庆后也曾于茶馆中听唱川戏，这是一种清唱，但是锣鼓是齐全的，一个大胖子高坐在茶座上，他是唱黑头的。另一个小生则是坐在茶馆一隅的瘦小的茶客，彼此互相应和好像并不相关似的，这种作风也颇有趣。

京戏随了下江人而入川，渐有取而代之之意，这在重庆特别如此，但在成都川戏仍有它的势力，每天总是客满，里边全是茶余酒后来欣赏这乡土艺术的人。裙屐连翩，情况是相当热烈的。

后来定居重庆，三年之间，未曾踏进一次川剧院。然而时时经过剧院门口，听见金鼓的声音，心情激动，殊不愿再听这离乱之音，然而旧有的印象，却仍留存。沧海波澜，战乱未已，这种蜀音，简直发展成为全国的声音了，呜呼！

关于违碍戏

在谈小翠花的时候，也牵涉到所谓“诲淫”的问题。意犹未尽，想再谈一下。

旧戏中原也有不少下流戏。这些自然是不登大雅之堂，不入时贤之眼的。然而却极其盛行，因为一般人都喜欢看。评戏曾经盛极一时，原因也是因为其中颇多大胆描写的地方。而这些，又往往是城乡中怨女旷夫的琐事，为一般人所熟习，也可以说正是道出了一般人的心事。然则其盛行也想必一定有其原因。

近年来在上海盛行的那些戏如《劈纺》，其实是并算不得怎样的淫戏，然而社会上也居然哗然了。童芷苓在南京就不《劈纺》，足见虽然相距不过二百余里，“首善之区”是的确要比这十里洋场好得多了。

闲话不谈。我说《劈纺》还并不算淫戏，那在清朝，究竟是在演着怎样的东西呢?《燕兰小谱》:

友人言近日歌楼演剧，冶艳成风，凡报条有《大闹消金帐》者（以红纸书所演之戏，贴于门牌，名曰报条)，是日坐客必满。

这种《大闹消金帐》不知是什么戏，我想大概不会是《桃花村》。虽然是一个脱光了的莽和尚从帐子里跳出来，大约也未必有怎样好看罢？《百本张抄本子弟书》中有一节《须子谱》是一种北平俗曲，里边也有一段讲到这种戏：

“来至了广德楼内择单座，楼上面包了一张整桌会了钱。看座的假殷勤他递和气，抵搊壶茶说外打的开水香片毛尖。看了看已经过了开场轴子二三出，文武的戏儿他们嫌厌烦。猛听得当啷啷一声手锣响，个个机伶长笑颜。出场他每认识拐磨子，毛三说这个浪旦的名字叫玉兰。换场又是花旦的戏，最可爱挑帘裁衣的潘金莲。此戏唱罢开轴子，果然演的肉蒲团。个个听得皆得意，买了些瓜子勒刻藏饼一并餐完。”

这大约总是同光时候的事。不但文辞可诵，也还告诉了我们不少当时剧场的风习。写看客们“精神一振”的光景尤为传神。至于所演的戏居然有《肉蒲团》在内，在现在我们看来，简直是有些不可想象了。

三十年来，也听了不少花旦戏，但十分“粉”的戏实在未曾听过。搜寻记忆，仍不得不选出小翠花来。《挑帘裁衣》听过的，并不见有怎样的了不得。最露骨的大约还是《大战宛城》中的思春的张绣的婶娘了罢？与孟德公同宿帐内，两只三寸金莲露了出来，这自然是很不雅观的，所以我听《战宛城》，后来愈来愈“进步”，这一幕大抵删去了。

京戏之渐渐升入士大夫的厅堂，大约是不可否认的事。

其生命遂逐渐消磨，终于弄得没有生气。这一点在这种所谓“淫戏”的进化上最容易看得出来。

至于现在舞台上盛行三脱四脱……是不是就说明了它的重复获得了生命，却也难说得很。

近来又翻读《燕兰小谱》，在五卷中，找到了上面所引的那一段，下面还有别的记载：“魏三滚楼之后，银儿玉官皆效之。又刘有《桂花亭》，王有《葫芦架》，究未若银儿之《双麒麟》裸裎揭帐，令人如观大体双也。未演之前，场上先设帷榻花亭，如结青庐以待新妇者，使年少神驰目瞤，罔念作狂。淫靡之习，伊胡底欤?”

所谓“魏三”，即魏长生，是乾隆时代了不起的一位花旦，因为他的为观众倾倒，以致“京腔旧本，束之高阁”，可以说是戏剧风气演变的一大关键。在他以前，本来还有一位白二，也是风靡了一代的旦角，后来也是为魏三所打倒的。《小谱》卷三有一首诗：“宜笑宜嗔百媚含，昵人娇语自喃喃。风流占断葡萄架，可奈楼头有魏三。（常演潘金莲葡萄架，甚是娇媚，自魏三滚楼一出，此剧不演。)”

关于《葡萄架》，《小谱》卷三也有一点记述：

> 黑儿姓刘氏，大兴人。年仅弱冠。紫棠色，目闪闪动人，常与白二演葡萄架，作春梅旖旎之态，犹是可儿。

这个魏三，据《金台残泪记》所说，“魏长生于和珅有断袖之宠，《燕兰小谱》所咏阿翁瞥见也魂消是也”。居然也还和当朝的权相有着关系。他的结末，据《梦华琐簿》的记载："魏三年六十余，复入京师理旧业。发鬑鬑有须矣。日携其十余岁孙赴歌楼，众人属目，谓老成人尚有典型也。登场一出，声价十倍。夏月般表大嫂背娃子，下场即气绝。"看那意思，好像是要说"报应不爽"了。不过这"垂老登场"的惨境，却令我不无感慨。

这里所记，大都是乾嘉时候的事，多少可以看出一点当日的舞衫歌扇的种种，可做史料看也。

又《大闹销金帐》在《长安看花记》中也有一点记载："近年演《大闹销金帐》者渐少，曾于三庆座中一见之。虽仍同魏三故事，裸裎登场，然座客无有赞叹者。"这里所记的是道光间的情形。

三十七年四月十七日重校补记

水浒戏文与女人

京戏之由《水浒》或《三国》《说岳》等小说改编者颇不少，三国戏是另一路，岳老爷的戏也多少相类。只有由《水浒》改编的戏中特别地多一些女人的场面。如武松所杀的潘金莲，石秀所杀的潘巧云，宋江所杀的阎婆惜，大名府中的卢俊义的太太贾氏，秦淮河中的妓女李香兰也都是给杀掉完事的。这让我觉得很有点特别。

普通读《水浒传》，看水浒戏，好像已经造成了一种印象，只要看见花和尚倒拔垂杨柳，武松醉打蒋门神，就十分满意，对英雄们致其崇敬之意了。可是总忽略了一件事实。我最近才忽然想起，梁山泊上的英雄大部分都是变态的人物，他们对女人都毫无好感，简直是讨厌透了，于是动不动就杀掉算数。

宋江是正常的。在家小之外还养了一个外宅，他的杀阎惜姣，如《坐楼杀惜》所描写，也很近乎情理，那原是逼不得已才犯下了杀人罪的。然而其余的人则不然了。他们只是"英雄"，好像都是阉割了的"英雄"，大块分金银，大碗吃酒肉，至于女人，则没有兴趣。梁山泊上似乎从不曾有过什么好的出色的女人，是颇可遗憾的事。

李逵的凶顽不必说了。闹江州时，在浔阳楼上吃酒，看见那个千娇百媚的卖唱的，不问青红皂白，一下就捏碎了她的冠儿。我总觉得这很奇怪。世界上容或有不好色的“好人”，然而又何至于一下就将女人打倒呢？

《大翠屏山》中石秀之于潘巧云，《挑帘裁衣》中武松之于潘金莲，似乎都带了天生的厌恶，我直觉地感到并非因为他们的道德观如何浓厚，厌弃“嫂嫂”的引诱，才杀却这不要脸的娘儿的，那简直是没有兴趣，而且是带了浓厚的反感，什么东西一沾到女人，即使他们感到非常的污秽，所以潘金莲或潘巧云一去拍一下武松和石秀的肩头，他们即怒目回头，将袖子向下一甩，简直是想将“传染”了来的那些“污秽”一下甩干净。如果老实的观众，以为这是在说明“男女授受不亲”，那不免是太忠厚一点了，那是在表示一种避之如“毒蛇猛兽”的态度，只有在中古的欧洲的历史中才可以看到这样的人物吧。

武松在血溅鸳鸯楼中，怒杀蒋门神、张都监都可以了解。可是那几个丫环……一家良贱若干口，一刀一个也都给杀掉，这就未免有些特殊了。反正在《水浒传》中杀人是不算一回事的，其中杀人正如描写吃饭一样地正常，李逵在劫法场时，抡起板斧，只拣人多的地方斫去，其原因是可以痛快地杀。这不能不使人有变态之感。

《水浒》中的女将也有几个，但是她们大抵是女英雄或母大虫，而不是女人了。孙二娘在卖人肉包子，自己下人肉作坊，一丈青与王矮虎的因缘也似乎只是滑稽的对比而不是在描写“罗蔓斯”。总而言之，她们虽是女人，却并无女人气，因此我觉得《水浒》是变态心理人物的大集合，在这里找不出正常的男女关系来。

如果看看全部的好汉名单，其对女人表示过一点留恋与兴趣的，还不能不举出那个小霸王周通来。他倒还真有一点讲恋爱的作风。“帽儿光光，好个新郎”，虽然所用的手段少有不同，然而一见钟情，约期纳采，盛服就亲，这些都还很正常可喜。结果不幸却遇上了花和尚，桃花村中打得他落花流水，成了一个滑稽人物。

如果《水浒》是出于施耐庵之手，则施耐庵本人一定是一个天生的憎恶女人者。不幸《水浒》并非出于一个人的手笔，而是若干年来的最有势力的社会通俗文学，也就是真正代表了中国社会上的一种观念。而这种观念对女人又是那么不客气，简直不看作人，这跟社会上的纳妾狎妓……正是一种观念一种作风，并非截然两事的。

第二辑

法门寺

十几年前在北平天津听戏，因为种种关系，平常极少空闲上园子，只有在星期天的日场是常常去的。而星期天的戏却总是那么几出，《法门寺》《龙凤呈祥》《群英会》之类。然而虽然如此，却又百听不厌，这种戏称为群戏，其意则是生旦净末丑无一不包。又因为是老戏，亘数十年之历史，经过多少伶人的修饰润色，如果不好，该早已被淘汰了。试看梅程的新戏，不为不多，其能在舞台上经常看到的又有几何？

《法门寺》的确是一出好戏。它讽刺“官”讽刺得最好，当然这不像《升官图》那样的直指了现实，然而即以此故，从极平易的题材中表露，似乎更为形象化，而非传奇化。

第一个人物当然是刘瑾，你只要看在他陪了太后老佛爷到法门寺拈香时听见宋巧姣在喊冤，说：“什么人在这儿鸡猫喊叫。”“抓去杀了吧！”在他看来，人不过是鸡、猫而已。后来等到太后提出异议，佛殿之中不可杀人，刘瑾就又顾左右而言他，说：“谁的主意？”一反一正，面孔改得如此之快，“好话说尽，坏事做绝”，都是典型的表演。至于那个不愿做官了的郿邬县，其实也是一个糊涂官，他说想做清官高升一品，结果却弄得如此狼狈，殊非始料所及，在那个政府下面，他居然还要以“好人”的面孔出现，结果是弄得处处碰壁，在这个“好政府”下面，做了“司法尊严”的可笑的讽刺的玩弄品。末了却出乎意料地也升了官，是仗了送给贾桂若干银子买靴子的好处。这儿，倒是他的跟班对做官有些研究，及时借与他一个门包。

至于那个调戏女人，娶了两个太太的傅朋却也升官结婚，是全沾了老婆的光，因为宋巧姣得了太后的赏识。

如果说要找一出中国的《巡按使》的话，我推荐《法门寺》，大审完结，刘瑾志得意满，唱道：“宋巧姣告御状忙中有错，孙玉娇可算得女中魁娥。将三人成婚配全在于我，好一似织女星要度银河！”真是一片昏话，然而时代的混淆与小民的命运却全部刻画出来了。

关于刘瑾

《法门寺》中刘瑾念引子云:“腰横玉带紫罗袍,赤胆忠心保皇朝。”这是侯(喜瑞)派,如果是郝寿臣,就要念作“威权震朝廊,身保皇恩荡”。两种读法各有妙处。但无论如何,那托荫于皇朝,赤胆忠心的样儿是一般的。

在刘瑾的定场诗中,还有后面的一段道白中,我们很可以看出他的骄横之气。如果看看那种关系,也是所谓裙带关系,可惜刘瑾已是净了身的,儿子也只能做干儿子。封为“九千岁”,在当时,真是一人之下,万人之上,十分神气的了。然而那结果却不见佳。

刘瑾之得以“成功”,是靠了朋党的关系;其被打倒,也是牺牲在朋党势力的倾轧之余。他所保的那位有如手足一般的“幼主”,就正是“风流”的正德皇帝。当时还算年青,尚未有闲情逸致来下江南,游塞北,所以皇帝的作用甚少。但一俟皇帝慢慢大了起来,就要觉得这个“身边人”不大靠得住,其一举一动,在刘瑾,虽自以为是“赤胆忠心”,然而在皇帝看来却是不大舒服,脾气一发,于是刘瑾就被凌迟处死了。

《借月山房丛抄》中收有明张文麟端岩公年谱，自记其在刑部主事任内亲见会审对瑾的事，与《法门寺》对照而观，倒是颇有意思的。

“是日拿瑾才定，不知何官传言上御门拿瑾向其前，拿到午门御道东跪，其东边之门半开半掩，不见闻人声影。……及奏章宣讫，锦衣卫掌卫事指挥刘璋出班跪奏请旨打多少，亦不闻传语，须臾即起。云有旨打四十……有一官大声云，打四十摆着棍，五棍一换打。每一宣言则各官校齐声答应如前。响振殿廷。刘瑾则跣剥反接。二当驾官揪其脑发，一棍插背挺直。复有一阔皮条套其两膝，扣一棍压定。用棍打其前腿，名曰拦马。五棍毕，一官叫换棍，吆喝答应一一如前。打四十后方问。瑾垂头片时不语，少顷则张目四顾云：满朝大小官员都是我起用的。只蔡驸马开口，朝廷用人如何是你起用的，掌嘴！掌讫十下。”

这儿所描写的应该是实录，由此可见，《法门寺》的刘瑾大约写得很不错，“满朝文武尊咱贵，何必西天把佛成”。现在却在一手提拔起来的小奴才面前出丑，如何能甘心。发问者只有蔡驸马一人，可见其余的人大都做贼心虚，又没有裙带关系，只能由蔡驸马出场了。

后来又记审讯他反叛的事。他都不承认。后来举出了违禁的赃品（亦即只许皇帝有，却不许“九千岁”之流有的东西），他才俯首无词。“招说俱有俱有，乃疏其缚画字，予与日升揉其手良久，仅能扶笔，略成一十字。一官跪奏画招了。叩头而退。”

这种史料颇可珍贵，可见明代法制之黑暗。刘瑾的下场如此，正可以反映出当年法门寺大殿之上，他要草菅别人的性命的事情，大约也是真实的。

在《法门寺》中，刘瑾听到宋巧姣的喊冤声，说："抓了去杀了罢！"其暴戾而无理性，真是可气。我想那大概是随便一说，算是最普通的处置法。如果是他的仇人、异己，我想大约不会有这么便宜，明朝有的是锦衣卫，有的是出奇的杀人刑具，如果要真想收拾人的时候，那花样恐怕不会如是简单。

但是刘瑾之死，却死得颇惨，他是被凌迟了的。而且剉尸枭首，画影图形，告示天下，前引《年谱》中亦有记云：

"凌迟刀数例该三千三百五十七刀，每十刀一歇一吆喝，头一日例该先剐三百五十七刀，如大指甲片，在胸膛左右起，初动刀则有血流寸许，再动刀则无血矣。人言犯人受惊，血俱入小腹小腿肚，剐毕开膛，则血皆从此出，至晚押瑾至顺天府宛平县寄监释缚数刻，瑾尚能食粥两碗。次日则押至东角头，先日瑾就刑，颇言内事，以麻核桃塞口数十刀，气绝时方日升在彼，与同监斩御史具本奏，奉圣旨刘瑾凌迟数足剉尸免枭首，剉尸当胸一大斧，胸去数丈。"

这正是颇难得的材料，让我们明了那凌迟的方法是怎样的。刘瑾临死时还有许多"内事"可说，可惜不传于今，否则其精彩当更胜于《法门寺》。

刘瑾的声势之盛，是比了魏忠贤相去不远的。不过分别在此：魏是易代之后才被杀，刘则是在"本朝"中即凌迟了。所以作恶的时候没有魏那么长，因之遗迹也较少。但是当刘瑾生时，生祠之建也是颇多的，在南京就有。记得《白下琐言》中曾讲起，在雨花台边的普德寺，本是刘的生祠，后来刘败，遂改寺。和尚想念这“衣食父母”的好处，将他的铜像改为韦驮，留一纪念，至今犹存。（今者是清代中叶）那座韦驮的像貌与普通的也大不相同。

我在客岁薄游金陵时也曾跑到普德寺中去看了一下，韦驮是有的，但与普通的一样，并无任何特异之点，于是想瞻仰我们的“九千岁”的目的终于未曾达到。

这样一个混蛋，掌了权，老百姓给他冤杀了不知多少。而其暴政的结果，则受害者更复不可统计。后来也糊里糊涂地给剐了。历史上不曾有好的传记，只余一出京戏，时时搬演，使大家常常记得有此一种人物。老先生们常叹息说：“刘瑾一生只做了这一桩好事！”而这“好事”又做得如此之“浑”！这正可以看出被压抑得气都喘不出来的老百姓，当暴君偶露一丝微笑时便如此易于满足。而帮闲之流如傅斯年偶然发出两声神怪性的咆哮，便赢得如许彩声，连连转载。呜呼！什么时候，我们人民才用不到欣赏这样的东西而聊以“快意”呢！

打渔杀家

最近梅兰芳与周信芳合作了一出《打渔杀家》，赢得如许赞赏。两位的艺术固自不凡，然而戏的本身是一出好戏，当然也是一个重要的原因。

一向论《打渔杀家》者多矣。似乎也可以分那么几派，有一派是所谓死硬派的评剧家。他们注意之点在父女们打渔在江下呢还是在河下？好像还引经据典大开笔战，讨论了多时，仍无结果，还引了《水浒传》作考证的资料。我实在不能不称他们为笨鸟。

时贤之中如欧阳予倩先生即曾将此戏改编过，作为改革平剧的试验，取名《渔夫恨》，真的，在旧戏之中，能有如此明显的反抗意识的，恐怕也仅只此剧了罢？

谈到此处不禁使我想起一桩旧事，在抗战期间的重庆，好像也是庆祝戏剧节什么的，也提出了此戏。当时的顾毓琇先生就曾经特拈此剧，发挥其意识，很有点意思，不料竟被注意，几乎弄得不欢，顾先生本来是写剧本的，早期曾写过《西施》《王昭君》诸剧，出版于商务印书馆，现在则已官居局长，大概于做官之道已经深通，不会再来谈这种戏了罢？

我爱这一出戏。它飘浮着一股浓重的忧郁气氛，英雄老去，归隐江湖，只有幼女相伴。洗净了当年的意气，处处忍让处处服人，然而终于不能不铤而走险，这正是古往今来的被压迫的老百姓的一个镜子。郁火难填，即是如何老实的人也将站起来的罢？

与这老英雄对照的是一个天真无邪的小女儿。

她年青，死了母亲，深爱这个老爹爹。虽然也会点本领，然而却从未出过门，离过家。当她的老父决心去杀吕家之时，本想不带她去，但她一定要跟了去。临行之时，她居然还要锁门，还要想着家中的家具。呜呼，如此善良的女性，难怪萧恩喟然而叹，说："傻孩子！家都不要了，还顾什么家具呀！"听到此处正是要伤心一哭。京戏之妙，即在此等处。

那位教师爷，更是使人不易忘怀的脚色。谁要看标准奴才的，在这里了。所谓优孟衣冠，恐怕也只留存于此等处所。中国旧剧里的讽刺暴露的极峰。在话剧舞台上写出一个丑角大难，在旧戏舞台上则有典型的教师爷。教师爷演得好，可以入画，演得不好也不至于垮，但是话剧中的丑角却不可有"教师爷"味，其中原故，可以深思。

尝见王长林演此，王时已老，戴歪帽，出台，横行，一高一低，满面戾气，使人想见近时劝工大楼上之"英雄"，必也做如是状。

他们会什么呢？"拦门式""扁担式"，叫门也得师父现教。何故？用钱买来的"群众"大约总是不成的。

我最不能忘萧恩四句唱词："他本江湖二豪侠，李俊倪荣就是他。蟒袍玉带不愿挂，弟兄们双双走天涯。”我在异域军中，乘大卡车冒着如毛细雨，用每小时六十英里的速度急驰，颠簸之中，忽忆此句，念之不已。想起了家，朋友，爱人。……真不及知《打渔杀家》感人如此之深，如此因缘，值得纪念，值得深深纪念。

连环套

话说当清朝中叶，有一批绿林豪杰，目睹社会上贪污不法之官横行，小民被人剥削残害，乃出来替天行道，劫富济贫，称为英雄。在这英雄之中，有一个大大有名的人物，是窦二墩，他与飞镖黄三太结下了血海深仇。黄三太本来也是绿林英雄，但是后来却投降了统治者，帮助了“赃官”彭朋，残害同类，这在《连环套》中窦寨主的说白中是曾经痛斥过了的。然而后人因为《彭公案》之影响，大抵对于黄氏父子表示同情，那件黄马褂也使一般人心羡不止，这实在是值得悲哀的事。杨小楼的黄天霸的确精彩，然而这也使人昏迷于他的英雄行径，泯灭了对事实的认识，说来都是值得遗憾的事。

走狗，帮闲，岂能与英雄为伍呢！

我有幸曾经听过杨小楼郝寿臣的前后部《连环套》，除了表演之佳，不易忘记以外，是还别有其感慨的。就是窦二墩终于受了小丑朱光祖的骗，心甘情愿地随了黄天霸去经官了。虽然三四本的结局很好，黄天霸很够朋友，但我不大相信，我想事实一定是黄天霸用了窦二墩的血染红了他的项子。

黄天霸正是当时的统治者的特务机关主持人。

还有一点，从这戏我们得到了如此的影响，“两家边至，比武较量，一对一个，方为英雄好汉”。这是清朝的故事，我们当演义传奇来看，也并无奇怪之点，然而有些大官似乎倒的确受了这影响，有子冈先生的北平通讯《愁城记》可证。

当通州被袭，记者问当局怎么连这种离平近郊的地方还不能保险时，北平行营的负责人就有妙语作答：

> 袭击没有很多国军的地方，是不应该的。应该择一个军事必争之地，好好较量身手。

我疑心某将军是刚听过了《连环套》，神往于古代英雄的行径，大头目的建议使他发生了兴趣，所以才发此妙论的吧？

盗御马

《盗御马》即《连环套》，是其第一节。太监梁九公要到口外行围射猎，圣上亲赐御马，好使他骑了风光风光。这御马，身披黄绸，套上了黄丝缰，一切都是“御”式，特派多少小兵看守，真是非常的隆重仪节。不料毛病就出在这马身上。

一个江洋大盗，晚上将马盗去了。

我觉得最有趣的就在发现了马已被盗之后的一段：

> 开始时当然是小兵先发现，报告了小兵官……一直传到梁九公耳内，梁九公照例大怒，第一个先骂了彭大人一顿，骂毕转身进去；彭大人一回头大骂差官一通，骂毕拂袖而入；差官恭送大人如仪之后，一转身就又挺直了肚皮，这时一排小兵就都跪了下来。当然又是大骂一通，“如不××，打折儿的狗腿”一类的官腔打了一通，差官也进去了。
>
> 最后只剩下小兵，从地上爬起来，回头一望，再没有可以出气的人了。两手一扬，叹息而入。完结。

每次看戏至此，台下总免不了有不少笑声。我也觉得十分好笑，然而更为实际的是由此看出了中国官场的那一套。形象化了，如此简单，如此深刻。我推荐这当是京戏中的杂文。

又是马的事。黄天霸奋不顾身，走进连环套费尽了口舌，打动了窦寨主，将马拉将出来。这时，黄天霸一见这身披黄丝缰的“御”马以后马上做出十分恭敬的神气，两手一拂，马蹄袖马上褪下来，大礼参拜了。窦寨主露出满面的不屑，嗤之以鼻，曰：“乡下人!”

黄天霸在窦二墩眼中不过是没有开过眼的“土老儿”而已，却没有指出他的奴才气。我颇引为遗憾。

黄天霸在跪下之前，还有一句说话，曰：“见马如见主!”奴气十足，推想黄天霸少年英俊，自然也识时务的，何以在盗薮之中还要做出这样不漂亮的举动来，为强盗所笑乎?没有别的解释，只因他的奴才毒中得太深了。随便什么时候要发即发，真是不可救药。

黄天霸在现代人的眼中看来，的确不行了。然而他倒的确是“绝对服从”的人物，只要看他遇见主子的象征——一匹马——即使是畜生吧，也不惜拜下去，这是心悦诚服的表现。——在杨小楼所表演的戏中，我看见如此。

窦二墩在盗马之后在壁上留题，说：“若问盗马人，飞镖三太定知情。”却不知黄三太死去已久。这在一般人看来，自然是不大英雄气，也不脱其绿林本色。

然而看了对天霸的影响，就实在又看出了奴才的悲哀。

黄天霸不为不得意了。身居总兵，是施士伦手下的第一红人，然而遇到这种事发生，大官就将这些事一齐推到他的身上，如果找不到马，那么黄天霸一家老小的性命就要保不住。在主子看来，奴才的性命就是这么不值钱，不及畜生远甚。

黄天霸之见马下拜，盖亦不足怪也已。

最近看过了盖叫天的《恶虎村》。再回来看看过去所写的文章，觉得我对黄天霸还是看得他太忠厚了。《恶虎村》本来在小时候早已看过，不过印象已经很浅，只记得在结尾大家乱扔酒坛子，还记得有“伤寒变了疟子”的笑话，以为这戏没有什么道理。不料重看一遍，才发现这戏编得好，在武戏中是很难得的，实在比了《连环套》还要鲜明。

黄天霸的阴毒险狠，真是写得活现极了。濮天雕兄弟的对他的回避，看来简直有些汗毛直竖。黄天霸简直是一个怎样的黑色的妖魔，真使人懔然。

就连那个小丑朱光祖，后来也觉得他太过分了，将结义的兄嫂都杀死了。其实这正是“英雄”成功的“条件”。

所以朱光祖只是奴才，黄天霸则是“奴隶头目”也。

四月十七日重校补记

小生三类

小生是颇难工的角色。然而在近来的舞台上颇走红，比从前的地位高得多了。叶盛兰有一个时期居然有挑大梁之势。实在是一种变局，从此小生的地位似乎增高了，大家拼命去改学小生。然而真正出色的倒并不多。

依照我的看戏经验，小生有三类。第一类，是老辈如程继仙、姜妙香、金仲仁，这是元老派。元老派有一特点，即古色古香是。程继仙不必讲了。现仍活着而仍上演的姜妙香，大家可以看到他的化妆，是并不像现在的时髦小生那样雪花膏涂得一塌糊涂的。脑门涂一点红，看那样子，颇与唐代壁画上的“美人”画相类的。第二类则是现在红得发紫的所谓时髦小生如叶盛兰、高维廉等。这一批人也有一个特点，他们大抵多是由旦角改行而做小生的（姜妙香也是），所以脂粉之气未除，使人看了大约有点木兰之感（正巧叶盛兰有一出《木兰从军》是颇叫座的）。第三类则可以俞振飞为代表，他是昆曲票友出身，虽然现在能动《岳家庄》，可是我仍喜欢他的昆戏，到底别有风格。北方有白云生，是弋阳腔名小生，也颇佳。但与江南俞五相较，到底缺少那一点书卷气。

而这种书卷气，在现在，大约是不会再存在于新人之中的了。

程继仙我听他的时候，已近暮年，使人看了恻然，有名的《群英会》也非特加四十元不肯舞剑，所以我始终未欣赏其舞剑，然而周公瑾的脾气，他描写的的确是好的，两条雉尾活勾出了周郎的性格，一般评家多欣赏其能将两根雉尾在头上竖立，又含在嘴中之狠状，不免落于皮相。但是这些我觉得也是古代舞剧的一种失传的技巧，似乎也不必以其“无聊”而痛斥之。

最妙的是金仲仁，此公痴肥，倒应与程砚秋配戏，然而他却是常帮荀慧生的，鄙人在平听戏，常坐第一排，每见金君雪盆大面在台上歌舞，唱到悲哀处，咧嘴大哭，殊不胜其滑稽之感。荀慧生也已老了。远看虽仍容华宛好，但就台前一观，也是“脸若银盆”“眉如漆扫”，只能照北平人的作风，闭眼听戏了。从此我听戏怕坐第一排，然而来沪以后，第一排也不可得，往往坐了二三十排以外，这在看老伶工如梅程的戏时，倒还不失为一好处。

安天会

猴戏（大抵全是孙悟空）在京戏中是武生应行。据说这也有南北两派，南派的不大清楚，北派则推杨小楼为首。我曾经看过杨的《安天会》。这是他的名剧，在清朝时内廷供奉此剧，曾得慈禧太后的赞赏，称之为“小杨猴”，可见其技术之高妙矣。不过我所看的杨小楼，已是晚年，不是什么小杨猴而是一只老狒狒了。那时杨当大病之后，患嗽甚剧，出场以后虽然精神抖擞，功架仍旧可观，但是我看见在入门之处，早就等好了人，他一进去，即上来搀扶，杨也好像是倒在了他们的手中，外面锣鼓紧急，老艺人以垂暮之年，还得挣扎出台卖命，我看了心中实在颇为难过。

即使是在台上罢，他也仍时时咳嗽，几乎没有一分钟停过，然而精神是仍然贯注着的，台下的人也都喊好捧场，我想这不一定全是出于同情心，杨的演技实在也真好。

就我的已经淡漠下去了的印象，写下一点特点：

第一，杨的身材极高，脸部甚长，画了脸谱之后，活像一个猴子。两手也极长，手指时常拳曲作猴爪状，曲背，探步，处处都有规矩。

第二，杨的嗓子实在好，所谓倾喉一啸，其声锐利，宛如深谷猿啼，这一点是无论什么人也不可及的。

第三，那是普通的武生的特长，手眼身法都是有定型的。正如盖叫天的《英雄义》，一步一趋，都重若千钧，稳重如山。杨的“瘟”虽不及盖，然同是前辈风仪。

这一次听程砚秋的《春闺梦》，却连带欣赏了李少春的《十八罗汉收悟空》，不敬得很，我简直受了三刻钟的罪。不知他在演什么，好像是在学杨，然而，软而无力地在台上走，有如悠闲的散步，杨小楼夫岂如是，大约因为上座欠佳，所以没有精神，那就真可气。

“学”杨最似，该是眼睛的一瞬一瞬了罢！然而有时却忘了。——或偷懒不要来了。——其余的躬身、曲手，也全“以意为之”，高兴时表演一下，懒时便罢。

这算什么戏呢？李少春听说颇聪明，然而如此作风，却实在不敢佩服。

用以号召者，老君之炼丹炉，李宝櫆的唱唢呐调，像开玩笑。假嗓逼不高也不足怪，只是他在那儿杀鸡伸脖一般地吱吱乱叫，实在听了不舒服。

最妙是十八罗汉，各显身手。降龙伏虎二尊者各有本领，却都制不了对方的“奴隶”。降龙尊者差点被虎吃掉，伏虎尊者又几乎被龙所扑倒，真是滑稽，神仙犹如此小气，难怪世间战伐不休了。

这种新戏，意在主角省力，又弄些新鲜花样，使无知者笑噱，在艺术上，在意义上都毫无可取。专喜演这样戏的角儿，恐怕也将如任何一种行业中的懒人，毫无希望，终致失掉了观众。我们又几时看到专靠噱头能成名立业，历久不衰的人！

新安天会

前面谈过《安天会》，记述十余年前听杨小楼该戏时的印象。今日翻阅《洪宪纪事诗本事簿注》，有故事一则，颇可笑噱。原文见《后公孙园杂录》，可以看作珍异的政海旧闻，也可以算作梨园佳话，爰加引录：

> 北京第一舞台为新剧之巨擘。《安天会》一剧，尤擅声色。时黎元洪已安置瀛台，孙黄已远避日美，项城帝制自为，以为天下莫予毒也矣。乃撰《新安天会》剧，尽取第一舞台演《安天会》子弟排演之。艺成于项城生日，开广宴于南海，京中文武外宾皆观剧，先演《盗函》，次演《新安天会》，剧中情节为孙悟空大闹天宫，后逃归水帘洞，天兵天将十二金甲神人，围困水帘洞。孙悟空又纵一筋斗云逃往东胜神州，扰乱中国。号称天运大圣仙府逸人。化为八字胡，两角上卷，以东方德国威廉第二自命。形相状态，俨然化装之中山先生也。其中军官为黄风大王，肥步蹒跚，又俨然化装之黄克强也。其先锋官为独木将军，满头戴李花白面少年，容貌

俊秀，与江西都督李烈钧是一是二，难为分别。前锋左右二将，一为刁钻古怪，虎头豹眼；一为古怪刁钻，白鼻黑头。当日李协和守九江马当之二将也。玉皇大帝一日登殿，见东胜神洲之震旦古国，杀气腾腾，生民涂炭，派值日星官下视，归奏红云殿前，谓弼马瘟逃逸下界，又调集喽啰，霸占该土，努力作乱。玉皇大怒，诏令广德星君下凡，扫除恶魔。降生陈州府，应天顺人，君临诸夏。其部下名将，有大将军冯异，桓侯张飞，通臂猿李广，忠武王曹彬。一战而弼马瘟猴头纵一筋斗云十万八千里，逃往瀛洲蓬莱三岛，现出原身。再战而中军官现出原身，乃一肥胖独角猪，前爪缺一指，向泥中将嘴一拱，借土遁而去。三战而先锋官化为前脚狼狗，四足腾空，乘大风避往南洋群岛。刁钻古怪长叫一声，化为一只跛脚白额虎，奔入长林丰草中。古怪刁钻变化不来，叩头乞命。班师回朝，牵俘受降。文武百官群上圣天子平南颂，歌美功德。剧之末幕，更有异想天开之奇出，谄媚无耻无微不至。幕中布景，海天波涌，明月当空，孤岛沉寂。照见一人，坐盘石上，高唱怀乡自叹人一曲。其词曰，小生姓×名×，广东××人氏。向来学医为业，奔走海外，诱惑华侨，中国多事，潜入国门。窃得总统一名，今日身世凄凉，家乡万里，仰看一轮月色，岂不惨杀人也。全词甚多不录。时黎元洪视演，位在前排第一座。上将军段芝贵走近黎旁，问黎曰：副总统这戏唱得好么？黎答曰：我全不懂得，不知所唱何戏。段曰：

> 副总统不懂戏，台上化装的人，应该认得！黎曰：我耳聋眼瞎，教我如何看得见！民国恢复后，我赴北京，向黎谭及此剧。黎曰：当时我虽装聋装瞎，倒是袁项城今求唱一曲对月怀乡自叹而不可得矣。我现在已是瞎子回光复明，比较项城闭眼长眠，尚能谈瞎不瞎乎！予曰：谚有云，不痴不聋，不能作阿姑阿翁，不瞎不聋，不能作大总统。黎曰：只要大家有饭吃，我做个瞎总统也好！

这一段真是写得好，所以不忍删节，全录在上面。刘禺生先生，人称刘麻哥，是老国民党员，所知掌故极富，《洪宪纪事诗》，原有单行本。后加注发表于《逸经》，未全；抗战末期，《本事簿注》出版于重庆，只上册，恐下册未必能出，因为还有许多当事人仍在世上也。此书海上不易得，想见之者甚少。这一段更是可珍的史料，袁项城之无聊，直与林琴南的写《荆生》骂新人物无异。然而皇帝也没有做了几天，正如黎黄陂所说，想对月自叹而不可得已。

关于《新安天会》，《洪宪纪事诗本事簿注》中别记一事："洪宪议起，袁项城寿辰，置广宴演剧。尽招在京有名伶官，入南海供奉。孙菊仙谭鑫培不至。九门提督江朝宗，亲率城厢驻兵，挟持而行。鑫培沿途大笑，入新华门，乘官艇抵居仁堂。排剧时，欲谭鑫培为《新安天会》主角，谭鑫培盛气拒绝。乃解唱压台戏《秦琼卖马》，谭鑫培拿手戏也。演毕鑫培不辞而去，大笑出新华门，抵家笑始息。人问，何故大笑如此长远？鑫培曰：我不愿小叫，岂不可大笑乎？"

读了真不禁使人笑那种派了九门提督压解名伶演戏的笨相。你不觉得这事很新鲜吗？可惜的是，居仁堂现在已经烧得只剩一堆焦炭了。

三十七年四月十七日重校补记

春闺梦

慨自御霜簃主人发福以来，我即不大愿意去听他的戏。因为那无锡阿福式的身形，看了实在使人有些难过。程的戏以悲苦类的最为出名，如《牧羊卷》《金锁记》等，因为他的腔调如游丝之飘忽，轻微抑郁，套一句老词，正是所谓可以“泣孤舟之嫠妇”的。因此，如果以一位已经发福了的少奶奶或甚至已是太太型的人物出此，岂不可笑。

然而又恐怕缺了典，去听了一出《春闺梦》，上座不佳，至当夜九时才去，还可以买到不太坏的位子。大概是因为上座不好的关系，程不太卖力，几句程腔，不足使我过瘾，所以说这些是没有什么兴趣的，现在只谈戏的本身。

这也是一出新编剧，不知是出于金悔庐还是陈墨香之手。故事采自后汉奋威将军公孙瓒与幽州牧刘虞的一场内战。题材不大为人所熟习，戏也并不是一出有怎样好的结构的戏，只不过是一个特写。然而面对了现实，抒写了征人与家属的苦痛，极生动的场面，使人看了不能无动于衷。

最易使人想起来的当然是那两句唐诗：“誓扫匈奴不顾身，五千貂锦丧胡尘。可怜无定河边骨，犹是春闺梦里人。”

诗是绝唱，意更新鲜。唐朝诗人所反对的是侵略战争，那时中国还是以武功之盛骄人的。

《春闺梦》写拉夫之惨，拈出了一对新婚夫妻；老母与儿子；一个美满的家庭；还有一对丑角夫妇。对照写来的确不错，出征一场，那位小女孩子哭着喊“爸爸不要去!”的声音，的确使台下的观众感动了，觉得战争的可恨，军阀为自身利益而牺牲人民的可杀。但是，继之而起的是哄笑，因为丑角盖三省表演了肉麻的样子，对她的丈夫说：“我舍不得你!”

观众是不得不笑的，因为那动作实在可笑。然而小丑夫妇是坏人吧？不是的，妻子舍不得丈夫原是天经地义的事，有何可笑！但是严肃的气氛似乎给打消了，也是一个事实，有人因为卖了性的噱头，而遭人非议，然而要求和平总是不错的。不管出之于什么理由，那么，李四宝与盖三省一对夫妇的表演，也是可以原谅的罢！

最后，丑角逃了回来，与丑夫人重圆。但是那几位正生、小生、花面却都成了战争的牺牲品。最后一幕出之于梦境，程砚秋饰新婚三日即遭生离亦即死别的少妇，做了一场春闺梦，良人归来正图重圆好梦，忽又离去，这时她在梦幻中，看到了战场的惨状，载歌载舞，灯光暗了，程砚秋的水袖功夫极美，掩饰掉臃肿的身段，那一段“南梆子”与“快三眼”，的确唱得极柔宛凄凉。程的嗓子，内行中称为“鬼音”，几若游丝，忽继忽续，甚可满意。

因为是出于文人之手，戏词也颇可观。如开头处的“料不得做新妇先做征衣……”“念家中要不断时通鱼鲤，不多时就盼你早卜归期。……听阳关三叠曲入耳声凄”。以程腔出之，真使人听之惨然不欢。

“南梆子”写春闺少妇念远的梦魂颠倒：“存纠缠，陡想起婚时情景，算当初，曾经得几晌温馨。我不免去安排罗衾绣枕，莫负他好春宵一刻千金。原来是不耐烦已经睡困，待我来搀扶你，重订鸳盟。”虽然是“鸳鸯蝴蝶”，也自成其一番情致。

最后程砚秋在梦魂惊后，幻想着战场上的惨景，唱“二簧快三眼”：

> 那不是草间人饥乌坐等，还留着一条儿青布衣巾。见残骸都裹着模糊血影，最可叹箭穿胸，刃断背，粉身糜体，临到死还不知为着何因。那不是破头颅目还未瞑，更有那死人须还结坚冰。寡人妻孤人子谁来存问，冤骷髅几万千全不知名。隔河流有无数鬼声凄警，听啾啾和切切，似诉说，魂惨苦，愿将军，罢内战，及早休兵。

这一篇置于现时代的文艺作品中，应该也是上乘之作罢？更何况由程砚秋唱来，哀凄宛转，发之愤郁，深值得推荐给大家。

青石山

《青石山》王道士捉妖，是武旦戏。这戏照例在年初二上演。其原因，大概是里边有关圣降坛的一幕，而关圣在北方是久矣夫奉为财神的了。即看大世界附近的北平糕饼店，张挂关云长的大画像，即可知矣。《青石山》的来源，出自《长生》，即《关圣斩妖》，关圣宾白有云："三天门下万神钦，伏剑皈依功德林。淘洗得来唯净业，消磨不尽是雄心。"这四句原出屠赤水（隆）的《昙花记》，现在皮黄中已无此四句，然而剧情则仍无大出入。

关圣在一般俗信，是所谓"义利分明"者，故奉为财神，《月令粹编》引《桃园记》："年初二为汉昭烈帝生辰故演此戏。"旧时戏班在台对面设小龛，供奉三位财神，其一为赵公明，别一位是增福财神，其中间一位则是关帝。旧规在演《青石山》之前，装关圣者，先设幕供关圣画像，焚香叩首，撤像后始升座，这是特例，平常即演玉皇大帝，也无此恭敬。

我从前曾见杨小楼演此，饰关平，周仓则为钱金福，请神之际，周仓立在高处（天门）仰身屈背，接符受旨，那身段美得很，周仓在净角中，与张飞李逵同其妩媚，不过分别所在，一是俗人，一个则是神，然而神也有人情味，这在研究人神交变的学者们，应该是值得注意的。

小楼的关平是真实的大将风度，或应称神将风度了。我觉得有一点是有趣的。他出台之时眼睛总是闭着的。偶一睁眼，遂觉神采飞扬。说到这里，有一个笑话，在天津时有一位老师最崇拜小楼，私淑有日，偶尔粉墨登场，大家看了，觉得“具体而微”，一位同学批评说：“学杨最神似的一点是在闭眼。”那位老师以为批评得当，并不以为侮。

现在武生渐渐不行，《青石山》遂沦为武旦正工戏。后辈中只杨盛春尚好，扮相颇英武沉雄，不如一般武生之只顾猛勇而失去了沉着。

老辈演此，宣统辛亥，同庆部在肉市广和楼元旦开幕，大轴演《青石山》，谭鑫培演吕真人，杨小楼、钱金福分饰平仓二将，关圣本用李顺亭，李病，易以沈全奎。文明园双庆部亦演此，王瑶卿扮狐女，王凤卿关圣，贾洪林吕真人。是日大雪，座客亦满。

鄙人听戏三十年，然仍未能赶上听此好戏，偶见旧记，辄抄戏单，盖亦如人之抄食谱以当过屠门矣。

朱痕记

这是程砚秋的好戏之一，但一般不大注意，因为唱工并不十分繁重，不及《六月雪》等之来得过瘾。然而我却颇喜之。

故事似乎又是颇为荒谬的。西域国黄龙造反，朱春登得了神赐的三只神箭，于是可以扫定狼烟。然而主题却在于丈夫从军以后，留在家中的母亲妻子，受人欺凌侮辱的事实。这事实恐怕是“终古如斯”的。

秋声社在平时，我听过此戏，那时的人马极全，朱春登是王少楼，中军是侯喜瑞，丑有慈瑞泉等，朱母是文亮辰；现在人才凋丧，昨天去听此戏，中军是袁世海，朱母是孙甫亭，宋成则是慈瑞泉的儿子慈少泉了。砚秋比以前发了胖，秋声社比以前则换上了后辈。

还有一点遗憾的是，磨房一场，赵锦棠应该有一个极美妙的身段，为了逃避宋成的调戏，从磨石跃至台口，极轻盈宛妙之致。也因为发胖的关系，为程所略去了。

磨房一场的“南梆子”，仍旧可以使人有极满意的享受。风雪牧羊山，极其惨悽，灯光变暗，雪花纷飞，风神大起，穿了青衫白袖的赵锦棠随了风神的回旋而驰骤，扑跌，长袖如雪，随风飘举，疾走如飞，我以为这应当也是中国舞剧中的精英。

李仁，亦即中军，是可爱的。穷途末路，想做强盗，忽然良心发现，临时改悔，后来却又因肚子在叫，结果说："暂做一次强盗，又有何妨！"世界上有多少人就是这样地暂时做一下强盗或什么的。而其结果却又因人而异，各有不同。

李仁后来做了侯爷的中军，忠心耿耿，也就是十分的家奴气，听见赵锦棠唱到"配儿夫朱春登……"就从后面赶上来，想一刀杀了她，因为她犯了讳。

在旧戏里，这种人物颇不少，如《忠孝全》之类都有这么一个中军。杨六郎帐下的孟良焦赞其实也是"中军"，其另一姿态——出现于豪族乡宦家中的——则是保镖，直到现在，我们是还可以看到这种人物的。

中军戴的帽子很特别，不知应该叫作什么，那么一个圆筒筒（《朱痕记》中的中军则是"便服"，因为便于行动，所以戴的是巾了），十足地表现了那种养得肥肥胖胖，非常忠实的奴才相。

中军的任务是代替老爷办事，如果老爷发怒要打杀某人时，老爷用不到自己去，以免脏了手，就叫中军"叉下去"。

如果是接官接旨，跪在旁边的也是他。真是好一个奴才，写得比家院之类要深刻得多。

四进士

《四进士》是麒麟童的杰作。近来常常贴演，而且每贴必满，魔力甚大。昨天晚上去听了一场，果然不错，角色配搭是也很齐整的。麒麟童的宋士杰不必提了，芙蓉草的万氏，姜妙香的田伦都是绝妙的，裘盛戎的顾读固然也出色，但是太火了。竟连《连环套》窦寨主的身段都运用了出来，不免使人看了不大舒服。脸谱也还欠浑厚，更兼身材太矮，不加垫背，所以简直有点小丈夫气。不知何以为一般人崇拜若此。

李玉茹是戏校的优秀学生。嗓子尚好，但是唱起来，实在还不稳得很，行腔时时有“危机”存在，不知何时即将“荒”“走”。喜欢在台上笑的一点倒的确是实情。

我一向对麒派没有什么好感。麒麟童还是十多年前在北平时听了一场。当时谭富英刚出科，马连良则已红，王又宸、言菊朋一般老辈尚未凋谢，大家都在讲究“黄钟大吕”，麒麟童的哑嗓门实在引不起一般人的兴趣。遇巧那次又听了出莫明其妙的唱工戏，于是胃口大倒，不想再看他了。其实他也有他的好处，一般的看法，大约都要看他的做工戏，称之为已达炉火纯青之境。这在《四进士》中倒的确是如此的。

戏的本身之精炼，也是一个极大的原因。

通常演《四进士》，只在宋士杰开店一场开始。这是全本的，所以从杨素贞的丈夫被毒演起。然而一比较就可知道前半部是松而无力的。这里可以证明经过多少年的淘洗之后的旧戏的精英的结晶情状。这正与从说话人的嘴中，演变到文士的笔上，更由人修改而成为现存的著名的演义小说《水浒》《三国》之类的蜕变情形一样。

《四进士》又名《节义廉明》，可以说是旧时代的道德的一个现实化了的写照。——跟国际饭店上面的四个大字“礼义廉耻”所标示的目前情形可谓有异曲同工之妙。然而里边的确含有不少问题，值得人的思索。这些是旧礼教矛盾所在的地方。

比方说杨素贞的与丈夫约定，“妻死夫不娶，夫死妻不嫁”，固可表明其“节”，然而如果没有杨春的这个“好人”，还不是乖乖地跟了新男人去了。而杨春的三十两纹银，又正不是容易得来的。要用来卖一个老婆，经济制度的不良，社会问题无法解决，而男女间事更无法合理化，如果不是天真的呆鸟相信人都是好的话，恐怕都会发现此中的危机的罢？

杨春的“义”，也只是一个传奇的例子。我看很少人能慷慨地牺牲掉那三十两雪白的纹银的。

至于顾读的受贿，原因是赃银为师爷所带走，更是可怜的人物。而田伦的矛盾则最大，他本来不肯写信给顾读去求情的。然而迫于旧礼教的压迫，他不能看着姐姐受“王法”的制裁而不管，更何况老娘竟自跪下了。于是“忠”“孝”

不能两全，只能纳贿通情，结果是神仙来将他的乌纱帽取了去了。

只有毛朋是“铁面无私”的，他不顾同年之谊而将朋友置之于“法”了。并不是他的“人”特别“好”，实在是他所需克服的矛盾较小，不过是“同年”而已，牺牲几个无所谓。而且到后来被宋士杰指破了他曾经柳林写状以后，也不得不“宽容”一下，把宋士杰的充军免了。

惟一的“好人”，也终于不得干净。可见“凡人都是好的”的“真理”之难以成立了。

然而观众是满意了。宋士杰可怜，不充军最好；田伦有个“刁嫂”，该绞；顾读一脸奸相，裘盛戎演得更像一个强盗，活该杀头；毛朋一面孔正经相，能收能放，不失人情，顶好顶好！

这就是旧剧给我们观众的“教育”。然而戏是好的，我并不主张打倒，问题是要怎样去看它。

美人计

《甘露寺》《回荆州》《芦花荡》常在一起串演。戏里的主角没有一定，大约要看头牌角色为定，如梅兰芳演自然是孙夫人为重，但马连良演则重在乔玄了。其实乔玄并不能算主角，不过是硬里子的本工而已。孙尚香自然应该是主角，刘备的地位也应该比乔玄为重要。我更十分讨厌马连良的那一段“劝千岁”，其贫无比，然而喜学者极众，尤其是歌女们，登台表演十九是这段。可厌已极。

梅兰芳的这戏好极，扮相雍容华贵，别的人不可及。然而唱工少，只在洞房有四句慢板，而配角又极重要，所以普通不大演，而有好堂会或义务戏则多有此出。曾有过这么一次，杨小楼赵云，侯喜瑞张飞，刘砚亭孙权，马连良乔玄，珠联璧合，十分精彩。

这出戏之所以引人入胜自然也有其重要的原因。不谈大节目，小地方亦多可使人会心，刘备拜见乔玄，先送门礼，以致乔国老不得不帮忙而捧出了乌须药来。后来甘露寺一宴，乔国老又大主其和，几乎为死硬派的孙权骂得狗血喷头而不惜。相亲一场，我觉得比群英会还要精彩，那位头插草鸡毛的大将，几次三番，想从两旁杀将出来，都为孙权所止住了，而且是“不得已”地止住了。孙权的不痛快可知。于是大骂乔玄的老糊涂，好像非要他闭嘴不可。吴国太则正是一位能够控制儿子的母亲，申斥一番，孙权也只得唯唯称是，唱道：“母后教训儿遵受，对坐不敢强抬头。……千言万语为的是荆州……不杀刘备势不休。”为了地盘，哪里能够甘心，冤仇似海，更哪里能够解得开，于是悲剧终于造成，而孙尚香也只能随了刘玄德与赵云落荒而走了。

戏虽荒诞，然而关于《美人计》的一点，似乎倒并非无因。《吴志·周瑜传》中有一段说周瑜的上疏云：“刘备以枭雄之姿，而有关羽张飞熊虎之将，必非久屈为人用者。愚谓大计宜徙备置吴，盛为筑宫室，多其美女玩好，以娱其耳目。分此二人各置一方，使如瑜者得挟以攻战，大事可定也。今猥割土地以资业之聚，此三人同在疆场，恐蛟龙得云雨，终非池中物也。”

这就是《美人计》的张本。

而孙夫人的善武也有根据，《蜀志·法正传》云：“初孙权以妹妻先主，妹才捷刚猛有诸史之风，侍婢百余人皆亲执刀侍立，先主每入，衷心常凛凛。”

《美人计》入洞房一场，那场面是非常动人的，虽然不免冤枉了刘备，然而的确写得淋漓尽致，美人而兼有武勇，该是中国女性的一向的缺陷的弥补，所发往往最能得到情感上的满足。

洞房花烛，侍婢捧刀剑，孙夫人盛装登场，慢步缓歌：

“昔日里梁鸿嫁孟光，我今匹配汉刘王。今宵花烛同欢畅，只见刀枪列两旁。”这时，却只见委琐不堪的刘皇叔，觳觫而进，于是夫人不能不置之一笑，使侍婢撤去刀剑了。

袁子才也曾作诗一首，嘲笑刘备：“刀光如雪洞房秋，始信人间作婿愁。烛影摇红郎半醉，合欢床上梦荆州。”即道此事。

这出戏中将刘备写得十分不堪。好像闻雷失箸并非装出来的，他本来就是个草鸡毛。后来则缠绵深宫，与刘阿斗在洛阳的丑态如出一辙。连累得赵子龙十分为难。后来要逃走了，无法可想，只好在太太面前下跪，求援。真是出尽了丑，但我想，这大约未必是实事。

但是写进戏中，倒也不失为绝妙的题材。

回荆州

民间的俗信，大抵服从演义小说，而尤受欢迎的是京戏，而且戏也是服从小说的。所以金圣叹所推崇的六位才子的大著（姑如是说）就统制了数千百年来中国人的感情。

在一般人的心目中，曹操自然最坏，非使他出丑不可，割须弃袍，与张绣的婶子的姻缘也弄得一塌糊涂；刘备也是奸雄，描写得他成为一个与小丑相去不远的家伙；周瑜矜才使气，太不入眼，气死他算数；诸葛亮是个牛鼻子老道，诡计多端，让他穿上八卦衣，成为一个十足的妖道……

如此一来，这许多人都成了定型，凡有挥写，莫不依此为范。只要有一点因头，就痛加描绘，取得满足。

这在三国戏中最可看出一些显明的例子。

美人计之后为《回荆州》。远道就婚，婚后回家，是再自然不过的事。然而怎样回家法就大有发挥之余地了。照《吴志·周瑜传》注所引《江表传》云："刘备自京还，权乘飞云大船与张昭秦松鲁肃等十余人共追送之。大宴会叙别。"我想理应如此。无论如何，当时大抵决不会有可能使他私逃。

然而《山阳公载记》则云："备还，谓左右曰：孙车骑长上短下，其难为下，吾不可以再见之。乃昼夜兼行。"这又似乎真是私逃了。

在京戏中，这私逃一幕是最有趣的。旧例孙夫人应乘马，方与《美人计》的洞房一场与《法正传》所说的孙夫人的脾性相合，然而现在则大都变为乘车了，那只是两面杏黄色的旗子，画车轮状，孙夫人"坐"在中间，两手扶旗，疾走如飞，与刘备赵云回环往复，在台上团团转，边跑边唱，是很美的场面。孙夫人所走的步子必须碎，小而圆整，不能露出所谓"狼奔豕突"的情况来，看去宛如人在车中行，这很需要一点功夫。

至于周瑜所派出的几员大将来追，见了孙夫人便都服服帖帖，孙夫人更借机痛斥周瑜小儿如何如何，也是很能提起紧张的场面的处所，而孙夫人的英武以及平日为众将所服之状，也跃然如见了。

这以后即是《芦花荡》。

我已经在《怀侯喜瑞》一篇中约略地谈过了这一场戏。我一向是颇喜欢这戏的。如果《美人计》而不带《芦花荡》，那真的就要大为减色了。

张飞的"娇憨"，真是旧戏中最为可爱的性格。而观众在紧张了很久以后，忽得解放——来了张三爷。而张三爷又正是那么妩媚，正与孙夫人的女性的刚强相衬映，真是这出喜剧的最佳的结束。

结末，张飞称赞赵子龙保驾有功，而赵子龙呢，却是完全依照了牛鼻子老道的三个“锦囊妙计”，荒唐的童话呀，我想中国的旧戏真有很多是“童话”，特别适合于天真朴质的中国农民大众的心灵。

截江夺斗

在《祭江》一篇里，曾经涉及孙夫人的女生外向或内向的问题，现在乃又想到孙夫人借故归吴的故事。这事出诸《蜀志》卷六的赵云传注：

> 先主入益州，云领留营司马时。先主孙夫人，以权妹骄豪，多将吴吏兵纵横不法。先主以云严重，必能整齐，特任掌内事。权闻备西征，大遣舟船迎妹，而夫人内欲将后主还吴，云与张飞勒兵截江，乃得后主还。

这一段“别传”，即是旧戏中《截江夺斗》所从出。这正是一个笑话。在封建社会中皇统的持续是个严重的问题，刘皇叔只有这么一个宝贝儿子——阿斗，即无论他如何宝贝，也究竟是皇位继承人，于是不得不出之一夺。

《蜀志》说，孙夫人骄豪，也还是后来京戏中《甘露寺》中情景的张本，刘备入洞房而心惊胆落，然则当日的孙夫人正是一位女英雄，不愧孙权的令妹的。

《汉晋春秋》指出这截江一幕的策划人是诸葛亮。大约也真是的罢？这戏的主角当然是赵云。用生扮。我里说“生”而不曰武生，是有一点原故的。因为这里赵云的年纪似乎并无定准。旧日京戏中名伶演此，李顺亭挂长髯，是武老生；而刘春喜不挂髯口，乃是武生也。这里也不必说谁是谁非，如《斩马谡》中的赵云已经是一员老将了，然而也仍然不挂髯口。大约当日的赵老将军也有经常修面的习惯，也不一定。

还有一个原因，这出戏中的赵云，是重说白而不重唱，再换一句话说，正是“武戏文唱”的办法。行腔要极高亢，不是现在上海的那一批“勇猛武生”所能演。所以一般人大抵都不敢动此戏，所以近年以来，也不大听得见这出戏了。

“武戏文唱”一词，是一般听戏人所倡导出来的。最初以之称杨小楼，好像也只有杨小楼可以当此。别人就不行了。杨小楼不是不能武工，临死以前的他，在北平唱《八大锤》，还照样搬“朝天凳”，为内外行所叹服。其温而不火，还是修养得来，用以表示大将的风度。这以后还想谈一下，像上海的武生，以连甩几十个旋子使看官也头晕眼花的“功夫”叫座者，我看应该去演飞贼一流角色，倒还相像。实在无法领略赵将军的风度也。

有一桩小故事可以一说。陈墨香先生说往年在北平李顺亭演此戏，饰孙夫人者为一扫边旦角。当赵云截去阿斗以后，那位孙夫人大哭大喊，寻死觅活。这时台上只有一个船夫，而这船夫又不能临机应便，上来劝说一声，因此孙夫人无法下场，只能投江而死了。

不等祭江，而即死去。花样翻新，前后台莫不大笑。

不有一个笑话。杨小楼与某名旦曾合摄过一张截江的舞台照，上海的一位自吹京戏名家的戏报编者拿去刊出了，下面却注明是《长坂坡》。

不知《长坂坡》中的糜夫人是落难以后，披头散发，狼狈不堪，而截江中的孙夫人则凤冠霞帔，雍容华贵，大是两样，下笔而无常识若此，也是可笑事。

赵云与阿斗的关系可谓密切。第一次，长坂坡中救之于万马军中，第二次长江之上又抢回于孙夫人之手。不料这阿斗终是扶不起来的，终于给司马氏弄到洛阳去做“寓公”，发出“乐不思蜀”的宣言，可惜此时赵老将军早已逝世，无法再抢他回来了。

祭江

刘备以微末出身，自称为泗上亭长后人，混来混去，居然弄得有点声势，虽然连连败走，厄于袁曹，然而后来终究造成偏安的局面。如果不读正史，只看《三国演义》的话，大约对他是颇为同情的。

这人大约与《水浒》中的宋江是一流人，看他们的行事大抵相差不远。两人也都颇为风流，宋三郎与阎惜娇的事不必提了，刘备也是多妻主义者，长坂坡逃难之顷，也还带了甘糜两位太太。兵荒马乱，不能自全，太太自然更顾不到，终于一位跳了井。后来他又来了一次“政治性”的结婚，与孙权的妹妹尚香结缡，一开头就是甘露寺的笑话，这位皇叔出了不少丑，终于讨得夫人转去，虽然后来的结局不十分好，孙夫人又回到吴国去了。

在正史上，似乎找不到他这位夫人的归吴以后故事。流传在社会上的也不过是一些传说。陈承祚作《蜀志》，不为她立传，似乎连“外宅”的资格也给取消了。但是在镇江一带，也还留下了甘露寺等遗迹，供人凭吊。如一般的看法，孙夫人的为人的确有些特别，与普通的“女心外向”不同，而是心向母家的。如此说来则《美人计》的戏名也不算怎样地侮辱了她。

然而刘备似乎却不能忘情，“先主伐吴向三峡”的一幕，虽说是为弟报仇，我想也很有几分是为了要夺回失去了的太太，不幸猇亭一败，火烧连营，他自己也死在军中了。白帝城至今犹在，由水路出蜀的朋友，大约都是看见过的。

传说孙夫人听见这个消息，说是刘备已经在败军中死去了，就驱车去至江边，投江而死，在京戏中，这就是《别宫》《祭江》两幕。

老规矩，孙夫人由正旦饰，全戏分《闻变》《别母》《祭夫》《沉江》四幕。这本来是极为流行的戏，旧例《别宫》一场，夫人闻变，改装为孝服，均唱二黄。第二场，老旦所扮的吴国太出场以后，才改唱西皮。后来改变作风，闻报之初，即已改唱西皮了。祭江的一段反二黄，则不曾改，因为这是全剧精华所在，歌声也极尽凄婉之能事。

听陈石头（德霖）的唱片，（老百代公司有）一面只有两句：“从今后再不照菱花宝镜，清风一扫未亡人。”要唱十余分钟之久，石头的调子真能裂帛穿云，极为凄楚。与现在风行的“程腔”，是绝对不同的，然而也自有其凄楚的味道。因此可知，音调尽有不同，情感表现则一。而可惜的是，这种正规青衣的唱法现在久已不闻，殊使人不胜寂寞之感。旧时规矩，青衣必以此剧为其重要的演出节目，好像现在的《玉堂春》之于名旦一般。然而这戏又极难演，后来的伶工因为偷巧，大抵不演此剧。二十年来，鄙人不曾看过有什么名旦做全部的演出，偶然看到，也不过是二路旦角在开场时演《别宫》一场，草率不足观，可慨也已！

西施

中国人自古相信红颜祸水之说，不但将国亡家破的一些事的责任完全推到女人身上，到后来还逐渐“进步”，将女人用来作为沼人之国的工具。这种方法的最明显的一例当是西施的沼吴了。几千年来，经过多少诗人的吟咏，文士的描画，于是这一段事迹也就成为千载佳话，流传众口了。

戏剧家自然也不肯放弃了这样好的题目，于是西施走进了“戏”。《太和正音谱》著录有赵明道的《范蠡归湖》，明人更作了《浣纱记》，在京戏中，有梅兰芳博士所编的《西施》。在初期的话剧中，也有顾毓琇博士所编的《西施》。梅的戏我不曾见过，因为一向的成见，我不喜欢看他的新戏。这里想说一下的，是西施范蠡的关系。

范蠡在我们印象中，是一位大夫，又是一位理财名手。他的事迹与晏婴齐名，商店春联多用：“五湖泛迹陶朱富，四海交游晏子风。”可以知此中道理了。

然而却不料范大夫也是一个风流人物，与作《吕氏春秋》的吕不韦有着同样的手段（《吕氏春秋》也许不是不韦所作，说见郭沫若先生《青铜时代》中），利用女人达到政治上的目的，而比吕不韦要好一点的是，范大夫与西施的关系给美化了，似乎不是纯粹利害的关系，而多少有一点爱情场面穿插其中。

唐陆广微《吴地记》记云：

> 嘉兴本号长水县……县南一百里有语儿亭。勾践令范蠡取西施以献夫差，西施于路与范蠡潜通，三年始达于吴。遂生一子，至此亭，其子一岁，能言，因名语儿亭。(《学海类编》)

西施的本乡是越中，当今绍兴附近，范蠡和她由越至吴，从会稽走到苏州，居然走了三年之久，可谓荒唐。这里自然是一种传说，并不足为考据之资，然而艺术家在编剧时，所需要者却正是这种材料。

宋董颖大曲道宫《薄媚》《西子词》云：

> 种陈谋，谓吴兵正炽，越勇难施，破吴策，惟妖姬。有倾城妙丽，名称西子岁方笄，算夫差惑此，须至颠危，范蠡微行，珠贝为香饵，苧罗不钓钓深闺，吞饵果殊姿。

这里就又采到曲家的笔下了。范蠡在苧罗村寻到了西施。然而在梅兰芳的《西施》中，却并不如此说。我常听一段唱片，那当是西施已至吴宫以后所唱了。

想当日，苧罗村春风吹遍，每日里浣纱去何等轻闲。偶与那范大夫溪边相见，他劝我家国事以报仇为先。因此上到吴宫承欢侍宴，并非是图宠爱列屋争妍，思想起我家乡何年回转？不由人心内痛珠泪涟涟。

由这一段西子的自白，她与范蠡似乎并没有恋爱的关系，范蠡的劝她到姑苏来，不过是为了“国家之事”，心事固然光明，但是离开艺术家所希冀的气氛则未免少远了。

吴国被西施“沼”了以后，问题发生了。这大约有三种说法：其一，是美人复归范蠡的怀抱。这是最自然不过的。西施不过是做了一次女间谍。这一说见于《越绝书》，说得美丽得很：

西施亡吴国后，复归范蠡。同泛五湖而去。

前些日子，我曾薄游吴门，登灵岩山，立琴台上看太湖风光，只见一条小河从山脚流向那烟波缥缈的太湖而去，悬想当日范大夫载西施俱去的光景，真是美极了。范君真不愧为古往今来第一位会享受的人物，能兼收黄金与美人于一身。

然而这似乎太平凡了。戏剧家不能满意，一定要造成悲剧的后果。《雍熙乐府》中片段地引用了赵明道的《范蠡归湖》，将范大夫写成满腹牢骚的一个吃醋的朋友，他说：“铸我作黄金像，供养我在白玉楼。你不合信谗言便准了西施奏……往常时我便辅国，今日抽头。”（《庆东原》）“亡家国自作自受，趁风波东谏东流。贪酒色怜新弃旧，听谗言光前绝后！”（《太平令》）这里好像是说勾践灭之后，将西施也接收了过来，不再还给他了。这种情形也有其可能的，但西施好像也变了心，爱上越王，不要旧相好了，有范蠡的酸话可证：

“西施你如今岁数有，减尽风流。人老花羞，叶落归秋。往常吃衣食在裙带头，今日你分破俺帝王忧……”（《梅花酒》）

于是我们的范大夫，在失去了美人以后，发了一通牢骚，泛舟五湖，自己做生意去了。

还有一说，也近于情理。那是越王沼吴以后，想了一想。吴国全是这个女人弄糟了的。正是红颜祸水，留他不得，捉来淹死了罢！这一说的根据是《墨子》的“西施之沉，其美也”。董颖《西子词》说：“哀诚屡吐，甬东分赐。垂暮日置荒隅。心知愧，宝锷红委。鸾存凤去，辜负恩怜，情不似虞姬。尚望论功，荣归故里。降令曰：吴无赦汝，越与吴何异！吴正怒，越方疑，从公论合去妖类。蛾眉宛转竟陨鲛绡，香骨委尘泥。渺渺姑苏，荒芜鹿戏！”（乐府雅词）

这句话说得真妙：“吴无赦汝，越与吴何异！”正是，美人好比销镪水，沾沾就完结，只好拿来抛到湖里去了。基于中国自古以来对女人的看法，合勾践可共患难不可共安乐的作风，这倒十分可能。

实在的结局如何，谁也不知道。

马夷初先生在《读书小记》中曾对范蠡的下落小做考

证，他说："余谓史记越世家载，范蠡以勾践为人，可与同患难，难与处安乐。遂乘舟浮海以行。出齐变姓名，自谓鸱夷子皮，流江之说，疑由浮海所致。而蠡自号鸱夷子皮，鸱夷适同子胥盛尸之器，因有西施随范蠡去之说。"我想范大夫之泛于五湖，大约不成问题。至于西施的是否同载，少有争辩余地。依照了我在姑苏台上之感想，我是赞成他们归隐了的。

梅浣华此戏我未听过，也不曾去翻《大戏考》不知结局怎样写。我想如果拿来改写，写得干脆一点，将西施写成一个中国古代的女间谍，结末却神龙见首不见尾，随范大夫飘然而去，使勾践"莫明其"一下倒也是颇有趣的。

战宛城

十三四年以前，在北平有过这么一出堂会戏。名伶会串《大战宛城》。余叔岩张绣，小翠花邹氏，杨小楼典韦，侯喜瑞曹操，傅小山胡车……这张戏单如果保留到现在，大约也值得裱成册页了。

《战宛城》是描写曹操的私生活不谨饬，因而兵败的故事。编戏的朋友对曹操大不客气，将他写成十足的一个色情狂。这倒实在有些不公平。大约是受了《三国演义》的影响。其实曹操原不自讳其“风流”。他攻邺城，袁绍的子妇甄氏为曹丕所得，曹子建的写《洛神赋》据说也就是为了这事；曹操也并不干涉。临死之前，铜雀台分香卖履，他的遗嘱也见之“令”中。其实照我看来，一个政治家的私生活如何原是小事，只要不将国库当作私人的账房便好。也只有特种批评家，才记得大官与贵妇出入筵席之类的故事，不肯忘记。

《战宛城》写邹氏的怀春，我以为是颇成功的。这种素描的场面在旧戏中颇不多见，心理分析，一个寡妇的心情藉了春宵的鼠鸣而曲曲传出。也许有人不赞成，然而在中国旧有的歌剧中的这一种细致的抒写，总是难得的，也可以说是艺术的。

这一场，最可以看出角色的功力。老师传授，原无两样。然而在表演的时候，运用心理的地方，就各有不同。自然，小翠花是好的，荀慧生也以此剧有名。

曹操在军旅之暇，还有心情去游春，结果是在某处邂逅了邹氏，“可怜思妇楼头柳，化作天涯粉絮看”，这一场也颇有其美处。自然，传统的曹操的表情是颇使人觉得很恶劣的。

全剧之始，是马踏青苗的一场。曹孟德的淌马身段我以为也是一种旧剧里面的精粹所在。新的“改革家”，往往在这时换了一幕布景，作森林山野之状，我以为这倒还不如仍维持原来的锦幕的好些。带了浓厚的原始气味的歌剧，有许多地方，如果仅做有限度的“形象化”，倒还不如照原来的素朴的型式的好。

“英雄崇拜”，在这里的对典韦的写法中也特别显著地表露了。张绣设了种种方策，使胡车请典韦来吃酒，将他灌得沉醉，又将他的双戟盗去了。结果典韦固然糊里糊涂地死了，曹操也失去了保卫的人。但是如果说制胜之机全在于此，则未免荒谬。其实曹操失败的原因原也是写出来了的。看那兵骄将悍的样儿，嘴里说：“宛城张绣，图谋不轨，怎奈我大兵临境……”好像有十分的把握，不要多少时间即可解决一切了。阅兵的时候，张绣的兵在典韦许褚前面，一下就都倒了下去，两员大将哈哈大笑，以为不足惧也矣。结果主帅调情，将军吃酒，吃了一个大亏。

至于许褚在结尾出来援救时，对曹操说，“军中不带妇人”，曹操又做出恋恋不舍之状，丑态毕露。那不过是对曹孟德的侮辱，我想曹操既是“奸雄”，在那种时候，大约也不会再讲恋爱了罢！

骂殿

《骂殿》是程砚秋的拿手戏，还灌了唱片，如果喜欢学两句程腔者，大约全要奉此为规臬。这原也是实情，程在这戏中真发挥了他的鬼音之极致。

听说“通天教主”王瑶卿为程砚秋创制新腔，这《骂殿》即是杰作之一。这是一出小戏，然而唱工却并不轻松，普通多是双出，在前面加一出《琴挑》，或者是在后面排一出《贩马记》。我在平津一带几次听程此戏，可以说全是为了听唱工，至于剧情倒并无多大意思，而且简单拙劣之至。京戏中不少此类，徒以其为歌剧，遂能以单纯的“歌”的条件而存在了。

这戏叙说赵宋开国时的一段宫闱秘史。是否见于正史，我也无暇去考索了，好像赵匡胤临死之时对于皇位传给儿子还是传给弟弟的问题，很与赵普讨论了一番，自然并无什么结果。我想结果是有的，总是传给儿子的可能性最大。然而赵光义（御弟）又不忍舍弃这机会，于是斗争起来了。

听说赵匡胤之死也是不大明白的，烛影摇红，那意味的确神秘得很。帝王家谱，似乎也不必用中央研究院的历史学者们那样好的兴致去考据了罢，表演于戏剧中的事实是当太祖死了以后，赵光义却自说自话坐在皇帝的椅子上面，也不管阿哥的遗嘱是怎么讲，太祖后贺氏带了两位太子到殿上指名大骂，索取“遗产”，赵光义先将太子弄死，其后即是坐在那里呆若木鸡，听嫂子大骂一通，好像涵养好得非常。

整个的一出戏全是分家当，嫂弟争吵，搅作一团。如果是普通人家，最多只有登在社会新闻上的资格，这里是将“国库”当作“私产”来分，所以不同了，要由名角程御霜来唱上好大半天。

贺后是所谓女流之辈，自然也难怪她。何况正当大故之后，儿子又给弄死了。皇太后眼看做不成，无怪语无伦次，开始时唱的那两句戏词也真莫明其妙。她唱了大约十分钟之久的两句慢板曰：“老王爷为江山足踢拳打，老王爷为江山奔走天涯。”下句犹有可说，上句就不知所说何事了，哦，我想起了出典所自。那是在《水浒传》中，楔子有云：“一条棍棒等身齐，打天下四百座军州都姓赵！”其意盖在是乎！

然而初听起来，总不免滑稽之感。

后来更是语无伦次，将光义痛骂一通，比拟不伦，说他是王莽、赵高、司马师，都并不确当。赵光义也有答辩，大约由李宝櫆一流的二路老生大唱一通，但是我记不出。不过贺后的目的是达到了的。“只骂得贼昏王扭转身躯闭目合睛一语不发。”赵光义毕竟聪明，知道女人们的脾气，让她骂个痛快，也不去管。结果是做了小小的让步，给她一点甜头，赏了一把无用的宝剑，算是落场势，至于皇帝，自然并未让出。

旧戏中也有词句俗劣，莫明其妙者，大抵类此！

然而程腔毕竟可听，而当程尚未胖至今日的程度之时，穿鹅黄宫装，拂水袖，那身段是绝美的。

关于《纺棉花》

很久就想去看一下《新纺棉花》，想知道这出戏为什么会疯魔了上海的观众；而且在南京不许演，在上海就能演的那一点奥妙的道理。昨天居然去看了。天下雨，心想大约不会客满了？果然在后排还有位子，我入场的时候，照旧式评剧家的口吻正是《单刀会》已成尾声了。台上的周仓与关公正在向鲁子敬示威。林树森以演红净出名，每天在那里表演关公戏。然而我却不能领略那好处，也许是一向对于关云长缺乏好感的缘故罢！

关羽在《三国志》中看起来，原也不过是普通的武人，不过经小说戏曲一宣扬，就成了目前的情形，鲁肃代表东吴讨还荆州，这并非什么不光明的事。然而，在旧戏中一表演，赖债不还的关刘就完全站在为观众同情的地位了。真是奇妙的事情。

周仓将那把大刀在鲁子敬面前摇来摇云，关云长则加以恐吓，声明宝刀啸过三次，头一次是斩颜良，第二次是斩蔡阳，第三次或将轮到你的头上去了。其实这第一二两次，根据小说的说法一是偷袭，一是拖刀，全是下流的伎俩。现在却拿来夸耀一番，实在是有些欠妥的。

这一幕表演完了以后，《纺棉花》上场了。开头，是检场人拿出了那上装五彩电灯泡的镀镍的纺车，放在台前。——可惜，这纺车始终不曾为童小姐使过——接着是慈少泉的“小赤佬”出场。

“小赤佬”这名字大约颇有海气。此其所以为“新”纺棉花之故欤？我也无暇去翻旧书找出此公的原名了。总之，是一个标准的滑头，穿戴了青衣小帽，念着一段垛板出场。

其他两位，张三与张妻则全是以真名出场，梁次珊与童芷苓两位“老板”。

我觉得恶劣极了。

童芷苓老板的一举一动真是十足的恶劣，在绍兴戏中，评戏……任何一种戏的型式中所找不出的恶劣。

有一点极为重要。不管趣味高低，水准悬殊，甚或意识怎样，一个艺人总应该是严肃的。照旧式的说法，台下的观众都是她们的衣食父母，今天来伺候这么一段，应该卖力，技术高低是别一问题。

然而童老板在这儿却是十足的油滑，松懈。一出戏缺乏了这一点儿真诚，就什么都完了。

童老板拿起那个洋娃娃来，骂他为什么只是哭，后来打她耳光，拎起一只小腿来，扔在地上。末了，向后台说：“你到底有完没完!”这是冲着“场面”说的。

观众以为滑稽，大叫好。

我想童老板的原意，大约是想对各种戏的形式与特点做深的刻画以博笑乐的罢？这原来也并非不是一条路。在漫画中，相声里，就都有的。然而，这里就又缺乏了那一点必要的严肃，真是不幸。

全戏不但毫无结构，甚至可以说连一点情节也没有。一个远路回家的丈夫，坐在门外，房里是一对“爱人”。自说自话，唱起来了，还有一张节目单。后来甚至门外的丈夫与房内的太太握了一次手。此中奥妙，实在难言。

第一个被讽刺的是“话剧”。

“小赤佬”向童小姐求爱，表演了一大套爱情场面，也许这是春柳社时代话剧的精粹罢，现时的话剧舞台上或者也间而有之。你是我的灵魂……的一套，后来童小姐拒绝了他，他要自杀了，做出呼吁的样子来，要上天给他一点“冷气”。

表演的是有些“神妙”的，也的确“肉麻”。

以后是学四大名旦每人一出。不知道童老板是不是梅兰芳的高足，对他称梅先生，《凤还巢》一段也学得最为规矩。虽然据“小赤佬”所说也未能学得如何的“字正腔圆”，然而总算是最规矩的了。学尚小云的《探母》就简直不像样。尚小云在台上卖力，然而又何至如童老板所学之伸了脖子乱叫？

照中国社会上所奉行的敬重前辈，存心厚道讲来，这种作风也是不能使人忍受的。

学程砚秋的一段可谓全部里最好的。学荀慧生则拼命强调了荀的“媚”，这倒颇合适，难怪台下要大声喊叫了。

《二进宫》除却跳来跳去惹起笑声之外，整个的是胡闹。

我用心静听，始终不能发现有任何可取之处，真是没有办法的事，然而站在我旁边的一位观众，则每次唱毕一定要跳了起来，怪声喊好，看他那种沉入了深度的喜悦的情景，不禁叹服，这正是一个事实，有那么许多观众是喜欢看这种玩意儿的。为了赚钱，又何必不演这种东西呢？更何况在现在连京戏都有了讽刺的不正确的危险的今日，《纺棉花》总是最“醇正”的戏了罢？

这就是在这种时代里面为这种观众所欢迎的这样的名剧。

长坂坡

三国戏中多骁将，而以蜀中五虎将最为出色。关张赵马黄各有几出大戏。马超黄忠声势较弱，其最为雄武而又近于人情，即是武人而非武神者，是赵子龙。

关云长虽然不过也是一员武将，但是他却已经成为一员神将了。只要看他的两位下手，周仓关平，与托塔李天王的哪吒杨戬相差不远的一点即可知道。在《水淹七军》《单刀赴会》等戏中，周仓捧了大刀陪他在做种种的身段，其情形，已经与《青石山》中相去不远。我想，当现今武运当行的时代，如果中华民国需要一位战神的话，关羽该是最适当的人选罢？

赵子龙最有名的一场战绩，是长坂坡。这一件故事乔国老在甘露寺中曾经大大地吹捧过一场，使孙权大不高兴。这被渲染得也真有些危险，如张翼德，大喊一声，居然会喝断了长坂桥，赵子龙在百万军中飞来飞去，如入无人之境，这也有些过分。自然，这到底还是自己在拚，比关云长的出人不意而杀死了颜良的伎俩高明多了。

这戏中曹操先出场。如果是名角，那坐帐，念引子，说白，都是极可使戏迷过瘾的。安排已毕，曹公最后上马，有唱工一大段，“旌旗招展龙蛇影……”，历叙过去的战局大势，并表示对刘备切齿痛恨之情。最后登山一望，指指点点，赵子龙的英勇无敌，处处使阿瞒赞佩。这是旧戏中很常用的一种手法。

提起《长坂坡》，即不能不想起杨小楼。这真是绝作了。当刘备逃难之顷，夜宿一处，在台上排排坐，刘备居中，甘糜两位太太旁坐，还有糜竺等人陪坐。赵子龙边坐，杨小楼总是闭了眼睛的，刘备在大唱欢苦，在一片阴惨的环境下面，赵子龙在微睡中惊醒，睁眼一望，曰：“主公且免愁肠，保重要紧。”我十余年前听此戏，现在犹能想象此一幕，嗓子的亮不必说，那一身的抖动，靠旗盔缨随而俱动之势委实不能忘记。

我不喜欢说杨小楼已经死了，现在再也看不到好戏之类的话，然而这里，的确是不免有些惆怅的。

后来是在乱军中的失散，糜夫人的跳井。这一段也有极好的表演。跳井之际，赵云反身扑下抓帔，一种惊惶、无奈、失悔的情状，表演至佳。旧日陈德霖此戏有名，我所看的则是芙蓉草。要演得干净，委实颇难。

在整出武戏当中，也有轻松的穿插，是那位曹营背剑大将军夏侯惇，大约也是曹操的亲属。他那一段唱与白，冲淡了这紧张场面的气氛不少。他的“任务”是“送”一把名剑给赵云。这一角傅小山极佳，留有唱片。

结末的精彩场面则是赵云在杀出重围重归而看见了刘备

时的事。开始是受了张飞的猜疑，说他有投降曹操的嫌疑。这一关总算过了，后来又看到了刘备，苦战归来，不加慰劳却先问儿子的安全与否。赵云也感到事情的严重，及至打开护心镜一看："啊，他倒睡着了！"交给刘备，刘备验明无误，同时也发现真是在睡觉的时候，才放了心，再回头安慰赵云，挽回刚才的尴尬局面。

然而赵子龙却并未表示不满。说他宽宏大量，有名将风可以；说他深明处世之道，知道做独裁者的鹰犬之不易，也是合于逻辑的论法的。

蝴蝶梦

《蝴蝶梦》这名字极雅，即是那童芷苓老板的“杰作”《大劈棺》的别名。而这《大劈棺》又是多么恶俗，然而上海人却偏喜欢它，一种疯狂的变态色情的表露，乃为一般都市男女极端爱好，这事正是再“当然”也没有的了。

庄周善为预言，他的幻想甚美而奇，不但文字清峭而已，这也是中国上古文学史中的奇异花朵。用来改写为新的故事者先后有鲁迅郭沫若先生等。奇怪的是旧剧编者，所采似乎只有此剧，而且是从《今古奇观》而来的。

四五年前曾经听过吴素秋与刘斌崑的这戏。那时的盛况也与现在相差不远。看过以后，印象不恶，曾经与朋友谈过，改编一下，成为话剧，悬想一定可以颇为奇瑰，但是后来却也并没有实行。

如果揭去色情不谈，这戏倒是一出颇为成功的戏。可以说在旧戏中能达到如此水准的心理分析与哲理掺入者，这是绝无仅有的一出。当然，庄周的人生观的正确与否自然是另一桩事。

刘斌崑的二百五是红极一时的了。那种满面白粉（一直到脖子，手臂全是白的）僵立十余分钟的功夫，实在不易。大家看他可笑，因而叫好。我却觉得这在旧剧的编制里也确是杰作。他制造的气氛多恐怖。旧戏不像话剧电影，无法借助于布景、音响等效果。即有自作聪明者要来一下灯光变绿或什么，我觉得也是蛇足。那好处，是全在于演员的一身动作的。即以庄子“死”后的祭灵一场而论，那僵立的纸人二百五，手执烟袋，全身纸服，在后台被人直抱将出来。满面白色，却是笑嘻嘻的。能利用中国固有的风俗上的名物，使观众恍然于如入祭堂。其一种冷然的恐怖味，直浸心脾。二百五出台时，台上是一片哄声，然而是好奇的潜伏着的哄声，绝不同于六月雪禁婆出场时的反响，读者于此可以知其消息了。

后来庄子出来，口中唱唱有词，用扇一扇，那二百五的手即动一动，后来浸至全身欲活。观众好像看到一个归魂在指挥一个阴伥，恐怖之气氛益浓，观众的气息也更紧促了。庄周的唱，简直全然无情，如读咒语。能利用平凡而民间的素材，全部白描而得此成果，编剧者之伟大，真不可企及。

至于用幻身的手法，写一个中年的怨妇的心理之变迁，那还得归功于三言二拍的作者的设计与庄周的幻想，无情地分析了一个“风流寡妇”的心理变幻。在旧理教的压抑之下，庄周的未亡人简直是被用了最残酷的手法玩弄着，使之发狂，使之幻灭，那导演者，也即是她的丈夫，在没有一点人情地要着这一套手法。最后终于获得满意的解答。那该死的淫妇羞愤自杀而死了。然而庄周所获得的并非一个保持了丈夫尊严的成功的愉快，而是一个心理分析学家完成了一件满意的实验的满足。如此冷酷，决然无情，成功极了。

当然，演庄子妻的角色是最重要的，也极难。这应该是一个怀春的中年妇人，筱翠花很能体贴这个角色。那些卖弄风情的女角根本不配谈。

纸短意多，无法详细批判。最后我还是想说，如果揭去色情，与它所含有的毒素，使观众坦然接受这偷汉的婆娘该死的“教训”的危险，而只看它在编制上面的成功的话，这是旧戏中值得骄傲的一朵奇花。

金钱豹

十余年前在天津，每逢有空即去听戏。平津虽然距离甚近，然而在天津很少有经常出演的班子，大约由平角来唱短期。北洋春和两家，经常换班。主角虽换，然班底则不大动。当时最常听者有净角的侯喜瑞，武生的周瑞安，小生的叶盛兰等。现在叶则已成名，且将挑大梁，侯喜瑞老境堪悯，而周瑞安则已故去了。

周瑞安也是老角，虽不及杨小楼的声华盖代，然而在后辈中也仍具典型。嗓音虽不十分好，然较海上《勇猛武生》之流的哑不成声强得多了。

周最常演者为《金钱豹》，我听了不十余次。几乎熟极而流，大有检场的资格了。几句说白，也使我神往，无事时在宿舍中仿效而喊之，且将棉被高叠而模仿孙悟空的抢背，以为笑乐。现在想起，也不禁哑然。

《金钱豹》是《西游记》中的神怪戏之一。主角为一妖魔洞主，自然是所谓金脸獠牙的怪物，在这戏里很有一点花样，一出场，即狂风大起，忽有一群怪物以袍遮面跳跃而出，其中之一即是金钱豹。他最初表演其特技，或者是特癖，即将一条腿搬了起来，并齐，靴子靠在头侧，一只脚支持了全身而在台上大转其身，约有二三分钟之久，此时台下必然掌声大起，周瑞安即因此而获得“周一腿”的雅号。我也十分佩服与喜欢这种作风，可惜从小未曾练功，无法模仿也。

《金钱豹》是俞派（菊笙）名剧。俞派讲究火爆。正是出台一阵风，极能表现出主角的个性。但周瑞安又模仿了杨派的说白，颇可得其韵致。开场四句：“豹头环眼气轩昂，红梅山前自为王。洞中小妖千百对，烈烈轰轰镇山冈。”声音沉着而激切，最后一句须咬牙切齿以出之，大有声震屋瓦之势。

他在红梅山前铁板桥下，修炼千年，也能变化人形。他也有奥援，金花圣母寿诞之期，他要去拜寿。不料行经一处，看见一大家女子，长得十分美貌。妖怪也动了心，说道：“西朝王母驾回归，一见佳人魂魄飞。”没有办法，派了军师强送彩礼，定时成亲。却遇上了唐三藏师徒，一场大打，妖怪成擒。这也是西行八十一难中之一难。

金钱豹所用的武器是钢叉，他真能将这叉耍出几许花样，跳铁门坎，在身上背上处处滚动，孙悟空与他吃斗也花了不少精神，飞叉起处，孙悟空接叉摔抢背，先跳起来接叉，然后摔下去，将赤了的背与舞台上的地板相接触，真是难得，功夫不到的一定会摔断了脊梁骨的。金钱豹以为一定叉死这猴子了，上去打了几下，拔起叉子，不料猴子依然无恙。这样，要一连摔上三次。

猪八戒被派变成了小姐，在洞房中等候豹新郎的光临，吃了大苦头。

结局记不清楚了。好像也还是请了天兵天将才将豹收伏了的。金钱豹居然也有一个军师，是一小丑，作蒋干状。献计强婚，先期纳采，都由此公一手包办，此公在自白中说是：“五百年前黄鼠狼……”

从小读《西游》，后来又历观西游戏，发现一点：妖怪多是多极了，后来也大半收伏了，收伏以后的处置法就颇不同。像太上老君的青牛普贤真人的白象大抵都曾兴妖作怪，也只有请了本主来才能收伏，收伏后也并不治罪，只由主人申斥一声“孽畜”，仍旧骑了回去完事。如果没有好主人的，孙悟空的金箍棒才可以发挥效能。

神仙也是讲求人情关系的。

多少年来，我们也看了不少这种活剧，妖怪作祟，社会哗然，大加检举，然而只要是“太上老君”或“观音”的坐骑，后来大抵无事，只有小妖颇有不少牺牲于金箍棒下。仙凡路近，今古匪遥，因思看戏固亦非一定是“无益”的事也。

一捧雪

谈汤裱褙，意犹未尽。今天乃更想一谈《一棒雪》。

这一出戏中，虽然严世蕃、戚继光、陆炳……都是实有其人，然而主角莫怀古，显然是假名，盖言：人不可“怀古”也。匹夫无罪，怀璧其罪。因为一只温凉盏，弄得家败人亡，妻离子散，因此加以警告，使人不可玩古董。

清李玉有《一捧雪传奇》为此剧所本。据说莫怀古即是指的王世贞的父亲王忬。王家有这个玉杯之外，还有一张张择端的《清明上河图》，因此而结怨于严府。此事传说至多，有人曾做考证。据说连那本《金瓶梅》也是王世贞所作用以毒死严世蕃而报仇的。

这一出戏也可以说是群戏。因为其中雪艳、莫成、陆炳、汤勤，都是要角，只看是谁来演。如果梅兰芳演，当然以雪艳为主，但马连良演则重陆炳。麒麟童出马则要看那大洒狗血的莫成了。

我最讨厌莫成。

此人的奴才癖发得真是莫明其妙的严重，真可以说是标准的奴才的典型。照戏上所扮，他既与莫怀古十分相像，有代杀头的资格，当然也有一大把胡子，年近四五十岁了，然而动不动还要装成老莱子的派头。严世蕃过府搜杯之后，莫怀古寻到了莫成，一言不问，却先要搜出“杯”来，还要打死这奴才。莫成于是来了一大套自白。说明自己怎样的忠心，怀藏玉杯，逃出重重的封锁，前后门都不能走，后来只有出诸钻狗洞之一法。说白抑扬顿挫，身段纷繁，真是淋漓尽致。不知如何我总是讨厌这家伙，尤其是麒派，毫无美感，奴性万分，真是最煞风景的表演。

后来玉杯交出，他又委曲了起来，居然大哭，说：“咳！想我这为奴的也就难办事了!”哇的一声，越发丑恶。

旧时代的“道德观”，忠孝节义，现在已经过时了。“新”了一下，忠、孝、节都没落了，只有“义”字还与礼、廉、耻并立在一起，站在国际饭店顶上，昭示全国民众。莫成替主一死这一幕，大约是要放在“义”字项下的，这样的奴才，社会上大抵称为“义仆”。不管普天下善男信女怎样顶礼膜拜，我总是不能欣赏。听《一捧雪》至此一幕，总是黯然，心里沉重得很，并不是为莫成的“义”感动了，实在是看了这吃人的礼教的活剧在公开地表演，大家看了，一些也不奇怪。真不知这到底算是怎样的国家，这种“文明”也似乎只有在非洲的野人那儿才可以找到相类的例子罢?

陆炳在戏中被写成一个漂亮的好官，其实照明史上讲，他也并非怎样的好人，马连良的一套说白，倾动了大批的戏迷。他在大堂之上，徘徊瞻顾，说白利落，手挥眼动，大加讥嘲，确也十分动人。不过后来嘱咐雪艳说“你要好好地伺候汤大人呀!”时，特别着重了那个“刺”字，而且将一柄折扇一挥，也真是无聊得很的。

《新谈》在《文汇报》上连载的时候，我不时收到读者的来信，有的指出错误，有的指名点戏，有的寄了戏单来给我做参考。这我都非常感谢。只有在这一节发表了以后却接到了一位读者的严词指责的信，他为莫成鸣不平，说是这种好人，如何可骂云云，语气非常严重，我看出来这是一位“卫道”的人物。

我想跟这位读者同感的人一定还很不少。

我讨厌莫成的原因其一是他所卫之“道”，其次是他的那一股腔调，这都已经写在上文里了，这里不必多说，不过使我感慨的是直至现在，此“道”还被奉为社会道德标准的事实。

三十七年四月二十日重校补记

灞桥挑袍

杨小楼晚年曾与郝寿臣合作编了一些新戏如《坛山谷》《甘宁百骑劫魏营》《野猪林》《灞桥挑袍》等，颇可哄动一时。我一向不喜新编戏，因为这些新戏出于一人之手，并不如经过多少年逐渐改进而成的“集体创作”的老戏耐看。然而对于杨小楼是另有看法的。即使戏的本身怎样，杨的表演总是可观的。

《灞桥挑袍》是关戏。旧例武生大约可以兼演红生戏。然而这里有一要点，即演者身材必须甚长，否则必不像样。其二，嗓音必须清亮，有倾喉一啸，慷慨苍凉的韵致，这两点在杨是都优为之的。更何况气魄，舞台经验，这些皆非目前所谓红生泰斗之类所可及的。

过去我对关公颇致不满。这是反对他的被认为“武圣”，为“战神”，如果作为一个武人，他原也有其可爱之点。正如吴子玉大帅，作为军人政治家，他是不可讳言的军阀遗孽，头脑顽固，不足为训；但是如果按照中国传统的军人风讲来，孚威上将军不愧为一硬汉。晚年能重气节，不为敌伪逼诱，更是可钦，殊非齐燮元之流所可望其项背了。

曹孟德对关羽的诱致，可谓不遗余力。看那情形，与目前延揽民青两党及“社会贤达”有异曲同工之妙。上马金，下马银，三日一小宴，五日一大宴，这些“佳话”，喧腾众口，载在史书。这到底是古人的朴实，颇不可及。到现在，大小宴固尚可以公开，金银似乎是只能暮夜授受的了，绝不敢公开地宣布。说这是世风的浇薄，也非无因。

然而这些却全不能拘留关羽，使之不去。最末，也是最聪明的一招，是曹操对这敌国勇将临行时的举措，送行，敬酒，末了献上了一件大红锦袍，作为临时赠仪。为了当时的社会风习，关羽不能下马亲手取得这一件锦袍，只能借重于他的那把青龙偃月刀，挑了过来。这在目前看来，固然不免婆婆妈妈的可笑，然而，在戏剧中，这表演我觉得是美丽的。

这是一种中国旧社会固有的“人情美”，直到现在，恐怕还为一般人所欣赏所赞叹着的罢？

郝寿臣有活曹操之目，珠联璧合，这确是一出好戏，如果换上两个乏角，那就毫无足观。

政海波澜，政客们也大都喜欢赋诗致慨，但颇乏好句。然而，最近梁秋水有“此来挟有绨袍在，正值江南春尚寒”，两句却是佳句。江南春老，余寒正厉，自有敝袍，无劳持赠，意义甚明。范叔之寒，与故人心热正是极好的对比。郝寿臣尚有《赠绨袍》一剧，演此故事，这里不及再谈了。

空城计

《三国志演义》中独多紧张精彩的场面，所以编进京戏里面的也多。其中有武戏，有表现复杂的人情的戏，种类纷繁，不一而足。天下大势合久必分，那正是一个动乱的时代。巧的是我们现在也正是处于一个动乱的时代中。所以现在看看三国戏，也真大有可以吟味的所在。

关于诸葛亮的性格，前一些时我做过一点分析：觉得前期的诸葛亮全是一个竹林七贤中的人物，是魏晋风流的先河。更加以说书人的渲染，其成为“妖道”自不足怪。后期的诸葛，少少恢复了他的本来面目，是一个国家重臣的样子了。他小心谨慎，兢兢业业地处理着大小诸事。虽然临死之际，五丈原还得祭一下七星灯，那也没有办法，是八卦衣穿上以后所不可免的事。

我很喜欢人情味浓的诸葛。

在他与曹魏的斗争中，这位老先生心力交瘁了。他后期的对手是司马懿，这也是一位枭雄人物。在战场上与诸葛周旋了若干年，彼此都无法消灭对方。这两位遇在一起的时候，总有这么一种心情，老朋友又碰头了。彼此熟习于彼此的战术战略，彼此都稳扎稳打，想在某一个时机中，靠了天时地利求得胜利。战争似乎已经疲倦了，提不起兴致。这种情形我们不是不能了解的。偶然在这些“平凡”的“例行公事”似的战争之中，少有变化，就容易引起奇峰陡起似的变化，一方面将叹息于时机的失去，一方面则道了一声惭愧，将这情景写进京戏里去的是《空城计》。

这一战役，照编剧者的说法是归罪于马幼常的轻敌，战略错误失守了街亭。赵老将军也已事先派到了列柳城去。诸葛的身边已经没有了人。正是十足没有折扣的一座空城了。如果是现在，他大可一架飞机逃归汉中，然而当时这不可能。虽然也有人说当司马懿看破诡计，非走进城来不可时，他也会用奇门之术而遁走的，万幸这在旧戏中未成事实。如果真的司马进了城，观众必不肯接受诸葛亮被擒的结局的。

在旧戏中，这是纯粹的谭派戏，号称难演。诸葛听探子三报，脸上的表情，由惋惜而痕恨，由和缓而焦急，然而在他的一批“群众”之前，他却又不能露出焦急之状，这就难了。

他的鹅毛羽扇，他的琴，正是当时必不可少的道具。如果我们真的觉得他是一位雅人，在该时该地还要风雅的话，就大误。

这很可以解释，为什么有些政治人物，喜欢避暑，喜欢念经拜佛，我想这大抵并非全是风雅。

这一出戏写得极好。用极少的人物，极简单的装置，表现这精致的一段，如果剪贴下来，是一个标准的好独幕剧。

用以表现西城的空虚的是老军二名。当时诸葛的身边，大抵尚不缺乏虎贲侍从的罢，现在却只用老弱残兵两个，是诸葛的聪明，还是编者的聪明？

诸葛亮应付群众也有其方法，自然这还不脱一个权术家范畴，然而作为他的政治资本的是他过去的谨慎与信实。

当他散步城头，等待司马兵来的一刻，在他恐怕是有如上断头台前的一刹那罢。他自己是有把握的，怕的是人心浮动，万一被司马懿看出了破绽，就非得"束手被擒"不可。

他摇着羽扇，缓步视察。真是戏。

他与老军的一问一答，俱有妙绪。他发现那些人在纷纷议论了，他踱过去插言了："众老军因何故纷纷议论？"接着是一句"官腔"："国家事用不着尔等操心。"这又不灵，到底生死事大，老百姓无论如何愚鲁，对自己的性命究竟是要关心的，于是问道："从西城到汉中，中咽喉的要径呀！"他并不否认此点，加以承认。然而最后他究竟用出了最后的一招来——欺骗——"空城内早埋下了十万神兵"。他唱完此句，做了一个无可奈何的扯谎的表情，老军的眼睛也并不瞎，肉眼凡胎，只看到了砖头子瓦盆子，然而一颗定心丸，究竟不无微效。

重要的是，他过去的信誉尚佳，没有对老百姓扯过谎，所以这一次，大家还是相信他了。

也因为他一向是小心谨慎的，不肯冒险，使司马懿明知是空城也踌躇不进，保全了他一条老命。

一个在城上，一个在城下，诸葛与司马的对白是十分可笑的。一个非请对方来吃酒听歌不可，一个则要命也不肯上这“牛鼻子老道”的当。一曲瑶琴，司马懿伸出了耳朵细细听了，琴音不乱，空城可疑。诸葛亮的做工实在值得佩服。

政治家是可以说谎的，然而这却并非职业。偶尔说一次谎是天才，以说谎为家常便饭的则不免为蠢材了。《空城计》偶尔一演，精彩不凡，每天都在摆空城计，即使真的“妖道”，恐怕也要不得了也。

洗浮山·霸王庄·茂州庙·拿谢虎

最近江南武生宗匠盖叫天在天蟾出演，很露了几折老戏。我去看了几出“公案剧”，比较有连续性的是《洗浮山》《霸王庄》《茂州庙》《拿谢虎》，觉得很满意。这几出好像都是在“八大拿”之中的，也即是表扬施仕伦大人率领漕标副将黄天霸及其下的英雄等为皇朝扫平绿林草寇的业绩的作品。不知如何近来这几折戏很少上演了。我想不会是因为戏本身不行。依我看，像茂州庙那样的戏，实在是要比赵家楼之类要来得精彩的。也许国为这几出戏比较难。如《洗浮山》，贺天保穿偌厚的靴子终场，即非普通的武生可办。

盖叫天的确甚好。

关于他的艺术，我以为很难描画。“美”是一种混合体，不能拆开来讲的。他出来一站，我看了即觉得美极了。他的身材并不太高，然而竟那么富于线条，是一个歌舞的名手。普通的武生，则只是江湖卖解的罢了。《洗浮山》《拿谢虎》几乎都只卖行路一场戏。这一场戏看完了真使人觉得舒服。唱一段牌子，他的嗓子虽然不好，可是苍凉极了。载歌载舞，贺天保不有那美丽长髯可供挥洒，身体转折处，一只手一只腿的安排，上身的姿态：望远，看天，探路……真是一片花团锦簇的回旋。我看了，不禁想学说那么一句："真乃英雄也。"

我平常总想，《施公案》《彭公案》之类的演义小说在民间流行，大家大约总都十分钦佩施彭两位官员和黄家一门豪俊的罢？我小时也是读过这两部小说的，不过《施公案》写得太坏，好像当时即未能读完，所以现在的印象也就更为模糊了。但是感想是有一点的，就是觉到他们杀得痛快，杀，杀，杀，强盗竟是如此之多得杀不完。当时对于黄天霸的罗帽也很有好感，很有野心买一顶来戴戴，而且他后来又有那么一位太太，张桂兰，就更使人感到"英雄美人"的姻缘之美满，真是一点儿反感也没有，后来听《连环套》，也只不过觉得他冤得很，绿林也正不坏，何苦去拼命去做奴才，办事，弄得尴尬万分呢？等到听了三四本《连环套》才知道他其实是卑鄙得很的，对绿林中心直口快的朋友要枪花。看了《霸王庄》……才感到了这一批人物真实的丑恶。

八大拿，其实是一套整个的统治阶级对付"不法之徒"的血的斗争史。《霸王庄》则可以说是朱光祖的叛变史。

叶盛章不遵老路，出场说白偷减得很多，照傅小山的台词，应该是说得十分明白的。

> 俺朱光祖，俺师父凤凰张七，在山东直隶一带等处做些个绿林的买卖，也无非是打富济贫，不想他老人家，染病在床，是我前去探病。他老人家病好了，去往京东

宝坻县，寻找师弟万君兆的下落，去之日久未归。是我师母放心不下，命我前去寻找他们爷俩。行至此处，腰中缺少盘费，看前面已是德州的霸王庄，有一庄头，名唤黄龙基。他乃是皇粮庄头，惯交天下绿林的英雄好汉。我不免去到那里，一来与他拜望，二来与他借些银两，好做路上盘费。再者间，倘若师弟万君兆若在他庄，这件事可也未可知。言之有理，就此马上加鞭……

他的唱词也还是“学飞檐与走壁蒙师传授，在绿林也不图挂印封侯”，足见他还并没有想到施公手下当一名捕快的意思。走入了霸王庄马上答应为于六报仇，去行刺施不全，不料，给黄天霸一镖打伤，马上就变了卦，帮助捉拿黄龙基了，反面之快，真是可惊。最后黄龙基受了骗，随他出去作战。两人在场上冷了一刻，黄说道：“杀！”朱就反问：“杀谁呀！”黄曰：“杀赃官施不全。”朱光祖笑了笑，把刀一挥曰：“杀你这个傻小子！”呜呼！出卖朋友，出卖自己的阶级的朱光祖真是“聪明”极了。

这里我又想到了绿林朋友送给施士伦的一个“尊号”，曰“赃官”。这个名字取得很不坏。施仕伦不是在奴才们口中说来说去都是“为官清正”的吗？却给别人一语道破曰“赃官”。两三百年前的人还是十分老实的。他们以为“赃”是很重的罪恶了。不知道施士伦的兴趣并不在小小的赃，而在维护一个更大的剥削集团的稳固。而这种事实，在当时的“草寇”们是不可能明了的。然而老百姓的确并不糊涂，还是称之为“赃官”。我看实在一切都不错，正是道着了痒处。

谢虎的先生，李煜，教训谢虎说不可与天霸争强，虽然是因为他们彼此之间有着交谊，然而最重要的一点还是对于卖身投靠者的畏惧。真的，这一种人之可畏实在是要比了正面的敌人还厉害得多的。

只要看谢虎在爱子被杀，决定复仇以后，逼了妻子自杀，烧掉自己的家宅，吩咐徒弟逃走，说“天齐庙就是我葬身之地”的种种，就可以推知他们的了解。只要一出头是就不可能活了回来的。

朱光祖问李煜去讨治镖伤药时，就运用了恐吓的手段。说：“你要是不给，命官黄天霸死了，看你活得了！”于是李煜夫妇就大为恐慌，从这里可以看得清清楚楚这个黑暗影子的存在。

朱光祖在用了种种方法全都无效以后，没有办法，只得求救于“裙带关系”，拉出了黄天霸的未婚妻来哭诉，巧用无赖手段才骗到了镖伤药。这种手段，其实在绿林英雄之中是找不出来的。

盖叫天演谢虎，穿了类似道士的衣饰，飘洒得非凡，摇着一把折扇，根本已经是一个安分守己的“居士”了。无事之时，到佛寺里去拈香，听见施不全在附近下马，即吩咐徒弟不可生事。其实是已经成为一个顺民了。然而黄天霸之流却也不使他平安地活在世上。

谢虎带了儿子走出庙门，就又遇见了黄天霸等，手执刀剑，一言不合，就打了起来，后来谢虎避去，金大力看见了留下来的谢小虎，一问之下，马上说：“贼子之后，不可留也。”一刀杀了。看看真令人发指。

至于施不全知道了这事以后，却并不怪金大力的滥杀，只恐怕谢虎不能“善罢甘休”，这又很可以看出所谓“爱民如子”的“清官”之流的“心”是怎样的了。

盖叫天描摹这一位过去时代的标准的英雄人物是很能得其神髓的。

他很看重师父，为了师父，就不与黄天霸争论，可是等到“绝了我的宗嗣”之后，可就不顾一切了。因为在旧道德的规条中，“天地君亲师”，亲字到底还是排在师字上面的。

他在儿子死后，听说是为黄天霸所杀，将扇子向空中一掷，只念“黄天霸”三字，气愤得正在火候上面。盖老并无叫头，或任何老生武生……的那一套洒狗血的表演，只是呆呆地静默了几分钟，然而这一位草莽英雄的内心的痛苦，却跃然如见了。

他并不专横，叫了徒弟来，说如果不愿意冒险的，可以自奔他乡。他不是像希特勒那样的独裁者，“临死还要拉一个垫背的”。还有他的逼了妻妾自杀，当然是残忍的，然而这也是旧道德里的要求，我们无法加以苛求，而他的不愿意留下妻妾活在世上，却正是怕落入了“赃官施不全”之流的手中。“草民”对“清官”的畏惧，这里就又有了一个清楚的说明。

他祭告祖先，分散财宝，火烧庄院，最后在大火光中大笑，说“烧得好”，望着妻子的死体、老仆的死体说“死得好!”是多深沉的郁怒，是多活现的过去时代的英雄的刻画!

等他到了“公馆”以后，高声叫黄天霸出来，说“这是你我两人之事，不可使别人帮忙”，完全是英雄主义的表现。后来一镖打倒了天霸，却不即去杀他，十分沉重地宣布了他的罪状，他的出卖朋友，投靠官场，我觉得这是十分沉痛的表白。谢虎这时似乎已经忘却了儿子的仇恨，而只记得朋友的安危与叛徒的丑恶了。

这应该是剧作者的点睛之笔。

结尾施士伦虽然救起了黄天霸然而却还不能保险，这样一个已经舍弃了自己的家园亲人的人还是随时随地可以取得他的性命的。只能死活不放地拉住了李煜，后来谢虎一见师父，跪下，被擒。我没有重翻施公案的兴趣。无论结局他是被杀掉或怎样，我想都没有什么分别，谢虎的命运原来是早已注定了的。

三十七年三月

第三辑

打樱桃

《打樱桃》又名《文章会》，是一出花旦戏，又是一出吹腔戏。剧情并没有多大道理，是说小姐、丫环、公子的错合姻缘。我没有考证过它的源流，但我相信这应当与明代以还的杂剧有关，其间颇有相似之处。如果想看看清代中季的那种班子的流风遗韵，我想多少可以从这儿看到，比起留到现在的昆曲还要原始一些。

然而我颇喜欢这出戏，听过小翠花的、荀慧生的。这戏的骨干是那位丫环和那个书童。听听他们的笑话，我想大约是十分有趣的。小姐怀春，老爷和太太却蒙在鼓里，结果当然是出了毛病了。

书童的插科打诨，甚妙。员外与安人在那儿谈大道理，他却在旁边打岔。一次一次地报个没完，每报一次无聊之事，员外即答曰“淡话”，如是大约有三四次，最后一次，书童报曰：“门外来了一大车子盐！”员外照样答曰：“淡话！”书童曰：“这许多盐还说淡咧！”于是大家哄堂大笑！

小姐与别人恋爱，书童见而心动，于是也要想与丫环平儿恋爱，可惜的是单相思，对方并无任何好意。书童大为悲哀曰："我想平儿，平儿不想我！"

书童又曾冒充风雅，题诗一首，称赞平儿的美，曰："平儿平儿真出奇……可惜两脚是木头的。"大家又哄堂。

为什么呢？平儿照例应踩跻，系木制的小脚（金莲），缚于脚底，这是花旦的一种必备的技能，然而后辈或羊毛下海者，则大抵穿平底绣花鞋，书童题诗，遂发生"文不对题"的困难了。

谈到这里，我想对那"跻工"多少讲一点话。小脚是不大好的事，然而跻工在京戏中还是有其地位的。如富连成出科的花旦、武旦，大约都能踩硬跻（较小，缚于足尖，较软跻之踩于脚心而较大者难得多）这是一种可以傲视侪辈的功夫，因为不下过多年苦工者不办。如果单以"技术"眼光看，这是可以存留的。因为它可以帮助身段的美丽。反正又非真正的小脚，与外国的歌剧中的足趾舞好像也无大分别。如果说它会使人看了再去缠小脚，我想大约不会有此危险；如果说看了那三寸金莲（虽然是假的）就会呕出来，那是胃口欠佳，乃是别一问题，如果说怕外国人看了有失国体，那么《铁公鸡》中的向老帅的"国辫"与一些戏中的太监，都应该取消才是。

对于旧戏的改革问题，我的意见是这样。新型的戏应该创作出来，旧的东西却不必一下推翻，以免弄得落入新的没有，旧的也光了的悲剧境地。

这出戏，平平无奇，然而却也是百观不厌的。这是很奇怪的一个事实。优人有一种耀目的光彩，活着的情调，使人见之便可以感到一种“享受”的舒适，旧戏中有很多是如此的。

这种戏应归入“小品”一类，小品有小品的精致处，也是“大品”的基石，如《法门寺》便是无数精致的小品的积成品。假使不然，那戏就站不住。

话剧历史虽然短，然而也有某人在某戏中“演绝了”的地方，使人不忘。如《结婚进行曲》中之奶妈，可惜的是不能平衡发展，此类精致的小品太少，所以不会有人去连看若干场话剧而不厌。（自然，话剧不如旧戏之常变花样，也为一因。）

《燕兰小谱》卷四“四喜官”条下有诗四首，其二云：“素质娉婷耐久看，天生粉面没包弹。樱桃树下多娇媚，颗颗珊瑚赛木难。”注云：“尝演打樱桃，口吐胭脂颗颗，愈增其美。”在平儿攀枝做打樱桃状时，一膝跪凳上，身段是很美的，也大抵做出顺便摘下来吃的样子，不过用燕支代表樱桃的办法，现在大抵已经没有了。

三十七年四月廿二日重校补记

得意缘

个人的偏好，在旧戏中我最喜欢看小女儿的娇憨表演的戏，举例来说，如《得意缘》《大英节烈》《十三妹》《辛安驿》《枪挑穆天王》之类。演这类戏，老辈中以荀慧生最好。

这几出戏，论情节，都多少相似，带一点传奇味儿。在这里边出现的少女，都雅善武功。换一句说，即巾帼而兼须眉者。其最诱人者即少女的这种“两重性格”，因为旧时代的闺媛，大抵都是林黛玉型的，而于此中突然出现一二特殊人物，当然使人有一种新鲜的感觉，而其一种少女的天性又在刚强中含了娇憨、柔情，其使人神往自不待言。

《得意缘》，通常分四折，《教镖》《说破》《恶饯》《下山》。论情节，论编制，都可以说是上乘之作。紧凑而并不紧张，打情骂俏，都在情理之中，妙极。

荀慧生久违了。毛世来已经有五年不见。小翠花演此不合戏路。求之现在，当以言慧珠的为较好。

凡此种戏最要紧的条件是要有一个好小生作配，而这小生又必须演得戆头戆脑，才可以显出小姐的千伶百俐。教镖一场，那些对白都可以说是“绝妙好词”。当然，这里的女主角，又必须有一口流利正确的京白。在正确之余，又得添上“娇”“糯”……一些条件，于是一个“好女如花，柔情似水”的气氛就完全烘托出来了。

一个会点武艺的读书人，大约是进京赶考去的罢，以一个偶然的机会在山上的一个大家庭招了赘了。太太十分漂亮，家里的一切也都好。然而住得久了，不免有些奇怪与寂寞。这大约正是一种常情罢，正如杨四郎对驸马爷生活也不满足一样。遇巧，发现了岳家是一个强盗窝，做的是“杀官劫府”的买卖，如何是好，设法一走了之。然而岳家为了自己的安全，是不肯放他走的，然而终于由于太太的帮助，逃出了虎口。

我觉得最重要的成功之点是“人情化”。优秀的喜剧或闹剧与拙劣的制作品的分野，即在其抒写“人情味”之如何，不管戏是怎样的传奇了的，有怎样不近人情的情节，然而其中的人物的表现一定要是有人情味的。

譬如站在强盗的立场，狄云鸾的母亲、祖母，是绝对不许放这一对“叛逆的”小夫妻离开山寨的，因为这会给他们带来危险。于是先加以劝告，第二步即是把守山寨不许走过关口，必要时要置之死地。然而在亲子之爱下面，终于放他们下山去了。

这是“人情”。

狄云鸾的大娘、姐姐，都不买他们的账，大打一通，不过因为打不过，都没有留下了他们。这说明姐姐与大娘对妹妹与妹丈究竟没有多大的感情，大家庭中的妯娌之间确是如此的，如此抒写，正可反衬出母亲与祖母的挚爱。

那位祖母真是“铁面无私”的，一根铁拐杖更是使人望而生畏。编剧者造出这个高潮，使观众有如临绝境之感，然而人情终于战胜了理智，铁拐杖下面放走了这一对“小夫妻”。

丁西林先生有一个剧本——《当太太回来的时候》，恐怕看过的人不多。然而我以为是成功的。这戏抒写一个做了汉奸的父亲与他的夫人、孩子、女儿的关系。“人情”与“理智”交战，虽然发挥了理智，然而仍旧没有抛却了人情。

奇怪得很，在读《当太太回来的时候》的时候想起了《得意缘》，我觉得这并非偶然。喜剧的成功不在胡闹，不在噱头，最基本重要的一点还得不失去“人情”。

雌雄镖

承读者好意，从北平寄给我一张戏单，说是希望我能写出一篇小文章来。这是一张“市立剧院”的戏单，有戏四出。白云生与韩世昌的《乔醋》，尚小云荀慧生的《姑嫂英雄》（即《樊江关》），杨宝森的《打鼓骂曹》，大轴是筱翠花、尚小云、荀慧生、叶盛兰、马富禄等的《雌雄镖》，也即是《得意缘》。

这一台戏，包括了四大名旦之二，又加上了花衫名手的筱翠花，又是双出，自然可以称作一台好戏了。不用说在上海是看不到。白云生与韩世昌是北方昆弋的末尾支持者了。在十年前天津的天祥商场上面他们经常演出，最有名的是《狮吼记》，这《乔醋》与《跪池》都是使人不能忘记者。现在整个的昆班当已不能立足，韩白两位也已沦于开场戏，而且白云生的牌子又比韩世昌的高，原因大约是白也间唱皮黄之故罢？

《樊江关》的戏路，多少与《得意缘》的风格相似，也许更像《穆柯寨》。如果比之美国电影，这正是那一类小喜剧，无何意义，尽多小机智，小噱头，如果要是为娱乐而娱乐的话，看这类戏是最妙不过的了。

有一点题外的闲文。

戏剧的功用自然很广泛。我想其中最基本，也最原始的一点当是“娱乐”罢？在印度的中国驻印军中，也经常有京剧的演出，在那时的枯燥生活与无限乡愁之中，很多小兵都欣赏这一类小戏。《小过年》《双摇会》《探亲家》之流最受人欢迎。如果要在此中寻求什么教育的意义，大约是没有，然而小兵在战斗之余，在这里能够找到大笑的机会。一笑之余，就可以多吃两碗饭，如此想来，则其功亦不可没。

因此我想，无论是什么戏，在它的如许意义之中，必然要包括了“娱乐”性。再退一步讲，一出戏如果别无道理，只剩一点下来的话，这一点必须是可以“娱人”，否则便非戏剧了。

《得意缘》我上次谈过一次了。本拟有很多话可说，然而竟枯窘得很，没有什么可说的。真是想不到。

我偶然想起从一本《剧场艺术》（*Theatre Arts*）上看到的一篇小文章——好像是《受虐狂的滑稽》罢，它里边曾经谈到喜剧的一些“钥匙”，他好像曾经提到某一出戏的取材大约是在一个村子中，而这个村子中的所有的人都是狂人。这就使我想起《得意缘》，那一家人家，正是所谓狂人的家庭罢？至少没有一个人是正常的。从老丈人、老婆婆以至姑嫂妯娌之间全是“畸人”，不可以常理论。杀人不眨眼，但表面上都是祥和的，娇客姑爷与女儿，不许他们回门，但要杀掉。再有这么一句话：“喜剧的钥匙，是在每一个极端的悲剧化的场面上之中埋伏着的。”果然如此。当狄云鸾与卢昆杰在教镖之时，无愁无虑，然而小姐的心中却有着不可掩饰的愁怀的。他想起了种种将来的事，这种局势是否可以长期维持下去？教丈夫使用雌雄镖，应当也有她的不得已的意思在。调情，笑语之间，随处都可以看出她的“强颜”，不可抑止的愁怀。

言慧珠演此，有一点这种意思。

“喜剧可能讽刺与批评一种缺陷，但只有在同时完美的意象亦在意念之中。”

正是如此。好的喜剧都应该有一种淡淡的哀愁。“教镖”一场，该是人生中最完美的场面了罢？然而有一种掩抑在底下的“不完美”在。小姐知之，观众亦知之，而只有那个天真的卢昆杰不知道。

等到他知道了这种情况以后，喜剧的开端来了。

《得意缘》的末尾一段处处是惊险的场面。在每一座关口，小夫妻都有丧生的危险，然而都被人情所克服，都成了笑料。悲剧之头，喜剧之尾。狄云鸾带了丈夫闯关时，每次都告诉他说，这一关如何难过，大有必死之势。丈夫更是哭哭啼啼，然而这些难关终于都过去了，用不平凡的方式过去。观众在紧张中获得解放，笑了起来。

最后，老婆婆放走了小夫妻，却还要他们回来说一句话，卢昆杰说：“打一个电话算了，人是不回去定啦！”犹有紧张余波，等到老婆婆说出老人的心事，希望他们将来能回来祭扫一番，不忘此日恩义之时，他们也都哭了。

悲剧与喜剧的情绪往往是杂糅的。

然而我们现在的“喜剧家”，其实是“滑稽家”，他们所信奉者为“噱头”，只要观众笑即可以。这些作家，我觉得还应该看看旧戏，看看《得意缘》。

小放牛

春天到了，花儿开了，风和日暖，正好春游。唐人杜牧诗云：“借问酒家何处有？牧童遥指杏花村。”千古以来，称为绝唱。这杏花村原来不过是一个“村”而已，但是一般“好事者”却偏要实指其处，如《寰域记》即指其地在金陵城南的凤凰台下，并且美其名曰：“杜牧之沽酒处。”

这个地方，我是去过的。去夏与诗人杜运燮同游南京，走到此处，正好看见墙上的牌子写了“杏花村”三字，觉得风雅得很，很想拍一张照，然而左寻右找，没有一块碑碣，更无特殊可喜的风景，没有办法，只好请运燮立在那儿举右手作遥指之状，装了一下“牧童”，好在他也姓杜，也是写诗的，与晚唐的小杜似乎还不无渊源也。

陈文述有两首《杏花村》的诗：

> 江南春雨梦无痕，沽酒旗亭白下门。一自樊川题句后，至今人说杏花村。
>
> 何处秦淮问酒家？青溪门巷夕阳斜。春明旧事关心在，宫体销魂为杏花。

中国人之“好事”真是可以，无论什么东西，一经诗人品题，便身价百倍。事还不仅如此，在京戏中，就又编成了一出小小舞剧——《小放牛》，将杜樊川的诗山歌化了。这是一出小戏，然而极难搬演。因为里边的花旦必须上跷，载歌载舞，动作要若合符节才成，这就难了。如果说京戏是有规型的，这里最看得出。

曩日曾见小翠花演此，牧童为马富禄。马的嗓子正可以说是响得有如汽笛，那是初夏，小翠花宫妆，凌波微步地绕起圆场来，身上的翠带飘飘而舞，正是所谓像穿花的蛱蝶的罢？如一阵回风，如一只翠绿色的大蝴蝶在那里回旋往复，忽上忽下，忽高忽低，使人看得那么柔和，没有一点棱角。难就难在这儿。

马富禄几个转身之后，马上大汗淋漓，可见这的确是吃力得很的。

她们唱的那些歌，全是山歌型。在旧戏中正是唯一仅有的例子。这应该是一位文人的写意之作。出语极为天真而幼稚，那些问答，如摭拾一般俗信，赵州大石桥是什么人修？修好以后“什么人骑驴桥上走？什么人推车他就压了一道沟”？这些话宛然出诸牧儿村女之口，因思这当别有所据，必非文绉绉的老儒在房内可以构想出来的，至少原词也应该是取诸民歌。

那些身段舞姿，宛美无俦，在老伶工如荀慧生，更能在此中添上一层柔媚，有多少羞怯，多少天真，多少说不出来的少女的情怀。但这绝非闺门千金，员外小姐，而是村姑，是农家女儿，于是更为健康得可爱。

后辈中毛世来与艾世菊也常演此剧，只是具体而微而已，未能有十分的好的表演，也即是未能给观众一个真正的乡下女孩儿。

这正是一个不能弥补的遗憾。年青的演不好，等到能演得好了，却已老了，成了“老放牛”，即如现在的小翠花，想象之中一个老妖婆还在台上歌舞作耍，装出十六七岁小姑娘的样子来，真是糟不可言。

我倒情愿看一个聪明伶俐的年轻艺人的未臻纯熟的演出，即使不如理想之圆满也还不妨。

花田错

一出小戏，一出玩笑戏，毫无意义。有时简直是胡闹，然而至为有趣。绝妙的一出花旦戏。

故事是出于为大家所最熟悉的一种形式，公子落难，卖字为生。小姐及笄，物色女婿。花田大会，一见钟情。因缘原可圆满，但因小错，遂致请了小霸王周通来，结果小姐没有抢成，反而将姑爷抢了去了。

此戏或称《花田八错》，可见其错得离奇，错得可笑。

一出玩笑戏，一出 Farce。其目的只在逗人发笑，不近人情，在所不计。就像那小霸王周通罢，说去就去，去做女婿，去招亲，自说自话，等到员外一看不对，想送他三百两银子以了此错时，他自言自语说出一大篇道理来："住了！想婚姻大事，说什么另娶一房。三日之内，允了亲事便罢，如若不然，我就要前来焚庄抢亲。告辞了！"

不顾而去。等员外再叫他回来商量时，却已去远了。

观众自然大笑。而且，不会有人恨他的。虽然是强盗，可是这作风确也别有其道理在。

在一派胡搅之中，却有一个用正笔加意描写的人物，一个冰雪聪明的丫环在——春兰。此戏写春兰写得好极。美丽的小姑娘，喜欢淘气的脾气，知书识字，真要比那位假正经的小姐可爱得多。——这还有一个原因，普通演此戏，多半是主角的春兰，配角的小姐。而那配角又往往是三流角色，剩粉残脂，与春兰一比，就差得太远了。

春兰之好，不是贸然写出来的。她是一个婢女，自然有婢女的身份，小家碧玉气。请卞机写字，替他磨墨：“哟！怎么连一点水都没有呢？”呸呸两声吐了吐沫算数。这绝非大家闺秀的作风。

等要付钱了，却没有钱，春兰就将买头绳剩下来的两个小钱给了卞相公。这自然更为小气。

处处拿跻，使小性儿。要小姐叫他一声“春兰姐姐”，一会儿又脚痛了。这似乎都容易写，似乎有蓝本可寻的，然而前面提到的两点，就是很难想到的典型写法，俗手不办的。

这戏与《桃花村》有点相近，那小霸王周通好像是专做此等糊涂事似的。但是在《桃花村》中，他给花和尚打了一通。这里却是将卞机所装的女郎抢了去了。下文如何，也不知道。

与《文章会》《闹学》也都有其类似之点。然而在这许多戏中，以春兰写得最好，最具有典型的美。

在天津时，常听未出科以前的李世芳、毛世来演此戏，觉得甚好。后来就没有能再遇到这种好机会。那时毛李都小，稚气可掬，虽然欠成熟，可是终较已长成的角色的扮演为不肉麻，李世芳已死，毛世来久不来沪，看看旧照片，似乎也颇有天宝当年的味道了。

嫁妹

十多年前，天津的劝业场的四层楼上，有一个场子，本来是演所谓第×流的京班的，有如上海的大世界，后来为一个落魄的北方昆弋班所租，演出昆曲，卖票极廉，生意极好。鄙人当时也曾冒充风雅，时往捧场，以表示对这行将绝响的昆曲的同情。座上时常可见白发老先生戴花镜，手执一册《缀白裘》在静聆雅奏，可谓“盛事”。我记性不好，已不能忆当时的正旦台柱是谁了。但非韩世昌，小生亦非白云生。靠了来撑场面者是侯永奎。但我所欣赏者则是几位老伶工，如陶显庭、侯益隆、郝振基等。这些人现在也大抵都已谢世了。战乱之间，我简直不知道他们的死讯。只在光复以后接到朋友一信，说这些人都已不在，当时实在觉得不胜寂寞。

当时在读书，住在校内，校规极严，夜九时即锁门，迟回者不得入。然而我还是有几次去听夜戏，归来后越墙而入，如被发觉是要被开除的。冒了这样的险去听戏，当然这必须是值得听的戏。除了梅博士以外，即是这个昆班中几位老伶工平易不露的佳作。其中之一即是侯益隆的《嫁妹》。

这一折戏是说着钟进士的故事的。钟进士不愧为中国古来的风流人物，是中国文学史上有名的浪漫的典型，极有童话人物的意趣。最近更走红而为现代的具有“正确意识”的戏剧家赏识，要他去捉了一次鬼，我无暇去恭聆雅奏，不知他在表演着怎样的行动，推想起来大约是颇近代化的了。惟我所有的印象却仍为古典的钟进士，与此并无关涉。

钟进士脸谱极美，穿官衣，隆背，与画家笔下的他大约相去不远。戏仅是一折，说着送他的妹妹去出嫁的故事。这位进士的差役全是鬼物，他能指挥如意。然而他又是颇穷的，虽然有着“进士第”等招牌，伞盖，然而并不金碧辉煌，像现在大官的万民伞一样，他的给妹妹的奁资也是极薄的，也不像现在的“财神”的女儿出嫁，嫁衣裳就得由一个运输机来运。

他究竟已是鬼物了。——神也是鬼的一种——所以行动也多少带有鬼气。在旧式的歌剧里出现，就是近于跳跃的如许身段。在侯益隆演来，钟进士端带，整冠，拂拭衣襟，美极了。在京戏中，似乎只有《青石山》中的周仓与《打棍出箱》中的煞神有其遗绪罢?

这是极为完整的一出中国的古舞剧。载歌，载舞，给我的是一个完整的印象，十年以还，我所有的印象也大半模糊。然而还隐约记得他出场以后唱的辞句，甚美，朴实粗犷的美，使我久久不忘。

“××着破伞孤灯，摆列着平安吉庆。听声声枝头小鸟闹春晴……”记性真是坏，已经记不起来了。而这时却又无暇去翻《纳书楹曲谱》与《缀白裘》，只索罢了。

这种文辞之美在京戏中是不可多得的。《红楼梦》中黛玉与宝钗谈及《醉打》，两位都极欣赏鲁智深的曲子，可以了解。袁寒云特别欣赏《惨睹八阳》中的“收拾起大地山河一担装……”可以了解，甚至李逵唱“风雨替花愁”也并不可笑，也可以了解。

《嫁妹》给我的整个的感印，于上面所说的一些之外，还有的是一种森然的“鬼趣”。我想这与罗两峰的鬼趣图是不无渊源的。如果加以改编之后，却失去了这种森然的鬼趣，倒是可惜的事。

顺德罗瘿庵《鞠部丛谭》中有一则云：“老何九为昆净第一，其火判，山门，嫁妹等剧皆非他人所能及也。……近者侯益隆之嫁妹，功驾甚佳，已极难得。较之何九则火气过重，不及何九之神气倨慢也。”

戏凤

《戏凤》是一出小戏，描写明朝的那位“风流天子”正德皇帝的故事，又名《梅龙镇》。照理这戏应该是很有趣的，然而我却并不喜欢。不，我很厌恶京戏舞台上的《戏凤》，然而却对那真的《戏凤》，也即是看了几册野史以后，觉得对于正德帝似乎少少了解以后，所想象的那出真实的“戏”，颇有兴趣。

京戏的《戏凤》，只有三句戏词作得很好，我似乎已经不止一次地提起过了。这即是李凤姐女出场时所唱的那几句：“自幼儿生长在梅龙镇，兄妹卖酒度光阴。我哥哥……”这很直觉地给我掀起了一个小家碧玉的影子，我的一切幻想就从此出，不过后来却写得很不好，舞台上凤姐下跪向正德讨封，看见了银子而遂即目眩……这自然是写戏的人写坏了。

这出戏里面的正德也写得不好，弄得成了马派的应工戏，也即是那位到东北去献过刀的马连良老板的应工戏了。油腔滑调，美其名曰“风流”，动不动就要拿出金印来夸示，还说那一套“聪明得有些笨了”的谜语，“大圈圈小圈圈黄圈圈”的一套，这给我的印象至为恶劣。我想如果凤姐真是爱上了这么一位“风流天子”，则真正辜负了那个好名字了。

正德这个人，照我的浅薄的推测，应该并不是一个那种浅薄的“洋场恶少”型的人物。如果看一下中国的历史，在那么许多皇帝当中，花样真是层出不穷，有的凶狠，有的阴险，有的糊涂，有的什么都不懂只会作诗、玩女人、作词，或造房子、画画。这一批皇帝大抵都倒了霉，不是亡了国，就是被别人杀掉。总而言之，在封建时代想要做一个“奴隶总管”，就非得有些“狠”劲不可。虽然“仁义之道”给孔孟吹得多么好听而重要，那都是假的，骗人的，在利害关头如果你松一下手，就给人家杀了。如果想成功，很简单，就得杀人。虽然杀人之道甚多，不那么单纯，其方法具载国史，兹不赘述。

然而明武宗我以为是一个例外。

我读过明朝的几种野史以后，知道无论正统与非正统的史家对他的观点，是都以为“荒谬绝伦”的。照那些记载看来，也确属荒谬，然而我则觉得这确是一个人，就像刚从森林里面走出来的日耳曼人的“皇帝”一般。

他的幼年生活不很好。我们熟知的《法门寺》里的“九千岁”刘瑾就是他的“保姆”。刘瑾说：“自幼进宫，九岁净身，扶保老王，老王晏驾，扶保幼主正德皇帝登基。明是君臣，暗是手足一般。”这几句“自白”很有点历史上的根据，我们可以想象正德幼年过的是一种什么日子。他是那么一个野孩子，但是却给压抑在这么一个恶魔的手底下，我很明白他的愤懑。一旦有了办法，自然，第一件事就是将刘瑾凌迟了。

这以后他好像已经得到非常的自由了，他不重视皇帝的那一套“家法”，私行、出关、逸游、自封将军去作战、玩女人、侮辱和尚、侮弄朝臣……总而言之，对过去束缚他的一切“社会规则”作战。

他很烦闷。我很可以想象拿破仑在远征之前的心理冲突，一个平民娶了贵族的约瑟芬，她看不起他，结果这一切都爆发在战争上。

武宗还缺乏拿破仑的世故和组织本领，所以他的烦闷的发泄仅是野史中的“奇谈”。

然而这是一个所有的中国皇帝中最原始的、生野的、天真的一个。

关于明武宗的事，毛奇龄的《明武宗外纪》中记载得颇详备。明朝人的记载也处处可见。现在从《玄览堂丛书》第一辑中的《明朝小史》中选取数则：

> 宁王宸濠之叛，帝传旨云：便着“提督军务威武大将军总兵官后军都督府太师镇国公”朱寿亲提各镇边军前去征剿，盖自谓也。

真是好长的官衔，真是过足了官瘾。

> 帝幸延安。守臣具膳送行。常规，镇守太监送酒，巡抚下箸。是日来迟，巡抚郑阳将箸收在袖，恐失落也。

> 须臾上至，随从兵卫扰攘，将巡抚挤下。盖是时皆戎服莫可辨。上御席无箸，急呼送箸来，仓卒无处寻。上笑曰，使我若做抚按官，决不如此怠慢。

这在别的皇帝，或者是杀头的罪名了，然而他却从容如此。然而却不要以为他不喜杀人，有时候杀起来，却也是无理由的。

> 帝尝狎边妓刘氏，时称为刘娘娘。刘恃宠，略不以上为意，苟有所忤，辄称病不起，上为之失措。

这里的刘氏，可能就是凤姐的化身，然而也可能不是。我们何必在这种地方仿效笨伯做无聊的考证呢？然而这正好看出来他对女人的态度。

我所引的三个例子，正好说明他对自己、对别人、对女人的态度。总而言之，是随随便便，自己不曾以皇帝自居，当然更不是京戏里的那种动不动就拿出金印之类的东西来以示优胜的情形了。

因此我说他天真，很有点自由的思想（他曾“自称大庆法王，命吏礼二部便写敕铸印与他”。对于当时盛行的佛教密宗也很有兴趣，想来弄一个头衔玩玩），但是我并不说他是了不起的人，因为他所受的教育与传统的社会规条给他的绝大的“自由”，让他去做了很多坏事。然而这不是现在的这篇小文章所能根究的了。

在京戏的舞台上通常看得到的不过仅是一折《梅龙镇》，全部《骊珠梦》我不曾看过。不过记得一点，好像凤姐是短命的。那原因当然又是因为她的小家碧玉的福命太薄，不足以正皇后之位，于是当武宗以香车宝马载之入关时，就死去了。

怎样死去的呢？据说是看到了居庸关的关头上的狞恶的神像，受了惊恐，因而生病，死去了。

这一点不知是否有所依据，或出诸传说，或是编剧者的想象。总之，我以为这是很美的。在塞满了大团圆、金榜乐之类的旧剧舞台上，居然有这样一个例外的结局，不能不说是难得的了。

这也是我喜欢李凤姐这个人物的一个原因。因为她不曾在舞台上出乖露丑，弄得一塌糊涂。“美人自古如名将，不许人间见白头。”看了《骊珠梦》的剧本实在不能不羡慕她的运气真好，没有给庸俗之笔或庸俗的戏子所玷污。

三十七年三月五日重写

夜奔

《水浒传》中有几个极为可爱的人物，鲁达、林冲、武松、杨志都是。个人癖好，尤喜欢林教头。读《水浒》若干遍，每次仔细翻阅，不忍释手者，只《林教头风雪山神庙》一回。文章素朴无华，然而情事如见，情感更为深挚，感人至深。

明李开先作《宝剑记》，即以此为根据，叙述林教师被逼上梁山的故事。这戏在昆曲中，只剩下了《夜奔》一折，流传未替。浸渐走入皮黄班，杨小楼也善此。

我在天津，曾数次听侯永奎演此折。极好。这是一出名剧，每贴必满堂。剧虽然不过是小小的一场，然而极为紧张，剧场中有零页的曲词可买，坐在台下，听他歌唱舞蹈，一面又可欣赏曲词的渊雅，印象颇深，至今还能哼出两句来，虽然并不曾学过拍曲。

林武师穿黑色短靠，一副夜行人打扮。这时正是雪夜上梁山的时候，杀了陆虞候等以后，一个人孤零零地夜行走上去梁山的路，时时警觉于后面的追兵。出场时唱：“数尽更筹，听残玉漏。”写尽了孤飘身世的夜奔者的颤动的心情。底下接唱："逃秦寇，嗄哈，好教俺有国难投，那搭儿相求救！"

如许孤愤，听了真使人泪下。

林冲有几句诗："欲送登高千里目，愁云低锁衡阳路。鱼书不至雁无凭，几番欲作悲秋赋。回首西山日又斜，天涯孤客真难度。丈夫有泪不轻弹，只因未到伤心处。"这末两句照金圣叹批来，可以算是"奇绝"的警句了。数年之前从商邱到界首，走过日军的封锁线，走过伪军的哨岗，行经三十里"阴阳界"，当时的河南，正当大灾荒，哀鸿遍野，群盗如毛。坐在架子车上赶路，满地风沙，疏林落日，离前面的村庄还有十里路程，偶尔听到几声土枪声响，当时的心情，正与这里所说的相类，不过那时还是"有国好投"的，此其区别耳。

《夜奔》与《探庄》，同为载歌载舞的重头戏。原本中间并无过场，完全由林冲一人连唱带演，一气到底。杨小楼演此，中间加了几个过场，有徐宁（金枪手）追赶的场面，给林冲少许的休息，然而这却冲淡了原来的完整与紧凑，我觉得改得不见高明。

描写山中夜景与林冲的惊恐、慌急，词句美得很。《收江南》："又只见乌鸦阵阵起松梢，数声残角断渔樵，忙投村店伴寂寥。"又接写旅人的怀乡念亲："想亲闱梦杳，抵多少空随风雨度良宵。"正是洒英雄泪的心境，英雄至此，也应一哭！

胡适博士战前著过一篇自传性的文章，"逼上梁山"，自夸其改革国语等业绩。最近又作过河小卒之诗，隐隐之中也寓有被“逼”意。然而我看这与林教头的处境倒是大大的两样的，一个是真的被逼，一个则是荡妇失节前的呻吟也。

林武师本来是八十万禁军教头，正是朝中赫赫大官，如果肯将妻子送给高俅玩，恐怕还有擢升天下兵马司元帅的希望，然而却并未如此。林教头自然并没有什么“法律问题”之类的“常识”，所以失败了。

本来是统治者的爪牙，却被赶到“反叛”的阵营中去，事理反常，竟致如此，难怪邵康节老先生在驴子背上掉了下来，《水浒》楔子虽未揭出其摔下驴背之因，我想邵老天机妙算，应该早知天下要大乱了。

别姬

很久没有踏进歌场了，这对于我似乎是一种难堪的寂寞。从小生长在风沙之中，习惯了戏台上乐人吹打出来的最高音，并不担心会给震破了耳膜。试想在西北风中，惊沙扑面，衰柳枯号，野台子戏的看客需要的是怎样的一种音响，这当然不会是浅斟低唱的清歌，只有能够压低了虎虎的风声的急管哀弦……

其实我这里所说的也已经是古昔的事情了。自从南方的士大夫带去了楚语吴讴以后，锦宫灯下，红氍毹上，就慢慢添加了《牡丹亭》《桃花扇》的成分，以迄于今成了目前的型式。虽然旧日的情调还多少保存着，这总已经是另外的一种东西，正像昆曲在北方成了“高腔”，也就是“弋阳腔”，有殊于南曲。

三年来的旅行中，走过了河南安徽四川云南，也领略了这些地方的地方剧，似乎只有川戏留给我较深的印象。那激越的情调，那凄清哀号着的“海螺”着实震动了我的心，不过这大多是出发于长江上、丛山中，与平沙列万幕的地域的民间音乐也还是不相同。

流离中听京戏的机会也不是没有，不过那经验是不大好的，在重庆一次走进实验剧场，坐了五分钟就不能不跑了出来，颇感到了悲哀；看了也还是客满的情形，也还有一大批人在欣赏着的东西，我竟无法忍受下去，自己的趣味真是已经与大众如此悬殊了么？

从此就不轻易走进剧场里去。这一回却偶然和朋友们去看了李世芳袁世海的《别姬》。说偶然也不全是偶然，提起来也不免有些感慨，因为这个戏班里差不多全是富连成的人。十几年前，在天津念书时，曾经有一个时期每天下课后去赶看他们的戏，那时他们还都是小孩子，我十分喜欢李世芳毛世来的《花田错》，当时的心目中，这真是一对璧人，散戏后，在后台看见下了装的他们，一个个委琐可怜，剃光了头，瘦削的面庞上有一对大大的含满了惊惧的眼睛，灵活地害怕地看着人。非常奇怪，在台上那么光耀的活泼的原来就是这么一批小可怜儿……

现在他们都已经是红角，在舞台上叱咤风云，赢得如许彩声，如许欢迎的眼色，“舞低杨柳楼心月，歌尽桃花扇底风”，我所忆念的倒还是十年前的那一些影子。极可感谢，他们还多少保留了当时的规矩，幼稚和未臻圆熟的调子，在有的人看来这是缺憾，在我只觉得这些可亲可怀。

《霸王别姬》不算一出老戏，它的编成迄今还不过二十年，大约出于齐如山之手，是为杨小楼梅兰芳编的，杨小楼已经死去七八年，舞台上再也看不见那一位老伶工，他的高高的身材，特别是适合于霸王身份的激切而高的声调，繁复而美的身段，一个人在舞台上，就造成了九里山前千军万马中的幻影，在情况变化之中三次呼“酒来”，每一次都各有不同的凄清、激越、苍凉，他又是怎样善于描绘霸王的躁急、豪直，这一些都造成了可爱的性格，在观众身上汲取了大量的同情。这一些都只能留在想象里了，现在就还只留下了一大张杨梅合摄的彩色大照相和六张留声片子。在那照相中，杨小楼不过是站在那儿，一个呆相，可是那是多美的形象，我可以幻想他会走出来，他要发出怎样的号令来，多么活生生的舞台照。

袁世海自然差得远，可是从他的努力的模拟中，我处处可以寻出已经不能再回来的杰作；在他明知不能学而藏拙的地方，可以用记忆中的印象补充，这出戏在我还是完整的。像一本名手临摹的法帖，虽然已经十分不像原本，可是它能使你处处提起原来的记忆，这就是它的好处。

戏给我的又不只这些。他使我记起了历史。

那也是一个乱离的时代。在一大批逐鹿者群中，项羽是一个杰出者，刘邦的唯一的劲敌。他带了八千子弟兵，东征西战，所向无敌，他的成功与他的失败，历史上没有清楚地讲出来，不过有一点，“四面楚歌”一向都认为是韩信的诡计，可是项羽在听了以后也不能不疑心“莫非刘邦已得楚地”，一个得到群众拥护的领袖，是不会有这些疑惧的。他们的争夺的目标，有什么主义，这些现在也不必管，甚至于跟王芸生先生那样的论客也“此亦一是非，彼亦一是非”地辩不清楚；可是有一点可以认定，项羽的八千子弟兵是逃亡殆尽了，这大抵绝非韩信请了几位唱“汉戏”的朋友们一演奏即可生效的事，是很明白的。

扮老军的孙盛武（丑角）说了几句冷冷的话，赢得了满场的彩声，他以一个八千子弟兵的身份听了四面的楚歌之后，想要归守田园闭门思过：“好将来再见我们的青天白日呀！”小丑的冷讽，或者可以谥为“奴隶的语言”的罢？使我想起了《梨园史料》中的刘赶三，在戏台上当面讽刺李鸿章而被捉起来的故事。

也就是这“民意”被帐外散步的虞姬听见了，报告了项羽，才使他感到“大势”已去了的。

虞姬是可爱的，在舞台上。她的轻微的叹喟，轻盈的舞步，随了大王东征西战，自然是标准的中古的骑士的美人，她也曾劝过霸王不可出兵，可惜项羽听信了李左车的话：“臣闻汉军正在缺粮，大王不可失此机会也。”而一连声喊打，“兵发沛郡”，不可收拾了。这结果就又是虞姬的眼泪，将霸王的愚蠢从观众的心中洗干净了。

再下去就是那一片美丽的场面，美人步月，四面楚歌，英雄的悲哀，把乌骓牵了来发了一顿牢骚，又是饮酒消愁，美人的最末的舞剑，“最后的晚餐”，胡琴——这大漠风沙中的乐器——奏起了《夜深沉》，夹杂了鼓声，虞姬的悲哀不胜的舞步，更急促更急促，终于戛然而止了，伏剑而死。

我幻想柏林围城中希特勒和他的情妇的结束，不会有这么美罢？

观众的同情是在这一面的。中国人大都与王芸生先生一样，觉得这些人都是杀戮民众，争夺王位，没有什么分别，而英雄美人的离别又是那么可怜，又哪得不一掬同情之泪呢？

在艺术家的笔下，往往重视了效果而忘却了真实。法国大革命时代玛丽安东尼的淫恶在好莱坞的编剧者笔下，也成了举世同情的“绝代艳后”。这情形正是相同的。

三年前去过徐州。曾经在一个风雪的下午走上了云龙山上的放鹤亭，东望脚下的徐州城堞，从乡下小孩的指点中看九里山，仿佛听见什么人在唱：“九里山前作战场，牧童拾起旧刀枪。顺风吹起乌江水，好似虞姬别霸王。”

又去凭吊了不为项羽重用而疽发背死的范增的墓园。

当时的感想是：“好一片战场也！”现在这儿就又成了好一片战场。

我又想起了旧剧的“美”。我也看过话剧的“楚霸王”，当时同游者就是戏里面的范增，“范增”就说过这样的话，“文明戏”不是艺术，京戏才是艺术。我有同感。金鼓声，胡笳声，胡琴声，急管哀弦，身段，舞步，把我送进了激动的高潮。被讥刺为“大面的沙声”的英雄叱咤，小旦的悲哀的女高音，在话剧中都无从捉摸。更加上庸俗的编剧导演，千篇一律的演说式的对白，我不能不承认“范增”的话的真实了。

话剧是不是也需要走一点“歌剧”的路呢？尤其是在要表现这样的战争的场面的时候？

去年冬天我又听了一次梅兰芳的《别姬》。那时李世芳已经在北飞时因飞机失事而死去了。梅给我的感想是他真的老了。只举一个小例，虞姬的出场时的自白，最后一句“思想起来，唉，好不忧虑人也”中间的一个轻微的“唉”字就略去了，而这在唱片中还是保存了的。多么轻婉的忧郁的表露呀，逐渐干涩下去的嗓音剥夺了它。听朋友说有人看了我那一篇《饯梅兰芳》，说我不该那么写，我听了惘然，可是我终于未能删去那一篇。

三十七年四月二十二日重校补记

第四辑

饯梅兰芳

梅浣华在上海出演很久了，从来没有想到去听一次。因为听说票子极不易买，而且博士的嗓音不如从前了，何必去凑这个热闹？今天打开报纸一看，临别纪念，只余两天，路过戏院门口，看看还有位子，于是就听了一次《汾河湾》。

我不懂戏，而且也从来不会作谈戏的文章。然而这次却不容自己想写一点“槛外人”的观感，给我们的博士作饯。

我有说不出的感慨，戏散以后，谢幕已毕，走在大街上，车水马龙，华灯人语，如此热闹，如此荒寂，我想到梅浣华五十余年的舞衫歌扇的生涯，垂老还在舞台上做戏娱人。然而他的嗓音的确大大不如从前了，全失了低回宛转的控制自由，时时有踢蹶的处所。听说他的唱戏是为了生活，说好听些是为了一批跟着他的班底的生活。一世伶王，他没有余赀，垂老卖艺，这使我十分敬重。

我又想起沦陷八年，梅在上海留须隐居的故事。这正可以媲美南唐的乐官，“一曲伊州泪万行”，有多少说不出的辛酸。时至今日，梅恐怕又将有留须的必要了，为了那些外来的“殷勤”，还有一个理由，嗓子的确不行了，为了保持过去的光荣，梅有理由从此“绝迹歌坛”。

《汾河湾》是一出老戏。老戏有老戏的好处，千锤百炼，经过多少时光的润泽，精炼是必然的。英文名《一只可疑的拖鞋》，绝妙的一个小品。看看目前的角儿，哪一个能演得那么细致。几经雕磨，几十年的舞台经验，乃有现在的梅博士。虽然对白处处使我为他的枯涩觉得吃力，然而看那动作表情，无处不使人会心。盼丁山归来的忧心，见仁贵说出来意以后，她说出自己的真名，又羞于衣衫的褴褛，几次扶头，拂拭衣襟，如此的美。接过金印以后故意做出失手而未堕地的欢喜之情，与仁贵开玩笑说“与那人一块睡觉”时的微妙纤细的表露。听说仁贵还在做“马头军”时的失望，失望后无奈地寻笑话说。处处都是小动作、小表现，多么难得的表现呀，在现在的舞台上找不到第二个。只言慧珠多少有一些像，言的聪明，学到了不少老师的细腻。

唯一缺憾，听到丁山死讯后，哭儿子时两袖向仁贵身上一拂，博士笑场了。

奇怪得很，赌气坐在地上时，装出不快活的脸子时绝似芙蓉草，可怕的“老”。

嗓子的蹋蹶，几次争论马头山与凤凰山时的出语，使人气闷。又想起芙蓉草。回忆十年前在天津听梅的《贩马记》，“儿是夫人了”句的圆润，不堪回首。

说到“少年子弟江湖老”（杨宝森不是这句）“红粉佳人白了头”时，“彼此，一样”，我不知梅有无感慨，我真觉得悲哀欲哭。

穿青衫，拂水袖，容华依旧，我们的舞台上更无如是清丽的现身。后来加包头，加花袄，就少嫌臃肿。

十年前在天津南开，当张伯苓校长与张蓬春先生陪梅来参观时，我钻到大礼堂的后台，突然出现找他签字。听戏时到结尾不顾前排人的厌恶，跑到台前去看得更仔细些。今天我又挤到台前去看谢幕，我鼓了掌，两次，三次。我看见梅的确是老了。

“收拾铅华归少作，屏除丝竹入中年。”我们的博士又奚只中年，五十多的人了。《特刊》里正好有一张照片，多少年前梅初至上海时所摄，高领子，站在一盆花前面。我想象这一个历尽沧桑的人物，从《金台残泪记》时代经历若干年的风险，到现在的艺人。受多少人崇敬，盖非无因。

《汾河湾》是个小喜剧（就算我又下错了定义罢，梅博士最后的笑场也可以给我辩护了），看了以后却有满心的感伤，如果梅浣华真是“绝迹歌坛”了的话，我这就算给他饯别罢。（五日晚）

念小翠花

“蒜瓣儿就凉水儿，凉水儿就蒜瓣儿，我是这样想你!”这几句戏词，若用小翠花的嘴讲出来，越发干脆，没有挽回的余地。

这是邓叔存先生在《癸酉行笥杂记》中的两句话，形容小翠花我觉得颇能尽其妙。

小翠花原名于连泉，富连成弟子。演花旦有名于时，俨然京戏中花旦典型。跻工之佳，二十年来，无足与并者。他恐怕是《品花宝鉴》人物之留存于现代的末一人了。尝见他穿女衣，照相，作民初的装束，妖冶之至，实际他的私生活我不知道，不下批评，但对他的表演是非常欣赏的。爰道其一二。

小翠花最有名的戏当是一些刺杀旦的戏，如《双钉记》《马思远》《杀子报》《战宛城》之类。我尝听他的《双钉记》，出台之顷，小衣素衣，大约是月白的短衣，坐在台上，双目四射，说道：“奴家，白素连。”仅此一句，即可使台下的噪杂声音为之一扫，再借一句戏迷的话来说，小翠花的眼睛一扫，从台右至台左，四角里，每处的人都觉得小翠花好像是在看他似的。这种风度，在目前的舞台上，也不见第二人。

小翠花的嗓音沙哑，似乎不宜于唱花旦戏，然而口齿之清脆，有咬嚼，能使字字送入耳中。交代之明白，在“说京白”的角儿中，可称第一位。四大名旦，梅兰芳的京白是好的，典雅，如大家闺媛；程砚秋不行；荀慧生清而柔，小家碧玉，最能传神；然而描写荡妇，写“最毒妇人心”的女人，则只有小翠花。

我也听过他的《战宛城》《蝴蝶梦》。这都是有“刺杀”场面的。如《蝴蝶梦》中的劈棺一场，手执菜刀，头发散乱，一脸淫欲与理智相激斗的情状，扑跌，跻工独绝。如果说童芷苓吴素秋等只是以色情卖弄的话，那么在小翠花身上脸上是另有其特色的。我想这是艺术，但如说是“诲淫”，自然也是的，只关乎看法如何，好像《香园》（*Perfumed Garden*）是古典，也是禁书一般。

社会上存在着这一种现象，加以抒写是艺术家的事，无能者或低级者弄得不好即成为不可救药的下流东西，然而这原与艺术无涉的。

捧萧长华

萧长华是梅剧团的老班底，以七十高年来沪佐梅博士演出，我很喜欢他，听了两出戏，也颇觉得满意。萧已经那么老了，所演的又是丑角，而且现在又已离开了上海，我在这里捧一下大概还不要紧吧？

第一，我想表示我的崇敬之意。中国的舞台上，曾经有几个从事戏剧生涯数十年之久，不堕于荒淫，不沦于恶趣的呢？近八十的老人，在台上还是活生生的，妙趣横生，经历了数十年的沧桑，眼观如许事变，萧老当是目前的柳敬亭，苏昆生罢？

那一天我听了萧老与姜妙香的连升三级。这是一出“冷戏”，平常不大见。萧姜合作大约该是目下的“第一份”了。萧扮店主，一个饱经了人情世故的人物，姜妙香则形容尽了那时代中的腐儒的腐字，现在的小生群中，真能做出这个腐字的实在很少很少。两位是工力悉敌的。店主东开始以慈悲的心情接待这个穷酸；稍后，因为半夜三更，高声读书，而加以“训斥”，乱解经文，那一段是大家都知道的妙文。当他引了那个穷酸住进店去的时候，指着上房说：“那是重庆飞来的老爷们住的!”使人想起古时优孟，清末的刘赶三。一句名言“专制使人变成冷嘲”，这真正是所谓“奴隶的语言”。当他引起了台下的哄笑时，我想这笑声大可分析，大约很不致引起人的愤怒，即使是真正的重庆飞来的老爷，大约也只是莞尔而笑而不会觉得这家伙该杀的罢。这大约真是时代的悲哀。然而这是时代中值得欣赏的“艺术”，在这只能利用冷嘲以抒愤懑之时，岂不是欤?

今天得读新闻，傅斯年先生在参政会中大声疾呼，要清查孔祥熙宋子文的财产，声色俱厉，掌声如雷，终于却也不免为“豪门”所暗笑，如单就其滑稽冷隽而论，盖尤不及萧老远甚。

京戏里的丑角如果分将起来，也可以分那么几种。如“硬滑稽”——马富禄即属此类，努力做出怪状，使别人笑乐。我并不说这不是“上乘”，然而直感地觉得这种滑稽是没有什么味儿的。

比较高一等的品级，大约可以称为冷隽了。他们大抵做出最冷最无表情的脸，说着最荒唐不经的话，也可以使人发笑。然而这也是做出来的。

至于萧长华，我看他的滑稽，已经不大是做出来的了。

再举一个小例。有一次我去听梅兰芳的《春秋配》，砸涧一场，萧老挑了担子在涧边经过，那个被砸在涧中的强盗向他求援，自己假说是贩米的客人，萧老在不经意中说道：“瞧啊，白米卖多少钱一担了，你们这些贩米的，真没良心呀!”这自然是临时抓的“哏”，自然米价之贵也并非全是米贩子的“功劳”。然而我觉得很好，因为我看萧老那么一个六七十岁的老小贩，在不经意中流露出这么两句来，正是出诸一个小百姓的心底之言，话虽滑稽，却实沉痛。这使我觉得“伟大的喜剧往往是孕育在悲剧里面”的话的正确。

戏台上各式各样的人物，都在恪守剧词，做他们的职业表演。只有小丑才可以随时随地自由地说两句真话。戏班后台最重小丑，如他没有动笔涂白鼻子，别人是不敢化妆的。我想这实在是应该的事。

怀侯喜瑞

谈《法门寺》时，想起了刘瑾。从刘瑾又想起了侯喜瑞，引起了我深深的怀念。不听侯喜瑞已十年多。最近听说他晚境潦倒，已沦落在天桥的茶馆中清唱；也有人说这是不确的，他其实老境甚佳，去天桥不过是消遣而已。无论如何，这位老伶工总使人觉得他的命运不免寂寞，使我深深地怀念不已。

当侯喜瑞红极一时之际，在北平，一天赶三场《法门寺》，从东城赶到西城，压轴赶大轴再赶晚场。不洗脸，乘黄包车来去。侯自己笑说，一天被阉三次，传为美谈。

侯的《法门寺》我也听过不下十余次。那在大殿上的一场，当太后已经退去，刘瑾重新整冠拂绣带，摇摆登座。这种身段，我从未看到别人有过，应是一绝。

侯身材矮小，嗓子也不甚洪亮，然而身段极美，韵味极醇厚。听惯了有如叫驴的金少山的人大概不能赏识侯，然而唱武净戏金少山万万不及侯。

旧戏是一种中国旧歌剧，身段是极重要的本领。如身段美，矮小可以由之而补救。当《战宛城》的马踏青苗一场，大军开过，台上静落落的，只剩曹孟德一人，这时你可以看到曹孟德左手抱令旗，右手执马鞭，一个人在平原驰马，左右驰回，前进后却，马失前蹄，陷入田中，提他起来。只是一个人，一根马鞭，身段如此繁复，在金鼓齐鸣之中，可以想象古战场的风光。这种演技，不见于话剧，不见于别种戏，即在京戏中我也只见侯喜瑞，郝寿臣虽有活曹操之号，不及也。别人更不用说。

净角的开脸也是一种技术，如果只照谱而涂，似乎人人皆会，然而不然。侯在台下，一个干枯瘦小的人，然而开脸之后，遂俨然气势沉雄，此中也自有不可漠视的技术在。

武二花的戏，如《失街亭》之马谡，《取洛阳》的马武，《芦花荡》的张飞，都是侯的绝作。我情愿去赶开场戏，听他一出《取洛阳》，即便离去。这种小品，现在在南方是听不到的了。

我听过他几次《回荆州》。张三爷的脸谱真美，白地黑花，两颊还有轻轻的胭脂，妩媚极了。穿黑紧小衣，戴黑笠，起蝴蝶霸，美极了。张三爷之可爱，恐怕实在是真的。他有那么许多爱娇的作风，鲁莽得一些也不讨厌。受了委曲使人不克自己地同情，当老张接到大哥（刘备）之后，被介绍见了孙夫人。老张不免有些腼腆，怪难为情的，施了一礼。孙夫人还了一礼，说道："三弟免礼。"老张真是乖而好弄，天真地也用小嗓学一句："三弟免礼。"看到此处，我不禁叫绝，可爱的张飞，可爱的侯喜瑞。

侯喜瑞是富连成第一班的老大哥，性喜吃酒。戏份大约都是喝光的。他的潦倒，或者真是当然的罢！上海人约他，他不肯来，“顽固”。郝寿臣已归隐，卖尽了自己的行头，侯喜瑞复沦于穷途，于是裘盛戎成了“宝贝”，虽然不喜欢学老派剧评家动辄叹息旧时的风光，这里也不免要呜呼一下了。

最近北平有两出《桃花扇》上演。其一是北平艺术馆的“改良平剧”，另一出则是齐如山编的，因为不曾看过，所以优劣如何不得而知。只在报上看见侯喜瑞参加齐编桃花扇演苏昆生一角，颇不错，不过他在剧中曾有大段“演说”，末了还大呼口号云云。这就不知道是谁的“创作”了。我看了这消息觉得满身不愉快，比听敬爱的朋友去探索什么“新路”还要不愉快。

三十七年四月二十三日重校记

谈郝寿臣

郝寿臣在北方净角中，与侯喜瑞齐名。特别对曹操一角有好的表现，人称活曹操。在梨园行中的地位上讲来，郝胜于侯，因为他是“知识分子”，大约还是天主教徒罢。其兄在天津育才小学做校长，是体育界的名人，在世运会时，曾经带了国术队到柏林去过。抗战发生后，郝寿臣即绝迹歌坛，卖去戏衣，再不登台。直至现在也不再有重出的意思，所以今后想再听郝寿臣，也将是不容易的事了。

郝的名作，其实是《审李七》，即《李七长亭》。因为他的身体短胖，嗓音沙狠，演出那个江洋大盗，是极合适的。但使我不忘者，是一出《桃花村》。

他扮鲁智深，那个花和尚，当未出场之前，台下一片声音乱得十分，他只在帘后一声咳嗽，宛若沉雷，于是万众无声。等到门帘启处，花和尚头戴月牙盔，袒腹，大肚皮垂在前面，大洒步走将出来，肩挑经担，足踏净鞋，一摇晃，宛然一个莽和尚，不禁使人拍案叫绝。

一种说不出的感印，名伶有名伶的声势，一举一动，每一声口，都使人听了极其熨帖。艺术的纯熟委实是一件不可幸致的事情。求之后辈，就极难找到这种情形。

刘连荣袁世海都可以算是后起之秀，也都有嗓子，然而不知如何，令人看了总觉得小家气。嗓音刘连荣亮，然而过刚，袁世海亦然，欲求郝寿臣的沙音，在现在就没有。

每一个角都可以卖力，而且卖力当然是好事情，观众都欢迎的。然而卖力也需要功力，如果刘连荣卖力即成为洒狗血，郝寿臣之使人怀念也在此。艺术是一种十分特别的东西，因此想起钟嵘《诗品》中所说的那种“落花无言，人淡如菊”的境界，时光的磨练，对于一个舞台上现身的人物，是极重要的。

抗战前几年，杨小楼与郝寿臣合作，光芒万丈。我听过他们的头二三四本《连环套》《野猪林》《甘宁百骑劫魏营》……戏都是新戏，在编制上或许有微疵，然而在欣赏两位老伶工的表演时，却时时处处可以获得吉光片羽的碎屑，因此，每场必到，着实听过了一些好东西。

郝寿臣又曾自编《荆轲传》，演那个悲歌易水的古壮士，声光夺人。他不爱收弟子，私淑者虽亦有人，但不见有谁标榜是郝派。这些戏恐怕也将从此绝响了。

他曾挑大梁，讲历史远在金少山之先。何九黄三之后，老辈典型，上有侯郝。而因为自己珍惜之故，郝又较侯来得名贵，偶经同忆，念之无已。

第五辑

论马谡

《失街亭》一剧在近数年来，大红于舞台上，凡以谭派老生标榜者无不演之。该剧除掉诸葛山人之外，马谡实在是一要角，关系全剧的成败。我所见之马谡自以侯喜瑞为最佳，马连昆也好，刘砚亭是老辈，也颇佳。

诸葛坐帐，上四将，起霸，各念一句定场诗，虽然有如许要角如赵云、马岱、王平，然而以马谡为最沉雄，他最后出场，念：“一秉丹心保华夷！”最后一字往往是用的鼻音，表现出来的是一种矜持之气，目空一切，十分了不起。其一种自视甚高之作风，着实表现得十足，更不必再看后来的种种了。

我想马谡也实在可以代表一种政治性的人物，为旧戏中写得很好的一种典型。

在四川，当时有“马氏五常”之号。虽然他不是那最“良”的“白眉”，但是也是所谓“社会贤达”，所以为刘皇叔所征用。他一向是熟读兵书战策的，正是所谓“儒将”，这在他进帐讨令时的道白中可以看出：“想俺马谡，随先帝爷出征多年，战无不胜，攻无不取。”可见他本是所谓幕府之中的人材，放在身旁，出出主意，必要时要他背上一套“战术”，倒也有些小小的用处。

然而诸葛亮却一定要使他领兵，独当一面，那就糟了。

这使我想起另一件事，中国士大夫，一向喜欢谈天下事。顾炎武是一代大儒，当然值得佩服。但他所著的书中却大谈其“天下郡国利病”，好像上知天文，下知地理，无不通晓。直至现在，我们还没有看到无所不知的“全材”，这种万能博士的议论，我们自然不能不加以怀疑。

至于喜欢谈兵的，就更多了。乱谈战略，瞎议攻守，在纸上说得头头是道，一旦身历沙场，就难免惊慌失措，大出毛病。甲午战役的吴大澂，好好的湖南巡抚不做，非杀贼不可；六不主义的叶名琛大人，则更被英国人捉去，死在印度。这都可以说是近代的“马谡”，很值得大家注意的。

这些人的失败之处，我想大约在于“骄”。就看马谡，与王平一起出去，自作主张，不听王平的意见，一定要独断独行，兵书原是古人的战争经验，本亦未可厚非，然而一定要照字行事，那就不免危险。“置之死地而后生”，本来是无法可想时的方法，然而马幼常却要将自己安置在“死地”。结果是真正“死”了。

在戏中，将马谡的自立军状一场写得有点像做圈套，好像诸葛亮一定要做出这种下作方法使他上钩一般，这在节省篇幅的一点上，自然是不得已的办法。然而那骄矜之状，也的确写得“笔酣墨饱，淋漓尽致”。立了军状以后，马谡手执令箭，唱道：“我主爷本是汉家后，东征西讨不停留。手执令箭出帐走，此一去好似顺水推舟!”

得意扬扬，一种好战之状，跃然如见。

这大约也是难免的，喜欢弄兵的人大抵都如此。

但是在后来失败逃回之时，他却在战栗着了。虽然并非怕人民的裁判，然而那战栗是同型的。王平也很气，两人的气焰顿时变了，成为一百八十度的对比。在那一场，两人都垂头丧气，马谡更是手拖长枪，全然成为斗败的公鸡。王平要他走，一次，两次，三次，他还做了一次最末骄矜的反击，大叫一声：“走啊!”虽然声势依旧汹汹，然而那垂死的挣扎，令人看了也真不忍得很。

这种人大抵不能英雄到底，到了下场头时即露出那潦草不堪的情状来，可怜之至。

名伶演此，最能描写马谡的两重性格的对比，“骄”与“怯”，使人觉得可怜，有一种情感上的满足。

《斩谡》一场，也是好戏。诸葛亮三次叫“斩”，各有不同，在名伶，大约可以传出每次的情致，做出真正的“挥泪”之状来，哭了。第一次叫“马谡”，声调还是严厉的，马谡也回呼丞相；第二次叫“幼常”时，则已心软，马谡也哭着呼“武侯”，这有些不通，马谡不可能在当时叫他“武侯”，然而用以写情，却实在是“传神之笔”。

马谡死了，留给观众的是一片叹息。

然而马谡正多，方兴未艾，来日方长，正不知有多少出《失街亭》可听。

又在不久以前，一位好心的先生，提出“秀才管兵”的

“建议”，一时传为“美谈”，自然他并非要去做马谡，然其“天真”，正复不可及耳。

按此篇作于三十六年春四月间，距今已是一年，最近南京的国大会场上也有人提出“斩马谡”的口号，足见京戏的魔力之大，浸润之深，真不禁使人惊叹也。

三十七年四月补记

论蒋干

蒋干是《群英会》中的要角，其性多疑。如果没有了他，这一出戏势必不能成功。在京戏中，此角属于所谓方巾丑。曩曾见袁寒云演之，妙不可言。为什么，因为这必须带点“书卷气”才行，否则便流于俗趣了。萧长华茹富蕙虽亦擅此，然而他们的“书”读得毕竟不太多，偶有一点“气氛”也是装了出来，所以终不及“皇二子”出身，终日与“筹安会”诸君子在一起的袁克文来得自然。

蒋干最可以代表中国过去的读书人，有小聪明，好逞才华，好玩花腔，然而时时落于拙劣，“疑”字是他的这种行动的骨干，如果换一个新名词，即是“神经衰弱”。然而普通又并不表现得如此糊涂，所以像曹孟德那样的聪明人也还要收之于幕府，坏也就坏在这儿，这终于使曹操吃了大亏，真糟糕！

旧剧的编者给他画上了白鼻子，真是冤枉了他。我想他一定是颇为文采风流的。群英会的编剧，听说是出于同光间的名宿之手，所以颇引用了一些陈寿的《三国志》，像那与周公瑾初会的一场，小生道白，即全抄原文：“子翼良苦，远涉江湖之间，莫非与曹氏作说客么?”就很有雅趣。蒋干的回答也很好，陈寿的文词华赡，即用于戏文中，也不失其妙致。

蒋干自恃聪明，将别人都当成了傻子，所以才使出“拙”计，想来离间说降……利用自己与周瑜的关系，去做间谍。不想一开头就给周瑜点破了，说明了他的来意。一时尴尬之至，只许吃酒，不许谈及军国重事，还找了一位花面执剑立在一旁监视，这对“子翼兄”真是不客气极了。如果真聪明的话，就该识相。然而他却仍相信周瑜是以故人相待，脱略形迹，就连军国大事也不太对他回避，以致偷到了那一封假书，真是愚不可及。

凡是这种人，其行为也必极其卑鄙。周公瑾看穿了这点，所以断定他必来偷书。

凡是这种人，其脑筋也必不健全，做事也必不考虑。一见有机，就要来“乘”，偷书而去，渡江而归，全不考虑在这种情况之下，是否可以如此容易就走出大营，就能渡过江去。如果是一个高明的间谍，一定会想到这些可疑的地方。然而他不，真是不可恕的“拙劣”。

回得曹营，将一封假信当作宝贝，献给曹操，而且说得活龙活现，结果曹操一时性起，杀了蔡瑁张允。然而曹孟德毕竟远较他为聪明，马上就省悟了。但蒋干并不省悟，还想去邀功，不识相竟至于此。曹操毕竟有见识，这种废料真也不必再同他讲明，只吐了他一脸吐沫算数。我想这是对的。“神经衰弱”是先天的毛病，恐怕治不好的了，多说废话，是毫无用处的。“捉刀人”不愧英雄，实堪钦佩。

至于后来草船借箭，那个进言放箭的又是蒋干。我想这是编剧者冤枉了他。所谓众恶皆归，曹孟德岂肯再将他当作宝贝乎？

蒋干一角真是旧戏中的典型人物，不仅给观众笑料而已。如果遇到了蒋干这种人，最好不理他，想重用他就非败事不可，多与谈论也是白费了吐沫。放在身边，陪陪酒，作两首诗，让他凑凑趣，我想倒还蛮好白相。

汤裱褙

《一捧雪》中的汤勤与《群英会》中的蒋干同属方巾丑，自然他们之间有一些相像。过去我所讲到的几点方巾丑必备之点，如文绉绉之类，在蒋干如此，汤勤亦必如此。但他们两位实在有一点基本的不同。蒋干虽然行为卑鄙，然而他本是一个大笨蛋，所以一举一动，虽想弄巧，终致成拙，是一个标准的喜剧型人物。如果用笑话研究家的方法来分析，该是属于“呆女婿”型者。

然而汤勤则不然，为人阴险，又兼好色。凡所作为，无不使人为之凛然，于是《一捧雪》已不复为一出喜剧了。

汤裱褙一角在今日也仍为我们所非常熟习的人物。他也是一个“文化人”，只要看他的自白即可知道。这是在会审之顷。他一咬定人头是假的。理由则是他可以辨识得莫怀古的脑袋“前有梅花污，后有三台骨”。陆炳问他怎会知道得如此详细，好像连别人的后脑勺子也摸过似的。于是他说明与莫怀古相交之密，讲出了自己的出身：

“当年小官不得志的时节，曾在钱塘卖字画为生……那莫大老爷，打从画摊经过，看见小官的字，是真草隶篆，画是水墨丹青……”

这正应了一句话：“小人无不多才！”

等到被赏识了以后，带进府去，尊为幕宾。后来更将他荐与严府，越发得意。不料却终于招来了他的“恩惠”，一口咬定了旧主人，非要置之死地不可。那原因，据剧作者所指出，是因为汤勤看上了莫怀古的小妾——雪艳，我想倒并不全然如此。一个出身贫贱的人，总不愿意曾经养育过他的主人留在眼前。在明朝，奴变的事多得很。奴才做了官，花了很多钱在主人那里赎了身，成了“自由人”。然而终究仍是终身的污点，见了主人总要低头。吴辰伯先生对这种明代奴隶的情形有文考释甚详。董其昌是名书画家、收藏家，也是一个最横蛮的地主、奴隶总管。从《民抄董宦纪略》中，可以看到很生动的记载。

到清朝，此风盖犹未替。如《红楼梦》中贾府的奴才赖大的儿子发了财，做了官，然而看见贾家的人仍旧是奴才的一点可以为证。

奴才而又恭顺者，大抵肯安于这种关系。奴才而又阴鸷险狠如汤勤，则难免不走上反噬的一途。

汤勤虽然做了一名小官，走进严府，然而他的地位仍未变好。在“严爷”看来，他仍是奴才。

他告发莫怀古，说他献了假杯，建议严世蕃去莫府搜杯。严世蕃听说以后，第一件事却先是将他押了起来，以观后果。可见奴才命运的可怜。

等到终于信从了他的计谋，行文出去要捉莫怀古杀头来见的时候，在汤勤可以说是十分得意了，然而主子仍旧不忘其应有的严厉，警告他以后："当讲则讲，不当讲要少讲!"最后哈哈一笑曰："汤勤，随我来呵!"这里汤勤就活像一条巴儿狗。

剧作者借陆炳的嘴大骂汤勤，而又称之为"汤裱褙"，我看痛快是颇痛快的，然而漏洞也就难免。如在陆炳面前透露出来自己从前的出身的一点，我看即不真实。当日如果真有汤某其人，必不会在大堂之上，揭掉自己的疮疤的。

"破落户——奴才——高级奴才"，这就是汤勤之流所走的路线。

再谈教师爷

上文谈了《打渔杀家》，意犹未尽，爰更就教师爷与其徒众的业绩，稍加研究，发抒鄙见。

查教师爷者，丁府家奴也。本领没有一点，所擅长者，唯拍马吹牛耳。他在老爷面前自吹其如何伟大，本领如何高强，乃得混一碗饭吃。老爷遇有“任务”派他出马，就带了一大批徒子徒孙同去。声势雄壮，大有“气吞河岳”之势，开始之时还要藏首藏脚，将虾兵蟹将们隐在暗处，遇有紧急，始一拥而上。等到一拥而上之后，就如同疯狗一般乱咬一通，其手段如何，全不顾问。反正有好县官如吕子秋者在，上堂之后原被告可一言不问，先打四十大板，将人押起来再说的。

如果研究一下教师爷的手段，也颇可示人以妙道。他开始时原来是预备如疯狗一般，不顾一切先咬你一个下马威，所以第一步，是强硬，这在庆项珠中，他的身份是所谓一霸，是“地头蛇”，地头蛇之颜色即在此。等到碰上了萧恩这老头儿，并不如理想之易于屈服，少加反抗，这时他用的手段，也马上随之而变，是软功了。说了好话，说明自己的“不得已”，必要时还拉出别人来请吃饭，或请“第三方面”的中型小花脸出来打圆场。目的是请你不必再响，反正他在暗中已经自承为“孙子王八蛋”了。但是这必须要江湖上已有地位的老英雄如萧恩者才可以，否则他就要用别的方法来取消你的反击。

提起教师爷叫饶的口吻，真是使人不忍闻。那是在一场教训之后。当两人动了手以后，萧恩唱道：“江湖上叫萧恩不才是我！”这就使教师爷吓了一跳，结果是萧恩的手转了一圈，教师爷就瞪眼吐气地随着也转了一圈。

这时他就急忙分说，曰：“这是上命差遣，概不由己。”喊老爷原谅了。

“我本是出山虎独自一个，哪怕尔看家奴一群一窝！”

这时一窝的狗早已逃掉，只余教师爷自己出丑了。

像教师爷之流才正是从屠夫的袖子管中探出头来的货色。

他动辄曰：“你不服从王法，不纳税银！”是该用索子套起来牵到衙门里去的。照现在的方法，是去绞死。

结果不幸，萧恩手头一转，索子倒套在教师爷自己头上了。

这种奴才的面孔一本正经，好像自己所服事的老爷是正统派的霸主，一遇小事，即狺狺不已。这时你如与他分辨，正是中了奸计，最好方法是等一会，看看他那老爷的嘴脸，只要一封银子送去，马上就恭顺起来，口风也转变了。这时袖口下面探出头来者的面孔即便分明。

或如萧恩的方法，不必用大力气，只要手儿一转，看看他那“娇啼宛转”之状，是也颇可消除寂寞的。

诸葛亮与鲁肃

在旧戏中，我们可以看到这么两个人物：一个颇宽容，一个工心计；一个糊涂，一个聪明；一个是忠厚长者——人；另一个则是牛鼻子老道——妖。

这是《群英会》中的鲁肃与孔明。

看戏的人大抵佩服诸葛亮的能干，而嘲笑鲁肃的愚蠢。这自然也是当然的。自从马连良唱《借东风》一唱而红以后，大家在神往于他在南屏山上的大段唱工之余，也就深深地造成了这种印象。如就戏的本身而论，这自然也写得好，如无这样的对衬，恐怕也难以得到如此鲜明的个性的对照刻画。这里就使我们得到另一个印象。他们虽然是处于敌国的地位——一个在吴，一个居蜀，然而他们究竟是在唱着一台戏。没有鲁子敬的浑身战抖，又哪里可以显出诸葛亮的羽扇纶巾，潇洒出尘毫不在乎的样儿呢！

更何况鲁肃又是周公瑾的政治上的工具。政治舞台上的妙用，原在刚柔相济，一人而须兼具两种面孔；否则一脸杀气，使敌人看了固然不舒服，友人看了也很难为情，对老百姓更会有刺激神经之虞。

鲁肃的为人，照《三国演义》所写原是庸碌无能的，所以周瑜肯相信他。周之想杀诸葛亮，鲁肃原是晓得的，然而周瑜并不怕他会泄露了机密。因为他相信诸葛亮只要过了江，就不会逃掉，随便怎样鲁肃在卖弄私交，加以警告，这牛鼻子老道总不会逃出自己的手掌心。

而且鲁肃与诸葛私交既然十分好，周瑜正可利用他去安住了诸葛亮的心，使他安稳地住在这儿，好等机会杀掉。即看诸葛亮接受了造箭的定单以后，鲁肃就走去问是不是需要工人、材料。诸葛亮没有接受，否则闹闹罢工，材料又领不到，那才真要变成罪有应得的。

至于诸葛亮的居然慷慨受命，接下了定单。我看这倒是他的聪明，在当时，如果想不接受的话，怕也不可能。

我并未熟读王船山的《读通鉴论》，所以也不像一般论客的那样大作其洋洋洒洒的文章畅谈诸葛亮。然而有一点则是可以说明的。我觉得卧龙先生实在是一个人而并非妖道。姑不论出师两表是否真真出于其手。其平身行事多富人情，没有什么奇行怪状。像南屏山上穿了八卦仙衣，披头散发，踏罡步斗，宛如江湖上的人物的行径。

而且诸葛亮实在又是一个非常保守的人物。六出祁山，而不肯冒一次险去袭击东都，对于马谡的因循顾惜，都可以看出他的这一方面来。至于峨巾博带，羽扇飘然，原是当时的一般风习，后来也开了东晋的流风的一脉。将这些化为神迹，装点过情，使他成了牛鼻子妖道，却正是他的不幸。

看《群英会》使我们感到兴趣的，倒是周公瑾的权术。

杀鸡吓猴，侮弄蒋干，就有帐下执剑的勇士。对付诸葛亮，就有另一种人物如鲁肃者出场。

千手观音千面佛是神话。两面三刀，刚柔相济则已经是政治上的必备的花样。一台好戏，必须各样脚色兼备不可，否则便失光彩也。

大白脸

曹操在旧剧中是个大白脸。照旧剧的规矩，这是属于“整脸”的。所谓“整脸”者，即在脸盘上先涂好一种主色，即以此色为主，象征角色的个性与特点。在这儿，曹操所涂的是白粉。

在大白粉脸之外唱戏的又给他加上了黑色的描画，不然，岂不成了《阅微草堂笔记》中所说的吊死鬼了吗？这种黑色的描画，是三角眼，棒棰眉，又在眼角、鼻间、额上、口旁，添上些横横竖竖的皱纹。颊上添些点痣，这样就凑成一副世人公认的机警奸诈的曹操的大白脸。

老底子，唱大花脸的一定得剃光头。不但此也，还得将那光头用剃刀正剃倒剃，一直等到剃得油亮，没有一点头发渣以后，才可以上色——在曹操是满涂白粉，否则颜色是涂不上去的。所以老伶工，如侯喜瑞、郝寿臣，曹操的开脸阔大，非常美观。降至末世，此道不张。一般戏子，多以吊女人为业余任务，不再对光头有兴趣，留起“飞机头”来。于是，我们的曹操，也就只能有一半的大白脸，即从发根起到面底止矣。其小家气自不待言。

曹操的白脸，又与众不同。如姚期、伊立等，也都是白脸底子。不过他们都在白粉中加调鸡蛋清，于是他们的白脸上，发出了油光，白里透亮。而我们的曹孟德咧，只是一片白粉，无光可见，暗淡的一片白蒙蒙。

交代已毕，现在，我要说明我的感想了。曹操弄成那么一个大白脸，实在是有点冤枉的。不用说，这全是受了《三国演义》的影响，其实，在正史上，曹孟德是个美少年，亦即所谓小白脸也。曹孟德亦一风流种子也。他的入袁氏后宫，取甄氏，分给了大儿子曹丕，还弄得小儿子曹植大写其《洛神赋》的事且不必说；他自己也颇有雄心，想弄个把美人来娱娱老景，杜牧诗云：“东风不与周郎便，铜雀春深锁二乔。”真要不是老天帮忙，曹孟德造好了铜雀台，周瑜的太太、孙权的嫂嫂都成了他的后宫了！

这样一位才华绝代、光彩夺人的人物，在旧戏中却给他涂上一脸粉，真是气数！

曹操是可爱的。一天，在朋友座上，酒后，听他大讲其欣赏曹操的理论，他正在抄录曹孟德遗文，想给他编出一卷文集来。当他念到“月明星稀，乌雀南飞”之际，真是，悠然而意远，仿佛可以看见这么一位少年得意的英雄，立在船头，看了满天月色，豪气凌云！

曹操是直爽的，他从不嘴里讲什么，心里却又想着别一样。在他的“令”里有这样的句子：“今天下得无有被褐怀玉，而钓于渭滨者乎？又得无盗嫂受金而未遇无知者乎？二三子其佐我明扬仄陋，唯才是举，吾得而用之。”又说：“夫有行之士，未必能进取，进取之士未必能有行也。陈平岂笃行，苏秦岂守信耶？而陈平定汉业，苏秦济弱燕。由此言之，士有褊短，庸可废乎？有司明思此义，则士无遗滞官无废业矣！”

这话说得多大方。他要的是能才，不管品行，大方的公之于“令”，不像现在的“宣言”“守则”之类的虚伪得可厌，不是连青年党诸公都不想宣誓了吗？

曹操实在不应该在大白脸上加上这么多的“纹”，表示他的阴险，他实在是直爽的，他临死，安排后事，对他的姨太太们嘱咐分香卖履，不禁止改嫁，这种大方，明澈的思想，又岂是一般小家气的朋友所能及？

他在踌躇意满之余，也曾发过这样的慨叹：“天下若无孤，不知有几人称王，几人称帝！”是的，这不是吹牛。而且能吹此牛者，后代也未始没有，只是那一个又赶得上曹孟德的才华。毛润之叹曰：“惜秦皇汉武，略输文采，唐宗宋祖，稍逊风骚。”非无因也。

呜呼！曹孟德终不可再有，后起无人，实堪叹息，在现在，也只能看一个个大白脸在舞台上跳踉，吾不禁其寂寞之无端也。

小白脸

不久以前，我曾经写过一篇谈曹操的大白脸的文章。近来因为有些感触，以为小白脸亦大值得一谈，因再为申论。其重要性殊不在大白脸之下，而且滔滔天下皆是者，小白脸也。大白脸又有几人？

然而这里的所谓“小白脸”，在字义上与普通社会上所用的少有不同，这是戏台上的“小花脸”，又名“三花脸”，用以别于铜锤之“大花面”与武净的“二花面”的。然而它们的渊源也并非没有，但当于后面详之。

黄宗江的《卖艺人家》中提到过“丑”角的来源。说是唐明皇在后宫演戏，因群臣都不敢装丑角，遂自勾白鼻子。至今梨园行敬丑。

这一个传说是美丽的，事实流传到现在，在京戏班的后台，丑角最尊。每天上戏一定等到他动了笔，勾上了白鼻子，别人才敢动手，小旦拍胭脂，花脸上油彩……

说起丑来，又有文武之分。武丑又名开口跳，盖因其出语如珠，而又跳之不已也。王长林往矣，傅小山死去也已多年，在目前的舞台上，我们还可以看到叶盛章的走矮步，叶的嗓子实在不高明，但出口如说急口令，那风格是有点旧范犹存的。

文丑的花样繁多，现在只谈所谓“方巾丑”。这是《审头刺汤》中的汤裱褙，《群英会》中的蒋干……其实也只有这一种丑可以代表“文”，其余的丑，一大部分都是代表小民，与所谓“下等人”的。也就是孔子口中的“小人”，并不如后世人所说的“坏人”。

如《女起解》里的崇公道，《秦琼卖马》中的店主东，都是丑角，然而这些并非都是坏人，只是一批可怜的小从物而已。

现在可以谈谈“方巾丑”了。这一种“方巾丑”在梨园行中号称难演。普通的丑角都不敢动。如马富禄可谓有名，但不敢动“方巾丑”。慈瑞泉资格甚老，给老谭配过戏，然而扮方巾丑也不大像。“方巾丑”第一要说韵白，所谓苏州腔，猜想或者是要表示其“文绉绉”；至于其一举一动，走步子，身段也都有规范。总而言之一句话，是得带点“书卷气”，此其所以难也。

萧长华自然是老典型，后辈中只有茹富蕙尚可看。“皇二子”袁克文也以方巾丑出名，然不轻演，非堂会经朋友强拉不串。自然，他出身“皇家”，看惯了筹安会诸君子的手眼，演这一角自然是再合式也不过的。

我发觉“小花脸”与“小白脸”其中不无渊源。此话怎讲？不见小丑多好色乎？像汤裱褙那样看中了主人的小老婆，不惜用种种手段去害死莫怀古，以达到目的的家伙，实在令人齿冷。

看他那作风，所谓“风流自赏”，拿了把扇子（现在该换为什么手杖或什么的了），在大堂之上，摆来摆去的神情，又怎能使人不“气短”。我想这种人一定是所谓“小白脸”之流，雪花膏是搽的，但总不至于在鼻子周围涂上一圈，有如现在小丑的白鼻子。

他又喜欢掉文，“方巾丑”的特点之一即是“出口成章”，之乎者也满口皆是。现在稍有不同，外国第一了，所以嘴里也换了《圣经》什么的。

方巾丑的笑法最难工，照老式讲法，这笑是要发自“丹田”的，要一口气笑上小半日——哟，这儿夸大了，大约五秒钟。说好听点，如一串银铃声，如果是二等货色，笑得就像拙劣的山羊，使人半天不愉快。

这种人物的一张脸变得也真快。真也好像夏天的云，一霎时艳如桃李一会儿就又冷若冰霜了。君不见在《雪杯圆》中的汤勤，当陆炳板起面孔，不想将雪艳给他时，他的脸哭丧得如丧考妣；等一会，又给他了，笑将起来，将陆炳当作他的亲爸爸。“又道人头是真，又道人头是假，真假难辨，反复无常。”真是一些都不错。读《明史》，陆炳也并非什么好角色，不过在京戏中，他大骂汤勤的一场，的确使人痛快，难怪马连良演此，大家拍掌叫好也。

梅兰芳萧长华合演《雪杯圆》，最精彩的一幕，莫过于当陆炳已经退去，只剩下了他们二人。那时我们的汤二爷就使出了全副本领来“追求”雪艳了。我无法描写出那种精彩的动作来。观众是只能自行体会的。在外国电影明星中，却尔斯鲍育大约可以代表这种角色。不知如何，无论他的眼神怎样好，我也还是不能欣赏。那种看见女人有如苍蝇见了血一般的作风，真是“伟大”得了不起。我永远不会忘记一个美国老粗的准尉的一句话。我们聊天聊到电影，我问他，你可喜欢却尔斯鲍育？他一皱眉头，用手扭扭通红的鼻子，说道：“我不喜欢那个鸟家伙！”

这种“小白脸”其实是没有用的。汤勤终于因为色迷而死在雪艳的剑下了。另一出戏《群英会》中的蒋子翼也就是这种类型中最好的代表。当他过江之初，周公瑾礼让甚恭，直弄得他喜也不是哭也不是，在《群英会》上发表了一篇演说，结果大触霉头，给周瑜帐下大将的刀剑吓得抖抖擞擞，真是出尽了丑。

等到后来，酒醉入帐，偷了一封信，以为是了不起的大功劳，偷回去给曹孟德看，结果杀了蔡瑁张允，他还不知道这是借刀之计，还到曹操面前指着自己的鼻子说道：“这是俺的大功哩！”结果呸的一声，被曹操喷了一脸唾沫。

然而他终于还不知道这是怎么一回事。

末了引“知友畏言”一句：“闯江湖要闯成大花脸，千万别闯成小花脸！”呜呼，知人论世之君子，可以鉴矣！

十二月廿七日写毕于新桌子上

唐跋

我不懂戏，更不懂戏里的平剧，有一天，黄裳兄光顾寒斋，偶然在破书堆里找到几本齐如山谈戏的书，便以为书主人对此也有研究，要我为他的《旧戏新谈》作跋，我觉得文章和戏不同，看戏要看大轴，名角儿最后出场，文章却还是前面的好，因此，作跋可就不妨瞎扯，好比盛筵将毕时最后上来的咸泡菜，菜单上没有它份儿，无论入味与否，都不至降低吃客对全席的评价，可见这篇小跋与“大局”无关，好坏说他一阵，即可应命交卷，这便是虽不当行而仍执笔的我的一点私意。

说起《旧戏新谈》，我倒是个忠实读者，当它在报上发表的时候，几乎每篇必读。依作者的年龄，谈供奉尚不够格，“当年谭叫天怎样怎样”，很少在他的笔下出现，更不必说程长庚陈德霖了，在这点上，作者自知难和罗瘿公郑子褒辈争一日之短长，所以虽是旧戏，重要的却还在新谈。可是，一提到新谈，在这门上，作者的成就可就绝了！常举史事，不离现实，笔锋带着情感，虽然落墨不多，而鞭策奇重，看文章也就等于看戏，等于看世态，看人情，看我们眼前所处的世界，有心人当此，百感交集，我觉得作者实在是一个文体家，《旧戏新谈》更是卓绝的散文。

我读作者的散文很早，深知他爱好旧史，癖于掌故，对前辈有他的向往，却不必真的效颦。这几年奔驰西南，远及印度，所见渐多，笔底的境界也更广阔，不复是伏在牖下的书生了，推陈可以出新，使援引的故事孕育了新的意义，这是有着痛苦的经验的。但在文字上，我们却以此为生活的光辉。

对于戏，即使看了这部新谈，我仍然一无所知，我所关切的是作者笔底的人生；如果说人生是戏，那么，我已经懂得许多，珍重我们自己在这出戏里所扮演的角色吧。

唐弢

一九四八年四月廿五日

后记

去年《文汇报》《浮世绘》副刊的编者，想在副刊上经常有这么一点谈京戏的文章，约人撰写，可是没有适当的人，后来就跟我商量。我觉得这很为难，因为我虽然很喜欢听戏，然而对于戏却是不懂的，哪里有资格每天一段地经常发表议论呢。说来可笑，我现在连什么是倒板、摇板……都弄不清楚。虽然也曾经读过齐如山先生的“上下场”之类的“剧学丛书”，然而也还是不能够安心记忆，我只觉得我的兴趣是在看与听，而且有时候对一件事不太内行也未始不是一件好事情。否则照一般老辈评剧家说来，现在的这一些角儿都是“离经叛道”的家伙，那么哪里还有什么戏好听呢？

在答应写以前，我自己就先决定了几点原则。第一，因为我不懂戏，所以尽量避免谈得深入，以免出了笑话，贻笑大方；第二，为了有一点现实意义，不只是捧角喝彩，赏色评腔，也因为可以写得活泼一点，不至于太单调，我的文章有时候是谈到戏外面去了的。

这样，我写了约莫有五六十篇小文。

我的文章写得很自由，因为《浮世绘》是娱乐版，不宜太板紧了面孔。一开头就说自己听歌三十余年，其实这当然是不确的。也就因为如此，有很多地方是信手写来，只代表自己当时的一时的感想，如果有不确实或者有被疑惑是在讽刺谁的所在，务希原谅，不必做准。如果一定要指着自己的鼻子，说“他就在说我”，那也没有什么办法，删改费事太多，所以也就索性一仍旧贯了。

现在有机会出一本小书，于是就略加删定，编成了这一册，计删去五篇，添写两篇，重写一篇，一篇不发表，现存五十六篇，分为五辑。

第一辑里所收大抵是泛论，也多少说明了一点我对京戏的看法。因为时间匆促，没有系统，所以这里所说的也不过是零碎不完全的意见。

第二辑中所收大抵是“正宗”的谈戏的东西，计共谈及戏二十四出。这也并没有什么系统，想到哪一出就谈哪一出，这一部分似乎还可以和书名相合。

第三辑所收谈戏小文九篇，这大抵是我所喜欢的几出戏。尤其是前面的几出小喜剧，是为我所深深欢喜的。

第四辑谈到了几位伶工。本来我很讨厌捧角文字，尤其是捧坤角，因为那往往是会集肉麻之大成的。然而我却也喜读不肉麻的记伶工身世的文章。只可惜这不多，买到了张次溪所编的《燕都梨园史料丛刊》皇皇数十册，翻看一遍，真难找出一二不肉麻的篇什。我这里所写以现仍存世的伶工为限，谭叫天龚云甫，我是不谈的。伶官传在旧日史料中也是一个部门，并没有什么比不上王公大臣的地方，只可惜我是在瞎谈，并不足以供史家的采择，学人的利用。像潘光旦先生就写过一本《清代伶人血缘的研究》的书，可惜这书久已绝版，想买也买不到了。那正是我所十分向往的文章。

第五辑所收几乎已非谈戏而是杂文了。不过好像看来还是在谈戏而已。虽然，这里面却很有我自己喜欢的地方。剑拔弩张，像煞有介事。“忽发狂言惊四座”，这种快乐我是直至现在还可以记忆起来的。

因为这本小书本身的寒伧，所以请几位师友给写序题属，对于他们的殷勤的盛意，我一并在此致谢。

三十七年三月编校后记

附记

昨夜读《鞠部丛谭》，里面有一段说：

“项城曾令人编一剧付第一剧台，令其演唱。其剧名余忘之矣。杨小楼饰张勋，慈瑞泉饰孙文，其后有人谏止，遂未演也。有谓在公府曾演过一次，未知确否。然第一舞台确已排过此剧矣。”这里所说的无疑即是《新安天会》。于是在《后孙公园杂录》之外就又得了一个旁证，还使我们知道杨小楼被迫去演那个辫帅，曾经和谭鑫培配《打渔杀家》教师爷有名的慈瑞泉则去孙中山，真是可珍贵的史料。因为上文已经排好，因补记于此，以当补遗。

三十七年四月廿三日记

一脚踏进朝鲜的
泥淖里·拟美国兵日记

《一脚踏进朝鲜的泥淖里·拟美国兵日记》，散文集，1950年10月泥土社初版。洪荒插图。

据初版本编入。

六月二十九日——东京

今天这一天可以说是自从到了日本以后，最紧张的日子。

听说老麦（麦克阿瑟）已经到了朝鲜的水原。无疑，这表示了朝鲜问题的极端严重。司令部里管情报的克尔少校整天办公，这家伙的脸比平常更红了，红里带紫，像是要胀破的一只充满了淤血的皮球。不知道是为了东京的天气转热的关系还是什么。这家伙不能到酒吧里去喝酒，可实在苦了他。看他一面跑来跑去，一坐下来就提起了啤酒瓶子的神气，可以知道那情况是非常严重的了。

在俱乐部里听无线电，就又听见了乡下老杜鲁门的广播。他答应老麦在朝鲜使用美国的某些陆军地面支援部队，又命令美国空军出动攻击北朝鲜境内的重要军事目标，又命令美国海军封锁整个北朝鲜海岸。

好啊，一听到这里，整个的俱乐部就好像起了一阵热烘烘的浪潮。小伙子们都吹起哨子来。酒喝得更快了。平常喝啤酒的一听了这个都换了杜松子酒；抱着女人跳起舞来，也更不像话了。潘夹着那个可怜的，头部只靠到他胸部的安子在地板上乱转，显然，他已经吃得太多了。脚步乱得一塌糊涂，那个可怜的小女人再也不知道怎样跟着他转动。忽然，她尖叫了一声，原来潘把她给用力一夹抱了起来，从头上翻了过去。这时俱乐部里的空气更热了。

咳，这帮孩子，真不知道开的什么心。听见打仗就会这么高兴。

大家的酒都喝得差不多了，潘到了我的桌子上来，他说：

“多贝先生（注：日记作者是一个久历戎行的老兵，升到了准尉。在美国军队里，对准尉的称呼是先生），怎么样，换个地方去溜溜吧？”

于是我们就离开了俱乐部。有潘（二等兵）和比莱（一等兵）。潘还拖着那个安子，出了门，跳上了吉普。潘紧紧地捉着安子钻到里面去，比莱一踏油门，吉普就一直冲出去，冲到大街上，冲过了红灯岗，一转弯就是银座了。这家伙酒吃得太多了，不说闯了红灯，速度也早就超出了城里行车最高的速率，差不多每小时四十五哩。

回头看看，还好，MP（宪兵）没有跟上来。

可是在转角的地方，我醉眼蒙眬，向路边望去，正望着一个小日本呀，这家伙的眼睛好怕人，两股凶光，一面孔冷气，这让我清醒了一半。别看老麦天天捧日本人，报上亲善合作嚷得震天响，可是奇怪，普通看见日本人却永远是这么一股神情，冷得怕人，好像有洗不清的血海深仇似的，怎么回事呢，我想了好半天。

银座的红红的霓虹灯，就像一片血光，照得我眼睛发晕。天杀的，一看见这个，我是什么念头都忘了。

我们的吉普停在了一个旁街的小巷子里的一家叫“玫瑰酒店”的门口，门上挂着一块白地黑字的牌子，上面写着，“美国兵准予入内”。一推那两扇活门，就有一股热热的酒气向我喷过来。房里的电风扇在拼命转着，摇着头，摆来摆去，可是一点都没有凉意。

比莱拉着我们走到里面的一个角落里去。那里是特别黑暗的一个角落。火车座隐藏在里面，外面的人是看不见里面的，外座靠柜台很近，要拿酒，只要一伸手就是了。

在这个酒吧里又遇见了两三个熟人。白特勒上尉也在这里，这家伙和我是老搭档了，他向我做了一个鬼脸，通红的酒糟鼻子一挤，好像很可能有几条白曲从那个烂杨梅里挤出来似的，这家伙的眼睛都斜了。

“听见了消息了没有?”我问他。

“好机会来了，多贝!”

“再喝一杯你的鼻子就要炸开来的!”

“狗屁，”他不屑地用那生满了黄毛的大手轻蔑地从面前一掠，“日本的米酒随便怎样也灌不醉我的!”

潘的手拉着那个可怜相的安子，像扔一个蒲包一样地把她给扔在黑暗的角落里去，接着就把自己的又肥又大，蒸发着酒气热气的身子向里一挤，就好像要把她给挤扁了似的。

我和比莱坐在对面的火车座上。一个矮矮的女侍来了。她在我们的桌子前面站了下来，涂得白白的脸和那涂得过大的鲜红的嘴唇十分不自然地咧开来笑了一笑，问我们要什么酒。比莱伸出了粗手一拉，把她拉在身旁坐下来，告诉了酒名，她挣扎了一下，勉强地笑了一笑，才走了开去，拿酒去了。

我的耳边只听见比莱的高声的像兽野一样的笑声。我的朦胧的醉眼一睁，就看见那个被挤在角落里像个等待着宰割的小动物一样的安子，她那一闪一闪的满布着畏惧的目光，刚一碰到我的，就又逃了回去了，她的身体缩得更小，更后退，潘的发着热气的身子好像越来越大的样子，简直要把她吞没……

潘和比莱都是陆军总部里的，和我在一起，潘是三十岁的大孩子，出身是一家烟纸店的售货员，现在是二等兵；比莱则是大学还没有毕业的学生，只有二十三岁，现在是军曹。

比莱从裤子后袋里掏出了皮夹子，皮夹子里面藏着他的两张宝贝，我是已经看见过他拿出来不知多少次了。这次就又拿了出来。

这是一张女人的照片，是他的老婆的照片。因为多次拿来拿去都已经快破裂了。

这次他是拿出来给那被挤在角落里的安子看的。

"你看她漂亮不漂亮？"

安子畏却地从肥大的潘的背后挤了出来，轻轻地瞄了一眼，用生硬的英语说了一声：

"很好！"

比莱又大笑起来，又从皮夹子掏出了另外一件宝贝，是一张发黄的白色硬纸卡，上面有个通红的唇印，这也是他的女人寄给他的。他拿过来在嘴上亲了一下，用手顶牢了那纸卡，好半天。

“好不好?”

安子看了这个，就又退缩到潘的身子后面去了。比莱又大笑起来，向我说：

“多贝先生，你看我们会不会到朝鲜去?听说那边的姑娘比日本的好看得多呢!”

碰到这种事情，他们就都来请教我了。在这一批孩子中间，我本来也算是一个老资格了。三十年来一直在远东，我在中国的天津北京驻扎过，到过印度，也到过越南。第二次世界大战中间我是在中国的西南的，桂林重庆昆明都去过，就还没有到过朝鲜。

“朝鲜么，那地方好极了。那些小城多美丽，女人多漂亮!”

我虽然不曾去过，可是牛是不能不吹的，不然就会丧失了我的“领导”的“威信”，我这一吹，居然把比莱和潘两个小子给吹糊涂了，他们都睁开了大大的眼睛，听我的山海经。一句句地问我这个那个，我的话匣子也越开越大了。

怎样收场呢?

酒又喝了两瓶，空瓶子放在桌子上。潘和比莱的眼睛更红了，身上都发着热热的水蒸气。潘把安子搂得紧紧的。

“你们打过仗没有?不打到乡村里是找不着好女人的。可是得当心那狙击手呀，他们藏在树上，等你走近了才开枪。”

“这有什么可怕的?碰到树林，就拿喷火器烧平了再说!”

潘大声地说着，回过头来问安子。

“好不好?”也不等回答就又灌了一杯。

我是先回去的。因为晚上还要点名。

在我走进总部的时候，正好碰到克尔少校从里面走出来。

“多贝先生，命令叫你明天早上六点钟准备出发!”

“到哪里?”

“到时候你会知道的!”他说完了就又匆匆地去了。

我的酒已经醒了一半。

六月三十日

昨天晚上的一幕是相当紧张的。平常神气活现的克瑞格上校，昨天就变得更为严肃，甚至连笑都不笑了。这只“烧鹅”的年纪虽然不太大，不过五十六岁，可是他的头顶却已经全部秃光了。走起路来是一摇一摇的，前身向前微俯，迈着迟缓而特别的步子，活像一只徘徊着的鹅，这就是他为什么被称为“烧鹅”的理由。

这家伙的被称为烧鹅，也还有另外的一个理由，他是西点军校的老教官，是在东京的美军总部中间的有数的正规军人，可是他在学校里的那一套，死板板的严厉作风，在现在，恐怕就有些行不通。他原来是只能在训练学校里教学生跨了正步的，至于上前线打仗，那就完全是外行。——也就是说正是一只活烧鹅。

我这个老行伍，只有看见这只老烧鹅有些异样的感觉，他到底是正规军人呀！

昨天晚上九时半，临时命令总部各科人员都在会议室集中。大家都到了，只等“烧鹅”到来，而他却姗姗来迟。后来大家几乎都有些不耐烦了，正想要解散的时候，站在门口的雷少校打了一声呼哨，大家马上就都静了下来，原来这时已经可以清楚地听见这只“烧鹅”从楼梯上的脚步声了。等了一会，突然，扑通一声，“烧鹅”从楼梯上滑了下来，大家都觉得非常奇怪，他为什么会这样慌张！

这一滑使他的表情格外紧张而难看。那只脸色变得格外阴晦了。他走了进来以后，沉默了半晌，向大家行了一转军礼以后，就说了：

“大家知道，今天总部接到南韩美军顾问团的报告，那边的情形很紧张，我们所训练的南韩部队，成绩远不如估计的理想。现在，那边的军事形势是非常之糟的，甚至我们已经不能靠了顾问团的人员对战局有什么控制了。将军们考虑派遣陆军登陆。大家知道，这是我们美国人在亚洲的地位、威信……一切的很严肃的考验。我们得好好地完成这次使命，总部考虑派驻日的美国军队到南朝鲜去，总部也将有一位少将和他所必需的部属一起前去，我们现在宣布到朝鲜去人员的名单，这些人要在今晚做必要的准备，不能离开总部，在明天早晨任何时刻听候命令到飞机场去起飞。”

这个虽然是在意料之中的宣布，毕竟使会议室的人们激动起来了。大家和那老头子的阴沉的语调也很有关系。他读起那名单来，就好像牧师在教堂里读被追悼的阵亡将士的名单一样。

自然我的名字也是在内的。

解散以后，“烧鹅”还特别和我说了两句话。他说：“这一次是去作战，不是去做什么演习！多贝先生，你得好好地选择你的部下，你是有相当战斗经验的人，你知道火药的气味，你也应当知道你要挑选的是怎样的人。”

这老家伙，不在这种时候，大约是不会对我客气的吧？“是，长官！”我也只有这样立了一个正算数。天知道，我能挑选出什么好的精锐的部下来，这批小家伙，跟女人倒都是一等圣手，可是打仗，上帝保佑我们吧！

挑选组织跟少将一起出发的人选，再到供应部去领装备，检查随身携带的枪支，一直弄到三点钟。真该死，比莱是连擦枪都还搞不清的，一支汤米冲锋枪，卸了一刻钟，搽好了又装不上，还是我替他拼好了的。

今天早上五点半就又给叫醒了，真是该死！

我们乘了十几部吉普，三部卡车，到飞机场去。除了军械以外，少将连咖啡、水果、干粮都带了去了，这就满满地装了一车。

车子一齐开进飞机场。那里已经有三架C46型的运输机在等着了。我们费了一刻钟左右的时间装好了物资。等我们爬到飞机上去以后，前面的发动机已经老早转动了半天了。

在空中，我们三架运输机的前后，有四架银白色的战斗机在围绕着，大概是怕朝鲜的人民飞机的攻击吧！这帮家伙的胆子也不免太小了！不过，小心一点似乎也是不错的。

我们这一次出发，是用了朝鲜美国顾问团的一个核心小组的名义的。因为是在紧急命令之下，仓促组成，所以“阵容”是并不十分“坚强”的。不过“威风”却并不是没有，这个小组是驻水原的“美韩军联合司令部”的上宾，更干脆地说，即是上司，那是无可疑的。所以，不是明白得很吗？我们有着“十足”的威风。

我们的目的，就是那个“联合司令部”的所在地，南朝鲜最后的一个有力的空军基地的水原。在飞机上，一面看着窗外掠过的白云，一面想着在飞机场上的情形，大概是差不了的，一定很热闹。这样在高空中，微寒的气候下，很容易地就睡着了。不久，猛然地，觉得机身稍有动荡，气温也突然高了起来，睁眼一看，原来已经到了。

天杀的，这地方好热，竟比东京还要热！

开开舱门，放下活梯，少将先走了出去，在活梯上站了一下，举手行了一个军礼，我从他的手腋下向外一望，啊！不得了，大批穿着美军制服的朝鲜军人分开两排站在那里，立正敬礼，实在“威风”得紧。

我差点没有笑出来，可是马上就又严肃了起来了。记住，面子是很重要的事情！我们跟着少将一起下去，那两排军官最前面的两个马上跑步上来，在少将面前站立，行了一个毕恭毕敬的军礼，然后就伸出手来，握住了少将的手，后脚微微地跳着，这家伙好开心，那神气就好像接来了一位活菩萨。

我们跟着上校们下了飞机。

我正在出神注意他们的时候，忽然听见耳边有一下清脆的马刺铁撞击的声音。呀，在我前面也有一个朝鲜军官在立正敬礼了。这弄得我倒挺窘的，真糟，差点儿失了仪，我放下了手里的皮包，也还了一个礼。然后就又是握手，这家伙握得我的手有点发痛了，我再仔细一看，耶稣上帝，在我面前这个家伙原来是一位少将！再回头看看，潘和比莱也各有一位上校在招待着咧！

没有办法，只好应酬一下，可惜的是这家伙听不懂英语，所以并没有什么结果，正在这无结果的应酬进行之中，又忽然听见我们的少将在喊："多贝先生！"

"是，长官。"

"告诉弟兄们，卸下行李，马上集中，离开机场！"

"是，长官。"

"这地方不安全，随时有遭受空军和游击队袭击的可能。"

"是，长官。"

真糟，马上又起了忙头，不过，解决了和那位少将的莫明其妙的应酬，倒也是好事。这样，五分钟之后，我们又坐在吉普里了。也不知道是吉普开得太慌太快，还是路不好，颠得要命！

汗水从钢盔的里缘流了下来，难过极了。一睁眼，跑道旁边好大的一个弹坑，乖乖！

美军司令部是驻扎在这里的一所农业学校里的。这离开飞机场大约有不到十哩的路，车子开得飞快，路又不好，颠得屁股都有些痛了。我坐在司机的旁边，顺便看看路边的景色，很奇怪地我发现了一件事实，有些村庄里的房子，屋顶都没有了，断瓦颓垣都露出焦黑的颜色，农民一个都没有。什么道理呢？回头问问坐在后面的一位"中校"，才知道，李承晚政府为了防止游击队袭击机场，所以把这附近十哩以内的农村全部烧光了。这倒是第一次才听见的新闻，我虽然久历戎行，东征西战走过了不少地方，这种作战的方式也还是第一次看到。我不禁沉思，这事情有点严重，不是吗？原来这次作战的对手并不完全是武装的北朝鲜人民军，是连全部朝鲜人民都包括进去的。

我开始感到，这仗打起来，不会是怎样轻松的事了。

在车上乱七八糟地和那位南朝鲜军官——李中校谈了不少话。这家伙的英文程度比起那位少将来高明得多了。不过这家伙一脸孔油腔滑调，笑起来连眉毛都会动的，神气却使人看起来觉得不大舒服。他是一位联络官，是李承晚的军司令部和美军驻鲜野战军司令部的联络官。他笑嘻嘻地说，他是十二分地衷诚为美国军人服务的。举凡传递命令、布置宿营、供应伙食……这一切，有什么事只要找他好了。这是一条很“忠实”的狗，让他伺候起来，大概是不会差的。不过我又在考虑着另外的事，像这种鬼头鬼脑的家伙，在局势紧张尴尬的时候，会不会靠得住，可就大有问题。看样子，朝鲜的老百姓，即使是种田的女人也好，都是危险人物，这可是够讨厌的事，在这样的局面之下，靠着这么一位并不十分靠得住的领路狗，那麻烦可大啦！

不过这事是不能放在脸上的，我还是跟他七搭八搭地漫谈，潘和比莱这两个傻小子，却和他成了好朋友了。谈得好热闹。三句话谈过，潘就忍不住，问他："这里可有'咖啡色的眼睛'？"这小子当然不懂这是什么意思，不过潘做了一个鬼脸以后，他马上就明白了，马上说："有，有。你可以很好地挑选一下的。"这就让他们更加兴奋起来！

这两个不知天高地厚的小畜生，一点都没有闻到这里空气里有多浓的火药味，念念不忘女人，我差点忍不住要当面教训他们一顿，不过，我终于忍下去了。在领路狗面前是不好露马脚的。

在谈话中间，我又零碎地知道了一些情况。

南朝鲜的两个主要城市，大邱和光州的军队和平民都起了暴动。虽然照李上校说是无所谓的，不过这可是不能马虎的事，我们实在是已经走上了最危险的战场，战争的基础——大后方零乱到这种样子，实在是相当伤脑筋的事。

我忽然想起，这和那些被烧得只剩下了焦土的村庄大有关系，那些失去了家园的朝鲜农民会走到什么地方去，不是很明显的事实吗？

到了司令部所在地的农业学校。这地方很不小，是在朝鲜很难得看到的建筑物。学校当中的大厦屋顶上飘扬着美国国旗。我们的车子开到大厦旁边的广阔的停车场上集中，这里停了五六十部左右的车子，吉普、指挥车、3/4 吨的通讯车、运械车、两吨半的大卡车，应有尽有，靠着竹篱一气排了几百只大汽油桶。

我们刚要卸下行李，忽然看见先走进总部去的“烧鹅”慌张地又走了出来。钢盔拿在手里，秃头上冒着水蒸气，大声地喊：

“行李不要卸，人员集中总部副官处待命!”

真是奇怪的事情。

在走进副官处时，我才发现了这里正是乱得一团糟，跑出跑进的人都带着一脸慌张的气色，好像被扰乱了的蜜蜂窠一般。

我们这一群人走进了副官处。等了半天，“烧鹅”却不露面。李上校也出去了，我们等得无聊起来。正好，趁此机会，我要向潘和比莱这两个糊涂虫教训一下了。

“李上校是替你找咖啡色的眼睛去了!”我向潘说。

“不，白天是不会有的。”

“你觉得这地方不错吧？配胃口吧?”

这时，潘似乎感觉到我不是在说笑话了。两个小家伙就凑到我面前来，我就此点穿了他们，现在不是做春梦的时候了。

根据第二次世界大战在中国作战应付国民党军官的经验，

我告诫了他们对像李上校这样的领路狗要怎样应付。

照我的经验，这种家伙，一定是贪污的。在后方，在前线，他们会借了供应美军伙食的机会，大揩其油；他们会盗卖美军的军用物资；甚至于他们连一块口香糖一根香烟都会向你讨的。不过，那恭顺也真好恭顺，随便你怎样骂他都是无所谓的，到了背后也许会骂你王八蛋，不过当面总是笑嘻嘻的，替你找女人，买酒，什么都伺候得舒舒服服，就是一样，到了逃命的时候，他却不管你了。

怎样办呢？办法自然是有的。在作战的时候，每一个小组都保持着一笔相当大数目的当地纸币，保存在美国人手里，却向他声明必要时可以交给他使用。那就是说，万一落在了敌后，得让他负一点隐蔽带路的责任，报酬就是这一笔钱。这是牵牢这条不够忠实的狗的唯一的绳子。

潘和比莱像听天方夜谭似的听我说话，表示颇有兴趣，可是还带着不大相信的神情。该死的家伙们，吃苦头的日子等在后头呢！

门猛地推开，“烧鹅”走进来了，脸色比刚才更慌张了。

“多贝先生，团长邱奇少将的命令。朝鲜陆军的参谋总长已经没有能够控制朝鲜陆军免于慌张的撤退，应该免职，使他的副参谋长继任，你要立刻把这个通知朝鲜军总司令部。”

“是，长官。”我刚要去找李上校传布命令，“烧鹅”却又说了下去。

“根据美国空军视察的报告，朝鲜人民军距离水原只有八哩，可能今日晚上到达市郊。总部决定做紧急撤退。多贝先生，你是有过撤退的经验的，命令你监督撤退的进行，烧毁一切遗留下来的武器、汽油、装备和房屋，你要搭最后一部离开总部的车子。”

“烧鹅”气急败坏，可是还要保持他该死的“雍容”。

“今天可能做深夜的强行军，车灯必须完好，汽油加足，还要准备必要的千分之一地图，多贝先生，这是你表示军人的勇气的好机会！”

“是，长官！”我嘴里说。可是我心里却想说：“天杀的狗养的！”

于是我就马上出去执行我的第一次使命去了。潘和比莱像木鸡一样地呆在那里了。

六月三十日——深夜撤退水原

整个一下午，忙得我气都喘不过来。

在这整个下午里，事实上，因为少将还要处理在朝鲜美国陆军和空军的指挥，“烧鹅”成了朝鲜陆军的直接指挥者。我们带着那个狗颠屁股的李上校做翻译，把少将的命令一个一个地传达到朝鲜军总司令部去。吉普开来开去了四五趟，“烧鹅”电话机不离手，神气更是不用说。

现在只能简单地把这压缩在半天以内完成的伟大的工作择要记一下：

首先，“烧鹅”代表少将对朝鲜军总司令部的高级人员斥责了一通。他指出了在进攻北鲜的命令发布之前，没有好好地准备的绝大的错误，更该死的是为什么没有好好地做好情报工作。敌人的情况一点都不明了，弄得一发而不可收拾！

真是奇迹，他这人说话从来不会一板一眼的。这次不知如何，居然神气十足，官派凛然，越说越神气，声音也越来越高，于是也就差点儿露出了马脚，“天杀的”“舐×的”，都出来了，我暗道不好，偷眼望去，想看看挨骂的反响如何。嘻，还好，那个情报部部长正在浑身发抖，慌悚无地！别的人也都对他怒目相视，并未注意到“烧鹅”的言语失仪。于是，他也就此收场，完成了教训的任务。

这帮家伙颓丧得像一群可怜的野狗，这似乎倒引起了“烧鹅”的怜悯心肠，于是他就放松了口气，宣布了另外一个措施：

“美国陆军为了挽救朝鲜的军事颓势，现在决定赶速派遣陆军来鲜。三天以内将有一个师的陆军，包括官兵一万五千名，空运前来。”

这群家伙听了这消息以后，就好像窒息僵死的一群畜生忽然又得到了空气。耳朵一耸，身子摇摇，抬起了眼角，彼此望望，流露出一脉欢喜之情。

真是好没出息！“烧鹅”又忍不住喝了一声：

“大家注意！怎样阻止贵国的陆军的继续溃败瓦解，还是诸位的责任。美国军人是无法负责的！”

这样，就结束了这一幕喜剧。我们像英雄似的被恭送了出来。

这以后，真料不到会轮到我料理自己的“后事”。

下午四时，回到美军总部以后，所看到的是一片慌遽的凄惨情景。真想不到，我还没有能在这里住上一夜，就要开始准备它的后事了。

谣言多得要命，什么北鲜人民军距离水原已经只有十哩了；市郊，就在飞机场的左近已经出现了游击队了；又是什么朝鲜陆军总司令部的人已经在准备逃走了。这样的消息一个个不断地传来。

去问问那个李上校，他总是一脸奸笑："都是谣言，情形还没有这样严重。"别的话就一句也不肯说，到现在，我是愈来愈感到这家伙的靠不住了，他的那只笑着的脸，越看越像一只假面具。这不禁引起了我的彷徨疑虑。不是吹牛，二十几年的军队生活，在我总是一个不差的经验。我总还算沉得住气，不会张皇失措的，随便它是怎样严重的局面在面前展开。可是这回不对了，我竟自也感到有些心慌，我直感地觉得自己好像是站在一个没有基础的高塔上，脚底下摇摇的，四面是很深的海水。上面是只能摆摆架子发发议论的官儿，底下是全无经验初出茅庐的小伙子。而那帮朝鲜军人又都是全然无用的废料。更还有那个老奸巨猾的李上校，该死，我一记起他那笑脸，头就有些发晕！

"烧鹅"已经全然失去了常态。他那一贯的老行伍的架子现在全丧失了。几次三番地把我喊进去，让我注意这个，注意那个，好像就在他的背后就有个朝鲜的狙击手在隐藏着一般。

一次，他低声地吞吞吐吐地向我说："多贝先生，来到一个陌生的地方作战，是非弄清楚当地的情况不可的啊！李承晚的政府宣布，战争开始以后，他们已经枪毙了不知道多少游击队，他们没有那么多的监狱去关他们！可是，狙击手还是到处都是的。根据我们的士兵的报告，看见一个家伙，农民打扮，手里拿着耙，待你转过身去，他就开枪打你，这真是讨厌的事情，这样的奇怪的报告不知有多少，多贝先生，你得好好告诫弟兄们当心呀!”

“是，长官!”真是让人烦恼的谈话。一个长官，却在下属面前显得这么慌乱，真让人看不上。可是，这又有什么办法呢?这种情报听来听去，听得我自己也有些慌乱了!

这种慌乱的情形越来越坏，谣言在每一个士兵心里生了根，又逐渐滋长起来。这是终于会爆发为“溃退”的结果的。虽然没有谁发过正式的准备撤退的命令，可是大家都枪不离手，装备不离身地做着随时溜走的准备，这种情形，到了天色逐渐暗下来以后，就越来越坏了。

饭后，在大家冲咖啡吃的时候，就隐隐地听见从西北角传来的隐隐的炮声。

这正好像一个引火线。本来已经极端不稳定的情绪，终于爆发了。总部变成了一个杂乱的交易所，人们涌出涌进，外面的人要到里面来，里面的人却又要出去，手电筒的闪光到处都在闪亮，停车场上挤满了人，加油，发动引擎，搬运东西，乱得一团糟。

真是气数。是谁接到了撤退的命令的呢？我跑了去见“烧鹅”，“烧鹅”却正摇着通到飞机场去的电话，原来少将已经到飞机场去了。电话摇了好几次都没有摇通，“烧鹅”狠命地把机一摔，骂了声“天杀的!”回转头来，一脸烦恼和慌急。

“报告上校，外面的情形很坏，总部的官兵已经准备撤退了。”

“该死！谁的命令要撤退的!”

“事实上大家都已经在准备走了。”

“烧鹅”气急败坏，一言不发。总部里一共有三百名左右的参谋和附属人员，我们这个核心小组不过才来了不到半天，不可能马上就建立起很好的指挥关系来，而情况竟变得如此之快……现在才深切地体验到，在紧张的情况之下，控制这样的部属完全不是一件简单的事。

“多贝先生！我们得等待少将的命令！至少我们核心小组是不能在命令未到以前立即撤退的。你去准备一下，就是真要撤退，我们也得留在最后，我们得烧毁破坏必要的器材装备和建筑!”

我转身出来的时候，就已经看见总部的人员在拼命挤上吉普和卡车，车辆的头灯照得停车场一片闪亮，真该死，如果有空袭的话，那可就真是糟不可言了。

我也无心细看，马上跑回去召集潘和比莱他们，做紧急的准备。

十四个人在我指挥之下做破坏工作。

我们把一切带不走的文件、装备，都一齐搬到储藏室，这里满满地藏着弹药和武器。又抬了两大桶汽油放在房子中间，把房顶凿开一个洞。然后又在每隔两间房子的室内安置了汽油桶。这些工作做好以后，空袭警报已经响了起来。

少将回来了，他不得不把吉普停在总部大门以外，因为开出去的撤退的车辆已经塞满了，车子无法开进来。他告诉“烧鹅”，核心小组的人员随同一起撤退。我们只好等候五六十部车辆一起开出去，然后才能动身。

这时，夏夜的闷热气候，蒸得人实在有些受不住了。接着就开始落起雨来，一阵倾盆大雨。这真是奇异的景色，在强烈的车前的灯光中，正好看出那笔直的雨脚，我们都披起了雨衣，戴起了钢盔，雨水随着钢盔流下来，前面好像流下了几条小瀑布。雨衣里面，蒸出了身上的水蒸气，弄得浑身透湿。

十五分钟以后，我们的车辆才开始能够从总部开出。开出以前我们点了火，总部的房子马上就燃烧起来。在倾盆大雨中间依旧烧得很旺，这无疑地是因为安放了汽油的关系。

我们的车子在暴雨中行进，吉普前窗的水刮用最高的速度刮着，在充满了雨滴的玻璃窗上刮出了一个扇形的空隙，从这空隙中望出去，一片暗夜疾雨中间，有偌大的一个车队在行进，成了一个长长的灯阵，真是好“伟大”的撤退场面。

一刻钟后，我们又听见一声巨响，回头望去，原来是那间装满了火药的储藏室也着火了。火苗一直冲上天去，在暗黑的夜幕前面是一片红光，这前面又夹着一层细碎的晶莹发亮的水凝子。真美呀！要不是要赶快逃命，我是非得停车下来，多看一会这一幕伟大的风景不可的！

七月一日——大田

上帝保佑。我今天还能在这里的临时营房里安然无恙地记我的日记。

我们在今天早晨五点钟，到达此间。天还没亮，雨还没有停止。找寻营房，又费去了半小时左右的时间。这里本来是不曾准备有给美国兵宿营的地方的，而且没有那么大的房子——可以供三百多个总部人员的住宿之用的。没有办法，我们就在城里最热闹的大街上自行挑选了最大的房子，敲门进去“占领”了。惊惶的看门人看见我们简直不知道要说什么才好，虽然知道这是失礼的事情，可是也没有办法，先进去再说。

我们每一个人都在里面找到了“自己”的床铺，脱下了浑身透湿的衣服，睡了起来，一直睡到今天下午三点钟才醒。到现在，我才知道这里原来是一所银行。

心安神定，暂时没有了受袭击做俘虏的危险，赶紧抽空记一下昨天深夜冒雨撤退的情形。这真是百世难逢的伟大的场面，最好的经验。虽然这经验是可怜的，不过不记一笔也实在觉得可惜。

为什么我说这是一次最好的经验呢？因为这种环境是在任何良好的训练机构里找不到的。我曾经担任过汽车驾驶的教官。在东京，给总部里的驾驶手们训练过三个月的课程。那训练的方法，也不能算是不认真了。实习的时候，有各种人造的地形，有多少变队的方式，有多少号令的传达方法，有在各种天气各种时间的行军练习，可是这都没有昨天晚上的现实情形来得彻底而完备。而更重要的，像给死亡追赶着的那种恐怖的情绪，在平常，是无论如何也制造不出来的。于是，经过了一次考验，全完了，几个月的训练完全失败了。

汽车运输队行军，主要的要求是每部车子中间要保持相等的距离，用同等的速度行进。这自是最高的要求，可是在一个人想逃避死亡的攫取的时候，就没有办法要求他这样做了。在昨天晚上的那种暗夜，急雨中间，想拼命赶路的车手们已经都失去了理智，看见前面有车子抛锚了，没有人会停下来帮忙，只是从旁边绕过去算数。急雨打在窗玻璃上，虽然有自动的窗刮，可是也没有用，眼前是一片迷雾。前面车子后面的煞车灯看来一片晕红，所以两部车子顶起来的情形是很多的。尤其是在后面的车子想超车的时候，又看不见路的好坏宽窄，那结果是车子四脚朝天睡在麦田里。

我自己的车子因为是压队，所以很凭吊了一些悽惨的“遗迹”。有一部大卡车就是四脚朝天地睡在麦田里的。驾驶手的头已经钳进了驾驶轮盘，我用电筒照一下就只能叹一口气算了。车身埋在积雨的水田里，看不见那里的“搭客”。我想，如果他们没有死，他们一定已经搭了别的车子，不然，那就是完了。

另外的一部吉普，和路边上的一棵大榆树接了吻，树干一直撞到引擎里面去，驾驶座上是一片血迹。在训练期间，我也曾经这样警告过孩子们，我说："那个驾驶手喝醉了酒，迷迷糊糊地就和大树接了吻，他在甜吻里睡去了，他再也不会醒来！"他妈的，戏语竟成真！眼前就摆着这样的事实。虽然那可怜的家伙不是喝醉了酒，而是为了在大雨中逃命！

从前为了训练困难驾驶，还特别造了一个困难驾驶场，大沟小洼，曲曲折折，我教孩子们在什么情景之下要用头挡，再不行就用前轮转动的加力挡……可是昨天晚上，一场大雨，那天杀的公路，竟比我们特别制造出来的困难地形还要困难十倍！

半尺多深的泥浆，轮胎在泥里转不动。这时候就该在橡皮轮胎上加链条，可是逃命要紧，谁还记得那链条。这种后轮陷在泥里抛锚在路上的车子，大大小小足有十来部。

该死的是这批家伙就是这样走掉了，装满了一车的装备，都不毁掉！这实在是最慌乱的撤退的典型的例子。

写到这里我实在也不忍再对这批孩子们苛责了。我自己回忆一下昨夜的情景，那无休止的疲劳的驾驶实在是最可怕的。分明眼前是一片迷雾，可是还得从这迷雾里死命地分清一切。只凭借了暗黄的两盏头灯，想要辨别出积水的路径，前面的车子的速率……无休止的疲劳，盼不亮的天色，盼不晴的倾盆大雨……最后是麻痹了，索性不管了，要出毛病就出毛病吧！瞌睡袭来，车子一颠惊醒一次，像牛吼一般的头排档引擎的吼声，永远是那样，真会使人的神经爆裂开来！汽油箱里浸了水，引擎就不时放着小炮……这一切，好不容易度过的九十三哩程途！

有什么用呢？三个月的训练，最好的装备，GMG的最好的军用车，最完整的通讯设备，这一切，都挽救不了无情的溃退！什么道理呢？我弄不明白，我似乎有些感想，可是又说不出来，我陷入了忧郁的沉思！

正在我这静默的沉思当中，突然又听见门上有急促的叩门声，门一开，“烧鹅”的充满了焦虑与不安的脸又出现在我的面前！

七月一日——飞机视察

“烧鹅”好像又恢复了他的“勇气”。虽然隔夜的疲劳与残存的慌急仍旧掩饰不掉。正好像一只疯狗一样，现在他是在受了足够的教训之后，暂时离开了棒头和石块的威胁，于是，很自然地又狂吠起来了。这就是“烧鹅”目前的精神状态。

“多贝先生：我们现在马上搭飞机出发，去视察前线的情况去。”

好啊！这也正是我所关心的事情，正想去看看昨天晚上糊里糊涂狼狈不堪地撤退了下来的那个的情况。

我们是坐在一只小型的侦察机上。这样的飞机只能坐两个人，一个驾驶手，有一架机关枪，速度倒还不慢，可就是怕碰上了敌人的战斗机，天保佑，我们这次视察是平安的。虽然有几驾轰炸机和战斗机一起出动，总还是希望不要遇见敌机才好。

十分钟以后，飞机已经进入接近敌区的天空了。我们用无线电和其他的友机取得联系，希望我们能沿了昨天撤退的路重新看一下，从飞机上望下去，通过偶尔飞过的白云层，朝鲜的大地正像美丽的棋盘一样，一块块一方方，整个看起来，正是出色的一块好地毯，暴雨初晴，眼下是一片绿，绿得格外清新。

用了侦察器，才能更清楚地看到不少公路上的情景。我的脸不禁红了起来，原来这里正留存着我们昨天晚上所剩下来的失败的丑恶遗迹。那一部部抛锚的车子，就正像苍蝇一样的被粘在胶水纸上，我偷眼望去，“烧鹅”的脸色也难看得很。一会以后，突然地，“烧鹅”用手紧紧地抓住了话筒。

“公路上有我们遗留下的车辆，请设法销毁。”

他一面说着，一面手在发抖，其实他的声音也在发抖，脸色由红转青，眼睛似乎要冒出火光来，这让我想起那会吃人的狼——狼是多疑善惧而阴狠的。

“不要忘记，还要破坏一切的军事目标，桥梁，建筑物和一切足以滋长游击队的农庄。”

他又颤抖着说出底下的一段话来。我心里在想，这样一片好美丽的地毯，马上就要给烧出一个一个洞来了。有些觉得煞风景，可是，也觉得相当有趣，精彩的场面马上就会在眼前展开了。

三分钟之后，两驾战斗机俯冲下去了。我们的飞机兜了一个圈子，看那成果。一阵机关枪声，有两部卡车起火了。另一个小型炸弹却丢在水田里，溅起了一丈多高夹杂了泥沙的水花。

另一架轰炸机费了三个炸弹才击中了一座小木桥，桥的木板给炸得飞起来。真是不惜工本的轰炸。这样浪费的战争，似乎也只有像美国这样的国家才可以负担的吧？这让我记起少将在离开东京以前向出发的人员训话时说的一句话，他说：“美国预备了五十万吨火药，倾倒在朝鲜的国土上！”他说话的时候的那种得意之状，我现在似乎还可以想得出来。

完成了这一小小任务以后，我们的飞机就又顺了公路线前进了。这以后，就又有了不少“伟大”的场面。

一个有二百多户的农庄，遭受了五架轰炸机的袭击，整个的村落成了一片火海。扔下去的炸弹是炸弹和燃烧弹各占一半的。轰炸的技巧是这样的，先由轰炸机炸村庄的北段，起火爆裂以后，可以很清楚地看出那些朝鲜的居民从家里慌张地走出来，向南面的路上逃去。然后又再由战斗机低飞扫射，机枪之外，还加上小型的火箭炮，那些只靠了两条腿走路的居民，就像一群蚂蚁似的给消灭了。这实在是很“快意”的事。毫无危险，毫无抵抗地进行着扑灭的工作。

当我们进行了这样四五次"血洗"的工作以后，"烧鹅"似乎有了心理上的满足。他的脸色不像刚才的那样紧张了。不过得意之色，却更加浓了他的凶相。不知如何，我总觉得他那脸色的特别。凶残加上战栗，是不久以前的情景，现在是在笑容里搀上了凶狠，这样的笑脸，其实是比咬牙切齿的情景还要可怕的。

得意之余，"烧鹅"在话筒里发布了返回基地的命令。视察的任务其实是并未完成的，我们并没有看到一个朝鲜的人民军，不过少将的训话是部分地完成了。我们在朝鲜的和平村庄上倾倒了几吨炸药，替国内军火厂解决了多少分之一的产品的出路。

经过这一次视察，无疑地，"烧鹅"已经恢复了他百分之七十的神气，而且，也许还有别的原因的吧，这从他那忙碌而又像煞有介事的神情上是都可以看得出来的。

晚饭以后，高级干部们在开会。我们就在房间里聊天，不想出去。这也有两个原因：局势紧张，说不定马上就会有什么任务宣布；其次，也实在对朝鲜的游击队有点戒心，在这样生疏而含有浓厚的火药气味的所在，还是小心一些的好，这里毕竟不是东京呀。

潘和比莱两个人的精神都有些颓唐。

"我不喜欢这个天杀的地方，黑得像地狱，热得像锅炉！"坐在行军床上，骂着。

比莱不声不响，睡在床上，嘴里吹着哨子，是一支流行的南美的牧歌。他手里拿着一封信在读，哨声低黯而忧郁，令人想起在故乡的森林中间，一些牧人，夜间，围着柴火堆，弹着吉他，在唱歌的情景。

环境沉默得很，这样的哨声真使人有些不耐了，郁结的感情好像就要爆裂开来的一般。天气真热，也像在酝酿着一阵暴雨。从窗隙望出去，黯黑的夜，荒芜的草地，上面有飞来飞去的萤火虫。

“闭嘴！吹得人心都烦起来了！”潘忍不住了，大喝了一声，正像郁闷的空气里，突然来了一闪电光和雷响。

哨声戛然而止，比莱从床上一跃起来，手里还拿着信：“甜蜜的家，从家里来的消息，我的老婆将要生出我们的第一个孩子来了。”

这句话不但没有减轻目前沉重的低气压，反而更使所有的人，更加忧郁起来了。

正在这不可开交之顷，“烧鹅”又推门而入。

“我们已经有一个师从东京调来。马上就准备增援前方，明天是我们的一个忙碌的日子，我们得做好必要的反攻的准备，孩子们，睡觉吧！”

他出去以后，潘望着他的背影吐了口吐沫：“天杀的！”

七月二日——准备“反攻”

今天一早五点钟，就已经醒来了。昨晚一夜都不会睡好，乱梦颠倒，心里一直在想着已经在釜山登陆赶到前方来的一师美国孩子——他们有一万五千名咧——这里面还包括了第二次大战在欧洲战场上出过风头的第八军的坦克部队。整整一夜我都在做着乱七八糟的梦，是兴奋得过分了还是怎样，也说不出。不过不安却是实在的。这事情有些严重，不是吗？我们这批到朝鲜来的美国人，不是只做做幕后提线人就能算数的了，现在得打自己的仗，流自己的血了。天杀的，这难道是自己的战争吗？还实在不是什么太好玩的事。

躺在床上，看看潘和比莱，这两个孩子还在那里呼呼地酣睡，睡得十分香甜。无疑，他们昨晚吃了“烧鹅”的一颗定心丸以后，就十分安然地高兴地睡着了。也许他们现在在做着这样的美梦。大军一到，大炮坦克一直冲过去，不用几天，就会把朝鲜人赶回去，然后，美国的孩子们，就可以再度向全世界神气十足地表演一番，然后就光荣地凯旋了吧！看着他们的那种天真而又充满了幻想的脸，不禁引起我不少幻想来。做梦是很好的事情，可恨的是年纪大起来就难得再这样自由地如意地做梦，相反地倒会有许多顾虑。天杀的！这就是人为什么要衰老起来的原因吧？我努力想抑制这种不安的情绪，可是终于没有用，天杀的！

接着就又是一天紧张而忙碌的生活。

少将是驻朝美军的指挥官，“烧鹅”奉命组成紧急的总部小组，我们这批老班底自然还是小组里的重要组成者。我们的任务是设法把在朝鲜登陆的美军在最短期间内组成一个机动的出击队伍。在朝鲜政府军最弱的所在补充上去，好站定脚跟，布置反攻的局面。

这实在是很困难而简直无法解决的工作。首先，我们就不知道朝鲜的政府军在哪些地方是比较健全的，可靠的。其次，我们不得不考虑兵力的分布，突出一点是很简单的，可是侧背的友军如果靠不住那可就太危险了，会给敌人圈在袋子里的。更何况按照战略，出击的部队的配备、安置，又都是煞费苦心经营的，步兵后面得跟着炮兵，炮兵阵地又不能太突出，坦克部队也得在最适合地方准备，以便必要时可以最快速地上去。这样，一师人作为一个战斗单位就不免太多，要分开来就又不免太少。

这些都是让“烧鹅”大费脑筋的事。

这家伙的脾气变得更加暴躁了。李上校的恭顺已经再也不能使他安定下来。这实在也难怪，问他“政府军”的情况，他的回答总是说很好的。能不能打？能打的。能支持两天吗？能的。可是根据过去的经验，能打的最不能打，能支持两天的，不到两小时，就垮下来了。“烧鹅”急得大骂。

“能打就说能打，不能打就干脆明讲，现在不是讲面子的时候了！”

可是李上校只会立正，鞠躬，说：“是，长官！”有什么办法呢？

“烧鹅”在西点军校讲堂上吹得头头是道的战略的那一套，显然已经没有实施的希望了。他最后不得不决定了在三个重点进攻，兵力的配备，也只好用算术的方法平均分配，先打了再说，已经丧失了所有的信心，他不能不盲目地把希望寄托在美军无比的威力上，他只能“相信”，美军是所向无敌的。一个炮兵营，集中火力打五百公尺一块横断面，射击二十分钟，就是不用观测器，那地方是也会平了的。这样的“战争哲学”就成了“烧鹅”的唯一的秘诀。他最后不得不喊出这样疯狂的口号：

“孩子们，不要怕！把火药堆在敌人头上去吧！”

就是这样，我们完成了出击的准备。

至于这个小组的任务，则是随时出发到前方去视察，了解战斗的情况，随时指示机宜。明天早晨五点钟全线拂晓进攻，我们准备好了吉普、指挥车，加满了汽油，装满了装备，预计在战斗开始以后两小时左右出发视察。

七月三日——重返前方

我们是在三天以前从水原逃回来的。现在想想，也实在不免逃得太快了。因为，无疑地，目前的第一个当前任务就得马上设法稳住水原前线。可是，这又不免太迟了。

于是不得不重新修改预定的计划。我们这个小组，本来是预定了，要在明天早晨拂晓进攻以后，根据情报，再决定到前方据点去视察的。这是昨天下午两点钟光景的决定。这以后，“烧鹅”就一直在他的房间里走来走去，搔首踟蹰。那神气就和热锅上蚂蚁一样。我是能了解他的心情的。他很清楚，他的计划原来都是按照西点军校的讲义，关了门在房间里订出来的，靠得住与否本来大有问题。更何况三天前的狼狈的撤退他也是参加了的，他很明白了到朝鲜来的美国军队的素质，于是他不得不踌躇了。他试想用自己的“威风”到前线去镇压一下，用自己的“经验”（书本上的）到前方去布置一下。这样，他可以比较安心一点。

于是，将“拂晓进攻”，改为“妥善的防守”。目的是尽一切可能稳住在朝鲜政府军手里摇摇欲坠的水原前线。

那真是“摇摇欲坠”，一点都不会夸张的说法。

李上校就几次三番地，委婉地说明了，在美军“撤退”（其实是逃走）以后，政府军的忧急与惶惧。“他们希望大军前去替他们压一压阵脚，壮一壮胆子。”

“烧鹅”下令，抽调二十四师团的一个营立即赶赴水原南方二十英里左近的地方布防。小组在他们出发一小时后也跟随前往，协同布置阵地。

我们的再度出发是在下午四点钟。

忙乱是不用说的，心情也够沉重。不过这到底和仓皇逃命不同，虽然坐在吉普车上，没有一个人说话，环境显得那么阴惨，可是这倒给了我一个从容欣赏风景的机会。这真是奇迹，美丽的风景是真能暂时吸住了人们的眼睛、心神，把人们暂时从焦忧急惧中间拖开来的。

我这时候的心情真是够复杂的。作为一个几十年的老兵，照例，在枪林炮筒中间生活过来，情感该是给磨光了的。我在想，为什么跟随了大兵，就必然会有酒吧间和女人的原故，该就是因为这批磨光的人性的家伙是非用这个来刺激不可的吧？可是，不然，我今天的情感竟自脆弱起来。

这条路原来就是三天以前仓皇逃过的一条路，也就是两天以前在飞机上重新巡视过一次的路，那次还胡乱掷过不少炸弹的。一次在深夜急雨中间，一次在高空里，都没有方法能仔细观察，当然更不可能发生什么感情。可是这一回呀，我实在给这一片美丽的山河深深地吸引住了，这风景使我的感情柔软了起来。

我恍然若有所悟，这样美丽的山河，对我似乎是非常熟习的，我在什么地方已经见过的。在印度，还是在缅甸，在中国的南方呢？

在峡谷旁边有着一片美丽的平原，我们就是在这峡谷的边缘上行进着。山坡上绿草如茵，远远望去，是一片最柔软最出色的浅绿色的地毯，厚厚的，软软的，上面点缀着最美丽的五色斑斓的野花，造成了最美丽的一幅图案画。突地，山边上一片殷红的泥土，不，有些暗赭，这造成了一片圆形的小盆地。从车上俯视下去，正像一片红土的盆景，在这盆景中间，是一株株碧绿色的小伞——小松树。山坡上种着的谷子、豆类、玉蜀黍，都已经吐穗了。峡谷尽头，有一片片的苹果园。——呀，我记起来了，在东京的时候，就经常地可以听到这样的话："到朝鲜去吃苹果，那边的苹果真好吃！"——这原来就是那有名的苹果园，那一丛丛的果树顶上，点染着一簇簇的粉黄的颜色，是还没有完全成熟的苹果呀！

一大片一大片的是一望无尽的绿色的稻田。在这中间，偶然也会有一小块一小块发着亮亮的闪光的小湖塘，和一条条晶莹发亮的带子似的小河。在一片碧海中间，偶然还可以看见穿着白色衣服的农妇，像碧海上的点点白鸥！

这真让我迷醉了，多美呢？多平安呢？这让我回忆起我所走过的一切平安的可爱的国土，特别是，我的好几年没有回去了的故乡——南美的农庄。我的感情激动了。我弄不懂，我们现在是旅行呢，还是怎样。我猛地记起"烧鹅"昨天恶狠狠地说的那一句话："孩子们，把火药倒在朝鲜人的头上吧！"我迷惑了，弄不清楚了。我们真的是要用刺刀向这么美丽的一张油画上刺上一刀的吗？

更不巧的是，车子驶过，公路边上就正是那个被我们的飞机炸毁了的村庄，破坏得好惨。焦黑的破墙，没有了屋顶，火烧剩下的木头，坍在路上的碎砖碎瓦……我不能看了，我闭上了眼睛。我实在没有勇气多看一眼自己亲手造成的罪恶。

七月三日——炮兵阵地之夜

说来也真使人丧气，费了多少时间精力，训练出来装备完毕的这一批朝鲜的政府军，竟是如此的无用。

四小时的急行军下来，马上就去视察炮兵阵地，这一看就让人大大有气。原来这批“古克”把七五山炮都平平安安地“藏”起来了。

这里的地形是一块小盆地，前面围绕着三面的岗峦。到水原的公路就在前面的小坡上通了出去，“古克”们把炮就安放在盆地的角落里。“安全”倒是“安全”了，可是“射界”却只有二十五度左右，炮筒还只有在三十五度以上才能发射。真是出色的炮兵阵地，除了被俘以外，似乎就再也没有别的作用了。

“烧鹅”急得跳了起来。有什么用呢？“古克”们也不过是立正鞠躬，唯唯听命而已。本来是想节省时间力气，在我们赶到以前，让他们把阵地布置好，等到自己的队伍一到，就可以进入阵地，准备作战的，现在就完全落了空。“烧鹅”不得不自己跳上跳下，在山坡上爬来爬去，寻找“观测所”，安置通讯的电线，把两个炮交连的炮位安置在射界开阔的地方。

“烧鹅”也真够苦恼，一身都给汗水湿透了。钢盔上面套着网布，上面乱杂地插着树枝野草，远远看来正像一个怪物，布满了皱纹的脸上紫红得像一片猪肝，从那上面挂下一条一条汗水来。这老家伙也真不怕累，一个人就带了三支枪。左轮挎在腰间，一支“卡宾”斜背在肩上，还有一支步枪，没有办法，是交给潘替他代为保管了的。根据他的哲学，这是最安善的自卫方法。一千码以外，用步枪；六百码用“卡宾”；近距离就用手枪。这种方式，在我们看来是不免可笑的，可是这在他的军事学讲义上，是规定得明明白白的也不一定的。

等到阵地布置粗毕，时间已经是七八点钟了。大家的肚皮都叫了起来，早就想吃饭了。可是“烧鹅”还是不答应，一定要先把壕沟掘好，把指挥所布置好。他一转身，“天杀的”就从身背后喊了起来了，这他自然是听不见的。

那壕沟是这样掘起来的。在生满了野草的地上，掘起弓字形弯弯曲曲的一条狭狭的沟来。有一人多深，开头的地方掘出了一尺下去的阶梯。因为时间匆促，这沟掘得只够一个人在里面打个转身，要坐下来是不可能的，只好站着。在沟里一走，沟沿的野草正好在耳边拂过，难过极了。沟里潮湿得出奇，浑身都好像有水要渍出来似的。蚊子就在头顶上打转，有时还要无理地飞进耳朵嘴巴里来。这样的地方，怎么可以久待呢？大家掘好以后，就赶紧跑上来。可是“烧鹅”又下了令：

“所有的人员，一起在壕里进餐！”

真他妈的岂有此理。反正我也不管了，大家也都吃不消这个。我们到底坐在草地上大吃起来。打开了干粮盒子，大吃一气。“烧鹅”没有办法，一个人躲在壕里去。反正他的性命，照例那戴了插满草花的钢盔的头，在沟沿上转来转去，一只红得像番茄的脸，活像是田里的一棵什么野菜。

“烧鹅”还有两项无理的命令，大家的长袖子一定得放下来，以免被蚊子咬了害疟疾；其次则是不准吸烟，避免引起敌人的注意。不知如何，这种考虑原来可是必要而周到的，可是大家却对这个充满了反感，只觉得这老儿太可恶了。说来又真有些可怜，大家吃得非常起劲，他却吃不下，只用开水冲了浓浓的一杯巧格力糖汁在慢慢地吃，怎样能吃得下呢，那么浓而甜的一杯浆汁！平常嘴里喜欢嚼嚼口香糖巧格力的美国孩子们，大概没有一个人会了解这种糖浆的难以下咽的吧！不知如何，对那些居留在东京与美国的军人们起了无名的反感。最好让他们也来尝尝这种味道才好！

在紧张之余也就忘却了紧张，在危险的环境里呆久，也就漠然于危险的存在了。我们现在就是处于这种麻痹而漫无感觉的精神状态之中。

夏夜的朝鲜的草原是美丽的。

我们睡在其软如绵的草地上，背上似乎有着一条极厚的毯子。上边是满天的繁星，耳边传来极零乱而复杂的声音，有着数不清的多少热带的蚊虫在那里叫着。这种烦杂的声音终于变得异常协调，似乎有着极大的催眠的诱惑力似的，远处是一片黑，青青的。树影、山头只是更暗而浓的一笔，加在这青青的夜幕上面。增加了这夜幕的美丽的是那么多的飞来飞去的萤火虫，一闪一闪地飞来飞去，给这夜景平添了若干生动的趣味！

这样躺着，正感到背上的背带硬得发痛时，一转身，就又碰上了在壕沟里伸出来的“烧鹅”的头，那两只似乎充满了火花的眼睛，格外觉得闪亮怕人！

“烧鹅”静极思动，又从壕沟里走了出来，继续发命令了。

他把每一个人都安置在岗位上，观测所里的，指挥所里的，炮兵阵地的，随时警醒，准备应付意外的事变。他说：

“孩子们，你们知道，战事就在四十里外进行，而‘古克’的游击队是到处都是的。我的命令，警卫员发现任何可疑的情况马上开枪，大家随时准备应付临时发生的事故！”

人的心理总是这样矛盾的。一面在暗骂这个老滑头的胆小如鼠，可是同时也的确有些凛凛然，实在关于“古克”们的游击队的故事，那么许多玄而又玄简直近于神话的故事，听得太多了。

整整一夜都在这种不安的情绪之中度过。每隔五分钟，观测所就有一次电话摇回来。去接那电话时，手总是颤动的，总以为会有什么莫明其妙的消息传来的吧！上天保佑，每次总都是平安无事。

“烧鹅”躲在沟里，每隔半小时到上面来走一转，马上很快地就又回去了，对他的能够长期站在那样潮湿而狭窄的沟里的本领，也实在不能不使人佩服。

看看表，已经是三点半。夏天天亮得早，这时离开拂晓已经不远了。嘴里不禁长长地嘘了一口气。希望天早些亮了吧。“烧鹅”说过，第二天还要到另外一个地方去看看的，早早离开这个倒楣的鬼地方吧。

真是糟糕，出事就出在四点不到的那一刹那里。

不知道是什么原故，前面传来了两响枪声。

这完全有如一堆堆满了火药的仓库，只要有一个火星爆进去，整个都会爆发起来的。大家都拿出了枪，开了起来。不知道目标，不知道敌情，自己也控制不住自己，很自然地就开起枪来，朝了前面开就是。“卡宾”的清脆的响声，组成了一片爆裂的声音，一条条火花，朝前面射去。

三分钟以后，观测所的电话响了，“烧鹅”一把抢过了耳机，声音颤抖着问：

“什么事发生了？”

“前面的山坡处，传来了枪声。昏黑之中，判断不出，可能有敌兵偷袭。”

“烧鹅”一面听着，一面回头来向指挥员说：“命令各炮位准备，正前方，四十五度射角内，做速射击，没有修正！”

这就是说把全连的炮位，集中向前方的一处扇形地带射击，不用修正方向，引用他自己的话："把火药堆上去就是!"

这真带来了最伟大的场面。四尊炮同时发射，每面隔半分钟有一次射击，炮口的火光一闪一闪，造成了最奇瑰的景象，可惜的是，当时大家的心都提得快从嘴里跳出来了，并没有来得及从容欣赏。

这样伟大的场面继续到天色已经发亮，继续到观测所的人员报告前方已经没有了任何敌迹才停止。

那检查战果自然是不大有趣的。从望远镜中既看不到被消灭的任何敌人的尸体、车辆，也看不到任何对方地面毁坏的痕迹，因为那前面不过是一片土岗，本来是高低不平的一片黄色，现在也还是那样。

只是在炮阵地里剩下来的空心炮弹筒却可以堆成一个小山了。

注："古克"——美国兵看不起朝鲜人，这样地称呼他们。

七月四、五日——“拼命作战”与“决不后退”

在一夜的疲劳之余又弄得一场无趣之后，我们就马上离开了炮阵地。事实上“烧鹅”是已经从无线电里收到了水原前线紧急的报告。汉江的南岸防御阵地已经无法控制战局，对人民军的强渡汉江，没有一点阻止的把握，随时可能有急速的变化。在水原后方的这几个美军的独立阵地，可能随时落入人民军的迂回网的可能。作为一个好指挥官，是应该好好地做一下通盘计划的。可是只会在课堂上讲讲战略的“烧鹅”，现在哪里又能重新把战线调整起来呢？最不可饶恕的是他的那种欺骗的态度，分明要在他那无计划的布置之下要牺牲掉的这个阵地和军士，在他就要扔掉不管以前，还要来一下麻醉。

“大家好好整理阵地。前线稳定，供应马上就会送来的。”

扯了这样一个漫天大谎以后，我们马上就跳上吉普开回去了。“烧鹅”在车上向我说明了那个情况。我听了真不禁气愤填膺，虽然努力克制，可是脸上的颜色，究竟掩饰不住，“烧鹅”也觉得有些不大自然，他摆了一下手：

“有什么办法呢？说了真实情况，他们比我们还会逃得快呢！”

我们这次真正又是再做一次仓皇的逃命，目的是天安，是在大田北五十里的最后一个据点，如果这里再拿不稳，那么，大田是马上就会易手的。

“烧鹅”又补充了一下声明：

“我们到了天安以后，布置妥当，再让孩子们做有计划的撤退！”

这真是无耻而又怯懦的门面话，我听了以后，只在鼻子里哼了一声。

这样，我们就又回到了天安。

总算暂时又脱离了前线的火药气味，可是心情也还是一刻都不会安静下来的。一天到晚得到的战报都是撤退，撤退，第三个也还是撤退。怎么能行呢？再撤退就又要退到自己头上来了。

麻烦的事还在后头，“烧鹅”又把一件好差事派给了我。要我招待那些美国、法国来的记者们。

这是一批战地的特派记者。老实说，他们是并无“国家观念”也无“新闻道德”的，他们只注意华盛顿老板的意旨。怎样的消息能使报纸多销几万份，他们就得追求怎样的消息。不然老板就会打电报来骂一通，要不就停生意了。这让我这做招待的可为了难，什么是可以发表的，什么是不可以发表的，你只管宣布，他却并不考虑，只要有趣就得，丢人现眼是概不可问的。

“烧鹅”面色“沉重”地跟我说：

“现在你的任务，是并不比在前线作战更轻松的。你所面对着的是几个坏透了的家伙。他们会玩出稀奇古怪的花样来的。在美国，他们会躲在你的窗外，刺探你和你的情人的秘密；在这里，他们就会尽量寻求使你出乖露丑的新闻。你得随时随地地防范他们，不能让他们做得太过分，必要时我们可以打电话到东京总部去禁止他们入境。

这真麻烦，我怎么可以像“烧鹅”一样地对付他们呢？

在走去接待这批宝货之前，我不得不在脑筋里筹划一下新闻辞令。这在我倒是第一次碰上的事。我在想，有什么问题，该怎样说明呢？

“撤退”必须加上“安全”与“成功的”字样，那是不成问题的，必要时还得解释这是“战略地”。“失败”找不出更好的字眼代替，可是原因总得有，哎！朝鲜的天杀的倒楣天气倒是可以利用一下的。“气候恶劣”不是很现成的字样吗？同时，撤退也不能说得太狼狈，得随时注意，不要忘记花费了的那许多火药与炮弹。“英勇的后卫的行动！”哎！这就是了。

这批记者真要算世界上最难对付的家伙。我事先准备好了的那一套，虽然在嘴里背着滚瓜烂熟，可是一见了他们，却一切都没有用了。

“我们所需要的是真实的情况，撤退就告诉我们撤退，伤亡惨重就是伤亡惨重，我们会给你加上形容词的。转移阵地，安全撤离这一套，我们全明白，用不着你来挖空心思了。”

这就首先使我大吃一惊。其次，是他们居然还有不少“幕后新闻”，竟连我这个发言人也蒙在鼓里。

“新闻记者”是天下最自由的动物，他们可以嬉皮笑脸地和将军们胡调，也可以和士兵们瞎聊天。反正他们也穿得是军服，背着马枪，外表上是一些也看不出来的。这样，自然一切“幕后”新闻都给他们弄去了。

一位合众社的记者从他的口袋里摸出了一篇打字机打好了的通讯稿，他开始读给我听：

“这是一个冷酷的、不体面的、总是吃败仗的战争……”

我听了马上就提出抗议：“这怎么行？你这样的通讯，是会发生涣散军心，打击士气的影响的，你得负一切不良后果的责任！”

我是脸红脖子粗地提抗议，可是他却冷冷地说：“一切责任，自有将军们承当！多贝先生，你可以不必马上就爆发开来，好的还在后面咧！”

他又接下去读了：

“美军在朝鲜的士气是低沉的……美国士兵所特有的标记——开玩笑与说下流话——已被丢掉了。‘前线’这个字眼对朝鲜战场来说，是容易使人迷惑的。它每分钟都在变化……没有人在一天二十四小时中的任何时期内都能担保说战线在哪里……”

我一面听，一面心里在起着激遽的变化。也不知是愤怒还是激动，最后简直可以说是沉默，可不是吗？作为一个从日本开到朝鲜来的美国军人，我是清清楚楚的，潘和比莱两个家伙就是一个活典型，可不是吗？这两个家伙已经不再说什么下流话也不再提什么“赭石色的眼睛”了。那变化是清清楚楚的，他们像一只斗败了的公鸡似的，拖着两支披散着乱毛的翅膀，一派垂头丧气神情，再也没有了刚来的时候的那种豪情胜慨了。事实的教训竟是如此的伟大，让我惊奇，也让我默然，我简直已经没有了一点点回驳的勇气，真的，我平生还没有这样颓丧过。

“要知道的你们都已经知道，也用不着我再做什么补充了。”

不料这还并不算完。他们还得要我证实乌山战役的真实情况，附带地还要说明水原前线的情形。

被“烧鹅”遗弃了的那个炮阵地和其他的几个突出的据点，无疑地，是已经遭遇到最恶劣的命运了的。水原是四日下午八时二十分完蛋的。水原完了以后，朝鲜人民军的部队马上就把那些美军的突出的先头部队据点孤立了，包围了。一天以来，我们只能靠了无线电保持通讯与联络。“烧鹅”对那些据点打来的紧急求援的电报，一概答复以：“艰苦支撑，等待援军！”可是，天晓得。援军在哪里？这些据点的电讯，一个一个地完结了。一直到今天早晨，所有的阵地，根据飞机临空观察的报告，都已经“默无声息”了。这就是对那些被遗弃的孩子们的最后的关切！

关于乌山战役，我们还在随时收听报告之中。我能够综合地告诉这些记者、先生们，是的。“我们已经准备撤退！伤亡人数在半数以上，伤兵和装备都遗弃了。”我最后附带地声明了一下：“真实的情况如此，伤亡数目，请你们报道时打一个合理的折扣吧。”

整整一天的疲劳应付，直到深夜，一直到乌山前线“情况不明”为止。

七月六日——又是撤退

讨厌的事情又来了。记者们要求有一个在前方实地视察的机会，这是非常为难的事。最好是不要让他们多看见前方的种种，因为这些都是无法告人的；其次就是，现在谁也不知道前方的局势要做怎样的变化，五分钟以后的情况可能就和现在的大不同。而这批记者又不是战斗人员，我们有责任要保证他们的安全。泥菩萨渡江，自身且难保，又怎么能替别人的生命罔加保险呢，这实在是使我感到最难解决的问题。

我只能带了这个困难的问题找“烧鹅”去解决。

敲门之后，得到了意外的回答：“进来！”我几乎已经听不出来这会是“烧鹅”的口音，因为这声调高昂而凄厉，是和他一向低沉阴郁的语音大不相侔的。推门而入，就看见“烧鹅”呆坐在办公桌后面，两眼发直，神色大变。旁边围着四五个军官，其中有李上校在内，也都是呆若木鸡，电话耳机放在桌上，桌子上乱摊着一大堆地图文件，显然这又是有什么紧急情况发生了。

“记者们要求要到前方去实地视察，请示上校！”

“告诉他们这里马上就要变成前线了。坐着不动，就会什么都看见的!”

这真是晴天霹雳，我倒僵住了，好像现在不是要解决记者们的问题，而是要解决我们自己的问题了。

僵持约两分之久，“烧鹅”突地从办公桌后面站起来，

“总部马上撤退，在天安南方十里左右驻扎，等候情况的发展!”

那一批军官立了一个正以后，好像好容易得了逃生的机会似的，马上就溜出了房间。我想，又是一次混乱的撤退了。

“多贝先生，马上准备小组的撤退，记者们一起随小组走!”

“是，长官!”

对于撤退，不客气地说，已是经验丰富，应付裕如的了。这次是白天，不比在大田那次的夜里，心里是异常“镇静”的。可是记者老爷们听到这个消息以后，却委实吃了一惊，我马上命令比莱，开一部指挥车，把五位记者老爷塞在车后，马上跟随总部的车辆后撤，我则坐在前座，用无线电和“烧鹅”接触，了解情况。

比莱鼓着嘴说:“又要撤退了吗?还带着这批宝贝!”

骂他们“宝贝”，也实在不会冤枉了这批家伙，就是在这样尴尬的情况之下也还“故态”依然地一个个抢着把脖子伸长了，到前座来偷听消息，有好几次弄得我也发火了。

“请安静些，先生们!”

这批家伙暂时坐了回去，等了一会却又将耳朵伸了过来。

情况委实紧张。远远地可以听见隆隆的炮声，熟习得很，啊，还可不就是“一〇五”么（一〇五里口径的野炮），是二四师团的炮呀。这种炮声是很容易分辨出来的。根据情报，人民军是本来没有这种野炮的，那声音听来比七五山炮要浊一点，比同样口径野炮却又轻，没有问题，准是在“烧鹅”的战略布置之下奉送了的。现在，我们就是在自己的炮火的威力下面逃命。

七月六日——山洪暴发

撤退在天安南面十里左近指定的地区停了下来。

“烧鹅”传令，要随时注意前方的情况，不能距离前线的部队太远，因为这批家伙，如果没有人在旁边监视，那逃起来是会比我们还要快的。

热极了，看是鬼天气。不是阴雨连绵，就是大毒太阳。不过两种情况的结果却总是一样的，不是被浇成落汤鸡，就是给自己的汗水浸透了。煞车下来，把钢盔扔在座子上，头上的汗，就像水一样地淋了下来。马上把全身装备都解下来脱下了衣服，背心拿在手里一拧，那汗水就直流下来，真是见鬼！

“这时能弄一瓶冰啤酒喝喝，就好了！”比莱嘟着嘴在说。

“做你的好梦去吧！”潘大声地嚷，一面脱光了衣服，就跑到旁边一条小河旁，把脑袋浸到水里去了。

这里的地形很特别，是一片沙田。地上一片细沙，沙面上铺着大大小小的石子，前面是一片远山。那小河说也真可怜，就是在这一片沙田上分布着的小水道之一，只有三尺阔，水深怕还不到一尺。潘把头浸在水里，屁股高高地翘起来，嘴里还在高兴地胡乱地叫着。

“烧鹅”大发脾气。

“这是什么样子！‘古克’们要是来一下暗袭，我们这些人就都成了俘虏了。”

这也实在是真实的情况。怎么能不顾一切地先□□起来了呢？这是在行军作战，而不是打猎呀。“烧鹅”的脾气其实是发得不错的。只好一起开始布置宿营，好在车辆不少，就把大卡车一部部地排列在四面，围成一个方阵，朝北留一个出口，卡车上装满了物资，是不能睡在上面的。而且，也没有人敢睡在上面，于是就在地上搭起了临时的行军床。“烧鹅”又跳上指挥车去调整他的无线电，和前方通话，和空军的侦察机联络，在他看起来，这是比什么都重要的，因为情况一有变动，马上就好逃走，他其实是并非指挥，只是“见机而作”地快速后撤而已。

等一切都少少就绪，已经黄昏了。前面的远山上罩了一层金黄的颜色，实在美丽得很，这金黄色逐渐变成淡黄，浅灰，淡紫，深蓝，最后则是朦胧的一片暗黑的颜色。这变化只在短暂的一刻钟左右的时间中发生，望着这样的景色，自己都不免有些悠然，真是，一星期来实在难得有这样安舒的心情。

此外，难得的是，又吃了一顿丰盛的晚餐。几位新闻记者，也挤在一起坐下来。这些家伙，也恢复了好心情，又围着“烧鹅”问起这个那个来。“烧鹅”大概也还没有得到什么太坏的消息，就是这样一五一十地吹起他的“战略”来。

新闻记者们都伸起了耳朵，拿了钢笔和拍纸簿在旁边记录，“烧鹅”的“战略”，原来是这样的。

“无论如何，我们是要保护天安这一个据点的。这是很重要的一个据点，不是吗?”他用了手杖，在沙地上画着简单的地形，“我们可以从这里，进攻，收复大田，我们还有十个左右的前进据点，情况都很好，我们唯一的希望，就是在明天下午四点钟以前不失去这些前进据点，那么，等我们的威力强大的战车部队来了以后，马上就可以进行反攻了。”

他说到这里，真像一位凯旋英雄似的，那么神气，举起了四两的罐头啤酒，手一扬，就鼓突鼓突地灌下去了。

看他那脸上的迷离的微笑，啤酒的味道的确是不错的，可惜一些都不冷。

记者们也大为高兴。这时不想撤退了，要求让他们有一个到前线去视察的机会。

“烧鹅”又把脸色变得微微地严肃起来，微斜了嘴角，

向记者们说：

“那是很危险的事情呢，先生们！”接着他又把手一挥，“好好，我替你们设计一个最安全的办法，明天早上，我们调一部轻型坦克来给你们用，那就可以安全无事了，你可以随便走，即使是走到“古克”们的机关枪巢上去散步也无所谓了。”

唿哨声在记者们的嘴里响起来：“上校健康！”

大家举起了啤酒罐，欢声动地了。

潘提议把水果罐头也拿下来吃了算数，也得到了大家的拥护。我们钻进了卡车。这上面堆得满满的，全是食品。一只木箱子叠了起来，C 口粮、D 口粮、K 口粮、咖啡、牛奶……足足可以开一个小型的吃食店，水果在最下面，翻起来非常费力，又弄得一身大汗。

“天杀的，还是自己吃了的好，弄不巧，整车都会送给‘古克’们的！”

“我们不是已经送掉了不少了吗？十几卡车总有的。”

开开了五磅的大听，桃子、杏子、菠萝……大家吃得快活非常；这以后，“烧鹅”就又命令把所有的瓶罐一齐打碎压扁埋在地下，目的是不让敌人发现一些痕迹，这也是见之于“西点兵法”里的，大概“烧鹅”的兴致真的很好，连这样的小节，都记得清清楚楚的呢！

夜来了。满天的繁星，一片虫鸣，还有那似有如无只能在全然静寂之余才能听得出来的小河里的淙淙的水声。

潘和比莱在交谈，大家仰卧在行军床上，抽着烟，潘低声地做起祷告来，那末尾一句是：“让天主保佑，今夜能有一个整夜的平安的睡眠，阿门!”这话听起来，开始是不免会使人发笑的，可是，转念一想，这实在也真的悽惨非常，那就大家都笑不出来了。

疲倦透了的人，马上就进入了睡乡。

做了梦。是怎样的梦呢？已经记不完全了。总之，是非常奇怪而杂乱的梦。又有冲锋，又有撤退，最妙的是撤退时还带着女人，她就坐在那卡车拖了走的山炮的筒上，真是奇怪的想头。最后是一场大乱，什么都不见了，只是莫明其妙的混乱！混乱的结果是好像遇见了伏兵，机关枪弹像雨似的迎头打来，打得钢盔从锹琤作响，糟糕，头脸上也中了弹，用手一摸湿湿的，大叫一声，从床上翻了起来，原来不知什么时候开始的，已经开始在落雨了。

又是着急，又是好笑，看看潘和比莱，这两个家伙竟自安然大睡，似乎一点什么都不会觉得。我用脚在他们的行军床上一踢，这才使这两头猪醒了转来！

“快起来！下雨了!”

这两个家伙怔怔地坐了起来，用手摸着脸上的水滴，在发呆。

想来想去没有什么妥善的办法，卡车上挤得要命，而且太高，不安全，又没有带森林作战用的吊床。潘好像大有不顾一切只求速睡的意思，把胶布向卡车下面一铺，就钻进去睡了。

这也是在没有办法中间唯一的办法。只好也钻到卡车下面去，车底和地面的距离只有一尺，鼻子上面正好是后轴的机油盘，天保佑，不要让机油滴在鼻子尖上才好。还有就是背上的一粒粒的小石子真顶得难过，好像睡在一块钉满了钉子的板上一样。

这真是平生未有的奇遇。真是从哪里来的晦气，我是又好气又好笑，却再也睡不着了。

听着潘和比莱两个像死狗一样的鼾声，真也不禁起了反感。这两个家伙竟不顾一切，只是大睡，真的是畜生一般。

适才为了慌张躲雨，来不及细看四周的景色。现在，为了避免身下的硬石头，转过身来，脸贴在地上，这才看到了外面的情景，一片乌黑，两脚落在地上，带着微微的亮光，三四尺外，就只是一片迷雾。啊，天杀的！这使人难受的环境！这雾，这简直要让人窒息而死的鬼雾！

雾后面隐藏着的是无因的恐怖。不能想象，如果真的应了“烧鹅”的话，这时候来一批“古克”们偷袭一下，可不是什么都完了吗？

自己努力想抑止这无因的幻想，可是无效。明知睡觉是最好的逃避方法，可是又睡不着，看看表，夜光针正指着四点十分。

平均每五分钟翻一次身，实在是那硬石块顶得难过。

啊，倒楣的事来了。不知如何，身上觉得潮了起来，再一看，啊，不得了，地上涨了水，什么道理，雨落得没有多少时候，地皮又是沙子石块，水怎样会这么快就积了起来的呢？当时也来不及想，只好爬了出去，喊醒了潘和比莱，这两个家伙这次居然发脾气了。

“吵什么！一次两次地吵不停！”

“再睡了就把你们这两头猪冲走了。”

等他们两个爬了出来以后，那块胶布已经可以在水面飘动了。

这时才想起来，这块地方实在选得不高明，这原来是一块河身，天旱时就变成沙滩，一下雨，山水一下来，就变成河了。白天看见的那小河原来就是明显的标记。

赶紧跑去把这情况告诉了“烧鹅”，他原来是安安稳稳地睡在指挥车里的。打开车门扇，还没有来得及叫他，就听见从前面不远的地方传来了一声轻脆的步枪的声音。

“烧鹅”像被打了一鞭的狗一样，从座上一跃跃起来，瞪瞪地竖起了耳朵听，好像在疑惑适才那一响枪声是幻觉似的。不幸，证实马上就跟着来了，密密的一排枪，是从前面和右面两方面来的，子弹嘶嘶地就在车子上面掠过去。

“烧鹅”跳下了车，大声喊着：“架起机关枪来，就凭了我们的卡车阵地架枪，用强大火力反击！不能乱！现在我们无路可退，否则就会全部被消灭的！”说着，他自己也顾不了地上的伏流，一下爬下去了。

潘和比莱不知道是没有睡醒还是怎样，两眼发直，竟不知道怎样应付这一当前的情况。我急了，只能上前一脚。

“躺下，拖出机枪来！”

就这样，开始了还击。打开了子弹箱，一条一条子弹带从机枪机身通过，火舌不停地吐着，没有目标，目标就是前面的一片迷雾。

这样的苦战一直继续了一个多钟头，机枪不断地从这边拖到那边，避免给敌人发现位置，吃手榴弹，在水潭里打滚，苦不可言。就是这样，还吃了十几只掷弹筒的打击。好容易盼到天色微明，敌方的枪声稀下去了。一直等到寂无声息，还不放心，机枪还在继续着“欢送”，一阵一阵地放着，一直放到天气大明。

检查阵地。有两个驾驶兵战死了，就睡在地上，血痕已经给河水冲得剩下了淡淡的红色，“烧鹅”一身泥浆，咬牙切齿地站在那里，潘和比莱，看了真正的流血和尸体，是已经说不出话来了。

七月七日——屠杀

站在积水遍地、血污狼藉、死伤纵横的“阵地”里，“烧鹅”默然无语，好像木雕泥塑的一般。也不知道是为了什么，这家伙竟变成“白痴”了。惊魂甫定，他应该照例又恢复了那一种神气十足的状态，把所有的错误都推在别人身上，乱骂一通，乱跳一阵，然后算数的，可是今天并不，他只是呆呆地站在那里。

陪着他站着的是那个惶惑无地的李上校。其余的人则围在旁边，像看把戏一般地在看这幕好戏的进行。

“烧鹅”呆站在那里已经有好半天了。忽然，他似乎有些要动，然而却看不出肢体的姿态上的动。最初，可以看出来的是他那黯然无光的眼睛，现在是在开始变了，好像是充满了火焰似的一闪一闪，那像狼似的，充满了凶光的眼色，看起来真使人有凛然可惧之感。这是暴风雨将临之兆，看那情景，今天是不会乱跳乱骂一通就可以算数的了。这好像一个要复活起来的僵尸似的怪物，不知道会做出一些什么来。

“李上校，你到底有没有估计，这里的游击队的情况是怎样的?”“烧鹅”最后用了阴森而低抑的声调说起来。

“据我们的统计在天安与大田之间，已经提起来的政治犯和不稳分子已经达到两万多人的数目。搜捕的工作还在继续进行着。”

“还留下多少时间让你搜捕，你们这批，浪费的，废物的东西!”“烧鹅”显然已经不能控制了。这好像是在低气压的空气中间爆发的闷雷，在大家，原来是意料之中的事，配合了这个，是李上校的浑身战抖，像在暴风雨里摇撼着的小树一般。稍停了几秒钟以后，“烧鹅”又继续在问：“这批天杀的东西都关在什么地方?”

“政治犯们分批关在大田左近的集中营里，而且已经开始进行处决了。在附近，就有一个准备好了的执行的刑场。”

“烧鹅”马上就决定了去“监督”这个执行，就是要为“死难”的美国“烈士”们复仇。

不明白“烧鹅”的性格的人，是不能理解他的这种变化莫测的举动的。有时候他驯伏得像一头羊，甚或胆小得像一只老鼠；可是有时候，他就会凶残得比任何野兽都还来得凶残！这种性格的变化，其实并不是矛盾而是统一的，这也只有像我这样的“老部下”才能明白得清清楚楚。

因为这到底不是什么光荣的事情，所以“烧鹅”命令所有的记者们停留在原地，只开一部吉普，带了李上校，我替他们开车子。临行之前，“烧鹅”对记者们说：

“不要离开这里，半小时之后，我会回来的。”

车子在颠簸不平的山路上走了一刻钟光景，就到了那已经布置好了的“坟场”，这就在公路左边的地方。为什么这种屠杀的场所不放在比较辽远一些的地区的呢？照我的猜想，大概是为了时间匆促，来不及这样做了的原故。车子开进了荒芜的麦田，转了两个弯，就到达了一处小土山的山脚，而那“坟场”，就是在这山脚下面。

所谓“坟场”也不过就是几个大大小小的土坑而已。

最大的土坑有二百公尺长，四公尺宽，一律深二公尺。这些坑都是由附近的村民掘好的，为什么他们会掘出埋藏自己的兄弟的坟墓的呢？很简单，这是用了步枪逼着他们这样做的。

我们的车子到了以后，那里已经有了两部装满了囚犯的卡车停留着了。底下是一排朝鲜政府军，手里都拿着步枪。我们的车子一停，就有一个军官跑上来走向“烧鹅”敬礼，然后走向李上校敬礼。

李上校大声吆喝了一阵，听不清他说些什么，大约是也在发脾气吧，这原来也是当然的。

“烧鹅”连连看着手表，眼睛一斜，向李上校问：“怎么还不动手？”照样的问句由李上校更为神气地传给了那批兵，于是好戏开场了。

他们打开了卡车后面的活门。一个兵上去一拉，像一串沙丁鱼似的，这些囚犯就都给拉了下来。说这些是人，倒还不如说是已经死去的尸体。请想，这样一部小小的卡车就装了一百多个囚犯，底下的，是连空气都漏不出的。在这以前，他们曾经受到怎样的待遇，我没有经验，实在想象不出。总之，这一批大抵是已经离死不远了的。他们费了不少力气，才选出了十几个还能动转的“古克”，这些都是用铁丝牵好了后手的。费了不少力气把他们排在坑边，再踢他们下跪，然后一连六排枪，结束了这一批生命。

“烧鹅”在手续完毕以后悠然地踱将过去，用皮鞋踢着那些倒了下去的人们的头，翻转来，验明了是否确已死亡。嘴里衔着香烟，悠然得很，他一转身，随手掣出了“左轮”，好像在练枪法一般的，瞄准了，一枪，再用拇指一扳，一连六枪，又结束了六条生命。他好像有些满足了，回转身来，从腰里摸出一颗颗的子弹来，重新装满了子弹，然后再把枪插回腰里了。

这，大概就是所谓替“死难”的“烈士”们复仇了吧？

奇怪得很，我实在没有心情欣赏“烧鹅”的“文雅”的举动，更不用说是自己也来尝试一下这种打“活靶子”的趣味了。我不能忘记那些被执行死刑的朝鲜人民的面孔。我曾经企图仔细看一下。可是不知怎样，我竟自不敢对视那些冷酷的目光——这自然是指那些还没有完全昏迷或死去的人。——他们没有说什么话——其中有两个人，是尽了他们自己已经极为微弱的力量唱着听不出来的颇为壮伟的歌声的。——可是他们全都有着那样坚决的目光，冷冷的，像刀一样的，刺进了我的眼睛。我是不敢向他们对视的。说良心话，我曾经有几十年的军队生活，上过不少次战场，遇到过不少凶狠的敌人。可是，这是第一次，我害怕面对这样就要在自己手里被屠宰的“囚犯”。什么原故，我自己也说不出来。

我闭起了眼睛，只在耳朵边听着微弱却饱含着壮伟的精神的歌声，一直到一排最野蛮的枪声响了以后，这歌声也随着戛然而止了。我的头里，就像突地涌上一股热血，轰的一声，我晕眩了。

一会后，我睁开了眼。我看见“烧鹅”又在和李上校在吵。其实这也并不是“吵”。“吵”是双方面的，现在只是“烧鹅”在大声吆喝，而且，这样的“吵”，也已经成为谈话的常规了。

“吵”些什么呢？他们在讨论“杀人的效率”。“烧鹅”坚持用这样一排排的枪射杀这批“古克”，实在是不免过于浪费了。他用手指点着李上校的鼻子：

“你知道，这些子弹全是美国人在兵工厂里一颗颗地造了出来，然后再由美国的海军运到日本，再运到这里来的。你这样一颗颗地浪费到每一个‘古克’的身上，你这个不知道节省的东西！”

听了这个，我不禁要笑起来。我想起了那些黑夜里向着不知道的目标放出去的那些子弹。

“研究”的结果，是用刺刀。“烧鹅”自己就去试了两次。用美式刺刀一下刺进“古克”们的背里。那一刺，和随了一刺而来的受难者的呻吟，还有是那拔了出来以后喷出来的血注，这些，都是使人看了听了要感到非常“疲倦”的事。

最后，决定了“活埋”。把那些已死的、半死的、活着的一齐都推下坑去。然后下令，埋土。无疑，这应该是最经济也最方便的办法了。

我实在已经不能再忍受这样“杀人的游戏”的进行。我向“烧鹅”提醒，现在已经过了一小时了。于是我们就驶回原地，在路上就又遇见了继续驶来的装得满满的三部卡车。

七月十日——追记“烧鹅”的结末

真好像是做了一场噩梦。在惊风骇浪之中度了过来，现在我总算已经获得了安全了。虽然不能知道来日究竟怎样，可是目前总不会再在枪林弹雨中间钻来钻去，这就已经可以算是最大的幸福。

我现在是在朝鲜人民军的俘虏营里。

我深深为自己的幸运高兴。在朝鲜的美国兵，似乎就只能有两条路可走，不是战死，就是被俘。（虽然我们撤退得很快，可是我想，要像邓扣克那样的安全撤退是很难，而且几乎是不可能的。）而我倒是宁愿被俘的。虽然从前听了不少的宣传，说是被俘以后，是会被处决的云云。可是，事实是，我到现在，并还没有被处决。这不是已经比那“壮烈战死”的“烧鹅”的结局好得多了吗？

不能否认，我现在的心情还是杂乱得很的。说噩梦，这真一点都不错。我现在虽然是醒了过来，可是依旧是糊里糊涂的。我始终就不明白这一次干的是一些什么事。突然从日本的东京给送到了朝鲜。撤退，被袭，闹得一塌糊涂。自己也莫明其妙地参加了屠杀朝鲜人民的工作。现在就又突然地被俘了，而且并未被“处决”。这到底是怎样一回事，自己实在也弄不清楚！

我想这也总得等安静下来，才能有一个仔细思索的机会的吧？

目前，想要搞清楚这一些似乎是不可能的。更何况，我的脑神经里还充满着战场上的形形色色，偶一沉默，耳朵里似乎还在响着机关枪和重炮的骚音，我虽然久历戎行，还不至于患了“吃惊病”，可是，心情的激动，一时也还是稳不下来的。更何况，“烧鹅”的面影，始终还不断地在我的面前重现。这样一个活生生的人物，现在已经不在人间了，也真是不可思议的。

说不上替他伤感——我得承认，我现在是已经没有什么可以发泄的感情了——可是，我追随他一共有二三十年之久。而且，在最近，我们又是在一起生活过来的。这自然使我对他不易忘怀。更重要的是，我是亲自目睹了他的结末的。那血污，那死人的脸像，永远不会在我的脑筋里磨灭。我说不上惋惜。（我甚至有些厌恶这个人，觉得他死得该，死得好！）可是我却不能不想法把他的结末这一段经过记录下来。虽说是为了他，可是另一半也是为了我自己。这一幕，在我的生命史里，也是有着划时代的意义的。

我要把从七月七日早上，我们很“痛快”地屠杀完了朝鲜的游击队以后所遭遇到的一切，都仔细地记录下来，纪念“烧鹅”，也算是替自己留一点纪念。

那天，七月七日的早晨，我们离开了杀人场以后，就一直在想着那些在临时宿营地等候着我们的人们。这包括了小组里的一些人还有那批记者们。我一直在盘算着应该怎样把这批记者们好好地安置一下，在前方让他们“安全”地看一下战地的情况。

“能不能调一部坦克来给记者们用?”我当时向“烧鹅”问。

“自然可以的。而且我已经在离开以前，打出电报去了。”

果然，在我们的吉普离开宿营地不远的地方，就已经看见有一部轻型坦克留在那里了。几个记者正爬上爬下地在坦克上面乱走，好像对这个“火棺材”颇有兴趣的样子。我想他们大概还是第一次看见这个怪东西咧。

望见我们回来，记者们马上都尖声地喊了起来。

“烧鹅”派我开动这部坦克。

我实在是很不喜欢这个怪东西的，不过现在既然已经派

定了任务，也就只好如此了。我不得不花一些时间先给记者们解释一下坦克的性能。

这是一部轻坦克。只有四个座位，下面的两个是驾驶手和车长的，上面则是炮手和机枪手的座位。现在的情形是只能允许有两位记者随车前去。这就几乎又使他们争吵了起来！后来好不容易得到了协议，轮批送他们到最前线去看，这样才算暂时解决了问题。

我们叫这样的坦克作“火棺材”。为什么呢？因为在前线，如果碰上了敌人的火箭炮，或是战车防御炮，再不然自己的机件发生了障碍，那结果，都只有束手就擒。而更悲惨的结局是被汽油活活地“火葬”了，走都走不出，那原因就是如此。

不像中型的坦克，抛锚以后下面还有一个可以开开的小门可以逃走，这样的轻坦克，遇到了尴尬情况，就只有等死的一法。

此外，像这样热的天气，坐在五六寸厚的钢板的匣子里面，面前是一个飞机用的发动机，不用说热，就是那引擎的轰轰的声音，也就足够你头晕脑涨的了。这也足以为“棺材”一词增加一个明确的注解。

很奇怪，好像是对这次出征不利有着充分的预感似的，我在发动这部坦克的时候，就熄了三次火，差点把发电机给烧掉了。真是见鬼！最后，引擎终以轰然地响了起来，车身蠕动了。“烧鹅”命令其余的车辆跟在后面。

我现在还可以记起这一次“旅行”的不愉快的经历。满目凄凉，一路上看不完的是遗失在路边的辎重、车辆、枪炮。这全都是美国孩子们所玩的把戏。那些军用品，就好像是玩剩下的玩具似的给丢在路边。更不愉快而使人心情更增加了不安的，是不断可以看见飞驶回来的救护车。有几次我们曾经下去看过，那些车辆里面装满了伤兵，而看了使人更增添愤慨的，是一些并不会受伤却被枪声吓得变成了白痴的军士们。

这真可算是美国军人的奇耻大辱。有那么许多未曾受伤但却直挺挺地睡在担架上的小伙子们，面色惨白，他们的直了的眼睛，直盯着车顶，露着极度惊惧的神色。在他们的颈上都挂着一块硬纸卡，写着“吃惊病”的字样。

看了这个是要比看见那些血淋淋的残废的肢体还要使人“吃惊”的。我的疑虑，这种的军队怎样还能在朝鲜作战的疑虑，这时就更加明确了。

“烧鹅”也有同样的感触。他虽然不曾明说，可是那神情我是可以把握得住的。这个老头儿显然受了刺激，他那惨白的面色，现在又再度变得血红。这情形一直等到我们发现了那些仓皇逃退的美军零散的队伍以后，就变得更为严重了。

这是几乎无法阻止的一种仓皇的溃退。

伴随着这批飞跑着的溃军的是敌人的炮火。这包括了紧密交织着的炸弹和枪声。嗞嗞的步枪子弹的声音几乎已经成了这一部交响乐里的基调，几乎等于一个梵华林名手的快速的演奏，几乎是一直不断的。而重炮，就像是随时添上去的鼓声的重击。

要想阻止这样的溃退是不可能的。“烧鹅”肩上的那个银色的鹰对于只顾逃命的士兵，没有什么作用。惟一的办法是赶上去，看看是不是还能稳得住那摇摇欲坠的阵地。

这正像是一团搅乱了的丝。要想从中间寻出一个头绪来是很难的。好容易我们总算在一个山脚下找到了一个指挥部。我们匆匆停下，“烧鹅”跳下了坦克就走了过去。

几分钟后，从掩蔽得挺好的指挥所里走了出来的“烧鹅”是气急败坏又怒气满腔的。一个少校随了他走出来。他们走到距离我们停留的地方之后，“烧鹅”就又跳起脚来：

“这哪里还是作战！敌人还在天安北面二十哩的地方，我们这里就已经开始撤退了……”

他的声音颤抖起来，几乎已经说不下去了。那心情的惶急是可以想见的。我记起了瓦克将军最近的一个简短的命令：“只能坚守，否则就是战死。”我又望了那些吉普车上写着的白色的大字：“不成功即成仁！”这些，本来对我们只不过是一种无关紧要的标语口号，也一向被淡然视之的。现在，我才感到了那严重性。我的头脑里轰的一声响了起来：“呀，全完了！”

再替“烧鹅”想想，他这次负有的是怎样的任务呢？他能够若无其事地就跟随着溃退兵安然逃了回去吗？这样，那惶急，那完全反常的惊乱，不也是很自然的事吗？

这时，我突然感到，我们的命运就是一个，而且简直可以这样说，我们这次是完蛋的了。

“烧鹅”咬牙切齿地说：

“少校，你要跟随我们的车子，一起到前方去，制止这种可耻的撤退！”他又用眼睛向我一扫，是了，我是非得参加这次倒楣的工作不可的了。我马上毅然地从坦克上跳了下来，和那批目瞪口呆的记者先生们道了别。

这次是只有两部吉普开上去的。我驾驶的一部旁边坐了“烧鹅”，还有那个少校。另一部则是潘和比莱，和无线电通报员。马上，两部车子爬出了隐蔽的阵地，爬上了前面的相当陡的山坡，我闭了眼睛，脚一踏，左手用力一推推上了加力挡，好像就在这种一推之下，把我们这批人的命运给送了出去！

引擎响得像牛吼一般。爬过了这个坡，就可以望见天安这个据点里最重要的一线——车站，这里的防线还好，一些随时听候消息表演飞跑的士兵们，还照样地偃卧在壕沟和堡垒里。混乱是在城里，我们加快了速度，一直向那最混乱的人群中心地带冲了进去。

吉普戛然地停了下来。

“我们要停在这里，而且还要转回去！”“烧鹅”大叫说，显然他这一嗓子，已经把惊慌的人群中间的骚音压下了一半，然后他又继续说：

“我现在前去侦察，我们要回到今天中午撤退的那个阵地去！”他恶狠狠地向群众望了一眼，然后就向我说，“我们去吧！”

这就是“烧鹅”所说的最后一句话了。

因为在十分钟以后，他就达到了他的“成仁”的目的。

车子继续冲了出去，三四分钟以后就出了城。一片荒凉，这里看不到一个美国兵，也看不到一个敌兵。可是嗞嗞的枪声却愈响愈近了。我们正好像是在死亡的地域中间前进，我的手几乎已经拿不稳那方向盘。可是看了“烧鹅”的两只瞪得直直的眼睛，一直望着前面，毫无变化而僵尸的面影，我只得下死劲地踏着油门。

前面展开了一片旷野，一条小河上有一架木桥。这是一个很简陋的两块木板拼起来的小桥，看样子只能支持三吨不到的重量，坦克是只能在不深的河水里渡过去的。不知如何，我当时心里跳得很，好像预感着这个桥的危险，可是我到底还是把车子开上去了。

就在车子踏上了桥板的一刹那，机枪的声音响了，是从右边不知什么地方打来的。我马上就煞车，就在这时候，我觉得“烧鹅”的头睡到我的肩上来了。一看，呀，满面血污，好可怕的一张脸！眼睛再一掠，就又看到了左前方玻璃窗上破裂的枪洞。

当时也来不及考虑，我只是将车子拼命一转，想掉头。这样，车子就翻了下去，我也就失去了知觉，以后发生的一切，也就都不知道了。

我醒来的时候，是睡在朝鲜人民军的一个野战医院里。

七月十二日——被俘

我费了两天的气力，好不容易地将“烧鹅”的结末记下来了。这工作，对我真是一种严重的工作。搜寻记忆，特别是自己亲身经历过的记忆，更加上是这样的记忆，可真把我累坏了。

可是，在写完了以后，我却感觉到异常轻松了，好像是在自己的笔下送走了这样一个可怕的幽灵。

我现在的神经还是糊里糊涂的。大概一大半也是为了我的身体上的疲劳。——在那一次翻车以后我是给扔到河里面去了的。昏了过去，可是我却并不曾受伤。——我的思想感情还是混乱的，可是不能否认，在度过了这样五天以后，我的情感上是有着相当的变化了的。

我可以这样回忆一下我的思想转变的历程。

当我被俘后第一次醒转来，是睡在一个朝鲜人民军的野战医院的病床上。那是在七日的傍晚时分，太阳光从帐篷的空隙里斜了进来，正好照在我的脸上，我在朦胧中间感到脸上发热，有些燥痒。这样，我睁开了眼睛。在我面前站着的是一位穿了白色的衣服的朝鲜的女护士，她正在微笑地望着我。

我睁大了眼睛，猛地从昏迷的意识里醒了转来。我明白了我现在的处境，当时，一种说不出来的激动在我的身体里面搅乱了起来。作为一个有十几年行伍历史的老兵，被俘，这还是第一次，下意识地激起了一股耻辱——严重的耻辱的感觉。其次，我又记起了在东京，在朝鲜，听到的那些宣传，被俘以后就要被处决的宣传，这又给我添上了无端的恐惧。

这样，当时我就像是发狂一般地挣扎起来，想反抗，想逃走。我努力想抬起我的肢体，可是没有用。那简直麻木得像已经脱离了我自己的本身一样的了。

那位女看护像是很了解我当时的情感，她把我的被单重新整理了一下，在我身上拍拍，说着听不懂的话，微笑着，这样，在一种无可如何的情况之下，我只能平伏下去了。

就是这样，我度过了一天又半的日子。在这中间，我曾经几次冲动，却几次平稳下来。在这中间，没有一点事变发生，没有一点要被“处决”的征象。我的心开始定了下来，一直到我能够起床走动时为止。

第二次情感的激动，是在被送到汉城以后，步行进城到战俘营的路中。

这，作为一个“老兵”，也是最难忍受的精神刺激的场面。

这一次，我又遇见了潘和比莱。久别重逢，不，不如说是“死别重逢”的吧？这两个家伙竟自恋成了这样一种模样，也是使我感慨难言的。身上的衬衣裤子沾满了泥浆，一双长统的靴子，那套统散了开来，就好像是拖鞋一般，一头长发蓬松，胡子长满了一脸。精神颓唐，见面之后，先是瞪圆了眼，好像有多少话要说似的，可是只说了一句："你也在这儿。"就算了，又垂下了头去。

真是值得感慨的事。想想，半个月来的经历，真是一场梦，在踱着缓慢而疲懒的步子，走进城门口的时候，我的心里涌起了无名的羞愤。我们曾经在街边的树荫下面坐下休息了一会。这时，就有多多少少朝鲜的人民围拢了我们在看了。像看马戏班的猴子一样的吧？我真不敢向他们望，我明白，那将是一些怎样的可怕的充满了愤怒的火焰的眼睛。

我闭了眼在想。在东京，出发之前，我们曾经讨论了些什么"出征计划"？我们到朝鲜来的目的是怎样的？漂亮的女人，赭石色的眼睛，我们到了朝鲜以后又做了一些什么，轰炸、屠杀、逃命、被俘。这算什么呢？

特别是，我的"忠实的部下"就坐在我的身边，我曾经在他们面前吹过牛，夸过口，我曾经描绘过多少美丽的场面，奇幻的境界。而现在事实证明了，我们就是坐在这里遭受朝鲜人民的蔑视，笑骂！我又再度地明确地感到，这样觍颜生活下去是一种耻辱。

这一次我的情感的激动，也是难以形容的。

可是我究竟是一个弱者。我没有反抗的勇气，我没有自杀的勇气，我还是活下来了。

现在，我是已经在战俘营里平安地生活了三四天的时光。

在这里，我平安地生活着，这真是难得有的平静。我得承认，我已经很久不曾利用自己的头脑思索了。现在，却不容我不去思索。其次是，在潘和比莱之外，我又看到了不少其余的形形色色的美国军人，更清楚地了解了他们的思想感情，而这些，正是一些充满了耻辱的例子，经过这些思索，这些感发，我对美国军人在朝鲜，以至在世界各地的每一个和平的国度所发动的种种战争和其他的行动，发生了彻底的怀疑。这在我是破天荒的。第一次，我在拿钱服役之外，又感到了这中间原来还有着别的并不轻松的问题。

这里，我想先记下一个例子。这是一个二十三岁的下士，他在美国国内的劳动部门中间经历了多少不同的职业——卡车司机、拳师、摔跤者、马戏团里的摩托车手……最后，他选中了这个待遇优厚而工作轻松的职业。参加了美国驻日的占领军，他成了“麦克阿瑟将军的孩子”，最后是给送到了朝鲜做“警卫”的工作。接着就是莫明其妙地被俘了。他是直到现在也还弄不清楚他的生活的意义的。他只不过是为了钱，出卖了他的劳力，照道理连性命也是一并出卖在内的，不过现在他偶逢幸，不曾卖掉而已。

他现在是浑浑噩噩，当然不会再开心，可是也并不怎样了不起的颓丧，因为他本来就没有什么生活的标的。美国兵中，这样的人最多，而这样的人又怎样能作战呢？

七月十二日——忏悔

这样使我对我的整个的过去的生活不免大大地感到彷徨。我又想继续分析一下自己。我到底是抱着怎样的态度到朝鲜来的呢？显然，我对上面所描写的那一批人，是看不起的。我一直对他们抱着轻视的态度，我在他们面前吹牛，自比为“识途老马”，向他们宣传高丽的苹果如何好吃，朝鲜的姑娘如何漂亮。在我说，是满足了“夸大狂”，可是却骗了这批人，做了“烧鹅”和那些比“烧鹅”还要坏的将军们的传声筒。我的手上也沾满了朝鲜人民的血，虽然是莫明其妙地做了出来，可是，我不是就这样犯了罪了吗？这算什么呢？我对我这几十年来的“兵的职业”发生了怀疑，我真的是被战争贩子雇用了若干年，一直做他们一头又狠毒又富于经验的狗的吗？

潘比较冷静，可是比莱就不行了。他就睡在我旁边的床上。一直睡不安稳，半夜里，有一次我听见了啜泣的声音，这小子居然哭了。这可是从来没有的事，他拿着他的女人的照片哭了。

月明如水，一片清光从窗际照了进来，四周是完全的静寂，偶尔可以听见远处断续的狗吠，其次，就是人民军的卫兵走来走去的步哨脚步声。思潮起伏，我再也睡不着觉。

在我这一生中间，这也是第一次才情感脆弱起来，我恨不得弄两瓶酒来，吃它一个滥醉。不然，我能向哪儿去逃避呢？

这样的夜，这样的月光，让我想起了离别了几十年，还是在儿时经历过的故乡的风景。作为一个牧童，那时候我时常骑马到森林里去，夜半在森林里燃烧起了燎火，弹琴，唱歌。这一切，真像梦境一般地又重新在我的思潮里浮了起来。

夏夜，竟有了微微的凉意。

我有过好几次这样的失眠的夜晚。

在这短短的几天中间我好像老了十年。我失去了生活的力量与方向。因为我过去的生活，可以说一直是在华尔街的财阀与军火商的麻醉中度过的。我好像给打了麻醉针，于是我就疯狂地执行了他们的命令，去犯罪，而在犯罪的过程中更深地麻醉了自己。我，加上所有的一切美国军人，就都是在这种继续不断的麻醉中间生活过来的。

现在是，这样的麻醉不复存在了。受毒较浅的，马上就彻悟了，失去了凭依以后的结果是彷徨，是哭泣，是咒骂。而我，受毒较深，我还想保持我的冷静，我的面子。在人前，我一直不肯表露我的脆弱；可是暗地里，我的痛苦却比任何人都要来的深。我只有清夜扪心，在无人的地方，记下了我自己的忏悔。

我的这种受着压抑的精神的第一次得到解放，是在一次从无线电里听到的在另外一个地方被俘的一百一十五名美军兵官的联合声明以后。这个声明虽然是简短的，可是却真的说出了我自己心里的话，我十分自愧不能把这样的意见具体地组织起来。我记得很清楚，现在让我将它记述下来：

> 我们是在一次不宣而战的战争中被俘的一百一十五名美国俘虏。我们里面有十三个人目前正在一所朝鲜医院里医治重伤。有一个受重伤的已经死去。我们这些战争的俘虏受到了最人道的待遇。当我们被调来朝鲜的时候，我们得到的解释是去帮助想象中的爱好自由的南朝鲜人保卫他们的共和国，恢复和平与秩序。我们到达南朝鲜之后，就注意到大多数的南朝鲜人都表示了一种想与北朝鲜人统一，以建立一个统一和独立的国家的强烈

愿望。他们都明白表示不要他人干预，要由他们自己来解决他们自己的国内问题。他们憎恨外国在朝鲜进行干涉。我们深知外国的干涉是使若干世纪以来朝鲜人民不安的原因，而朝鲜人民又有这样一些愿望，因此，我们这群俘虏认为一切外国人应立即离开朝鲜，让朝鲜人自己去解决他们的国内问题。

声明由美军第二十四师五十二野战炮团上尉牛金特，第二十四师三十四团中尉马拉特等一百十五人署名。

现在，我的精神比较安定了。我总算已经在自己的良心上获得了部分的安慰。

我花了几天的时间，把过去半个月的日记重新整理了一下。这些，有的是在战壕中，有些是在吉普里，零零碎碎地摘记下的一二片段。我又重新将它整理起来，写成了现在的样子。我要留着这个替我自己做一个很好的纪念。我觉得这就美国帝国主义的历史上说也将是一段很好很重要的篇章。战事还没有结束，财阀军阀们可能还要做凶残的垂死的挣扎，可是，历史的发展是显然的，他们那里又还能逃掉死亡的命运？

我结束了这一件小小的工作时，我真有不小的衷心的欢喜。我站起身来，在房间里散步，我走到窗前，负手远望，外面是澄蓝的夏夜和一天繁星，和平的朝鲜的大地。我真的体会到了吉朋爵士在完成了他的《罗马帝国兴亡史》以后的那种心情。

我没有那么狂妄，想上拟古人。可是，我真心地觉得，这一束日记，在写《美帝国主义兴亡史》的最末一章时，该是很有用的原始资料。

最后，让我把这一束日记献给“烧鹅”，愿意上帝安他的灵魂。因为此人虽然有不缺少点，可是他也是受人雇用，受人麻醉，终至出卖了自己的生命的。可惜他没有机会弄清楚这个骗局了。

后记

右拟美国兵日记一卷，两月前所作。在文汇报副刊《磁力》上连载。内容取材，时地事实大抵本诸新华社电讯，而穿插小节，则多出诸想象。四五年前，一度有与美国兵接触之机缘，曾往来湘桂滇黔，远适印度，更循中印公路返国。所见不少，记忆犹存。偶读新闻，辄思往事，虽非目见，殆如列眉。初意仅成小文，七月可毕；舖叙毁始，遂得中篇。尽非始料所及也。篇中人物，如多贝，如烧鹅，皆作者旧识。语言行径，印象最深，今取为书中主角，所期尚可少有真实之感，非纯出悬揣耳。时间迫促，笔复钝滞，远逊所期，徒增傀恧。更承洪荒同志为制插图，西厓更为封面，付印将成，记此志感。

黄裳

一九五〇年十月七日

新北京

《新北京》，散文集，1950 年 12 月上海出版公司初版，列为“艺文新辑”之一。

据初版本编入。

新北京

怀着无比兴奋的心情，来到了新都，车子过了永定门，远远看见哈德门的城楼，北京城笼罩着一层雾。太阳探出头来，雾慢慢给澄清了。金黄色的阳光照耀在路上，路上走着牛车、骆驼。太阳光照在红墙绿瓦的庙宇上，发着闪烁的光亮。心里有说不出的冲动。

一路在想，北京这个古老的城市，历史的负载可太沉重了。正好像"沙锅居"的据说流传了几百年的"白肉老汤"，里面有多少朝代的历史的陈渣；正像一个浸透了的醋罐子，有洗不清的积锈。一千多年的专制王朝的统治，给这个城市留下多少封建制度的"精粹"。简单的数一数，这里曾经做过异族的统制中心，曾经为帝国主义者联合地践踏过，曾经过帝国主义的爪牙的长期统治。多少年来中国人民的灾难，多半是从这个城市出发的。

象征着这个专制的魔窟的神秘与"庄严"的是那些高高大大的多少劳动人民的奴役造成的建筑物。在这里面聚积了成年累月从人民那里掠夺了来的财富。

为了便于统制，就又奴役了知识分子。养成了一种特殊的阶层。利用种种方法，养成了使一般知识分子都有着作"一人之下，万万人之上"的幻想，至于那实践，就是更恶毒的残酷的统治的执行。这就是"士大夫"阶层，更通俗一点的名称是"京官"。和更高雅的名为"清流"其实是狗头军师的人物。这个影响也大极了。逐渐成为全国性的、历史性的。北京就是这样一个专制统治工具的培养造成所。

不只是掠夺了人民的财富，一种物质上的掠夺；此外，更还掠夺了人民的精神上的食粮。人民的趣味，人民的艺术都给拿来，重新制造过，成为配合统治阶级的口味，也更便于思想统制的艺术形式与作风。至今，最普遍的民族戏剧形式还是“京戏”；有名的角色称为“京角”，再演变而成为一般性的“京朝派”。由北京出发，就等于有些人的“出洋镀金”。这一种影响，对于民族文化的本质，可以说也大极了。

再看看，这个曾经作过多少年如海的“帝城”的所在，奴隶制度发展到巅峰的状态之下，自然就是卖淫制度的存在。把人不当人，女性成为贩卖的对象。甚至于男人也成为卖淫的商品——所谓戏班里的演员的“相公”。

这真也可以说是北京的“特色”，没有比这个表现得更清楚的封建社会的恶果的了。而在过去，这是普遍地为官僚与“名士”所欣赏玩弄着的。

北京解放已经一年，作为中华人民共和国的首都也已经五个多月了。全国的人民都关切着北京的改变，北京的新姿态。

从专制封建王朝的帝都成为人民的首都，这个翻身可够大的。在当前，全中国的人民都在翻身，几万万双眼睛都在注视着北京的一举一动。这一个大翻身要带起来多少被压迫的被剥削的受侮辱与损害的；要打垮多少要不得的，罪恶累积的制度与作风。

这一条线是怎样连接起来的？历史是发展的而不是飞跃的。新与旧相隔如此之辽远，这条线绝对不可能是一条直线。这中间有多少曲折，有多少艰苦。中国共产党是怎样完成了这个伟大工作的奠基的？

想得多极了。心情也冲动极了。火车进了东站，提着旅行包下车，走出车站，就首先碰上了迎面吹来的一阵阵的风沙。从眯缝着的眼睛里看见了正阳门和中华门的城楼。呀，这是北京，这还是我们熟习的北京呀，可是不，不敢说熟习你，认识你，得好好地仔细地了解了解，呀，你，新北京！

鲁迅故居外景

老虎尾巴中鲁迅先生的工作桌

老虎尾巴窗外

老舍在北京饭店

自右至左：侯玉山、白云生、侯永奎

知识分子的改造

冯友兰

在这个大时代中，整个的社会和社会中间的个人，都在进步着。而这中间的知识分子的改造，更是特别值得注意的事。

要知识分子丢掉他背上了多少年的包袱，不是一件很容易的事。这过程中有数不尽的痛苦的斗争，有许多例子，是值得介绍的，可以给旁的知识分子作一个参考。

清华大学的冯友兰和吴景超两位教授的转变经过就是很值得注意的事。

先回想一下三年前在重庆所看到的冯芝生罢。

这是一位中国“正统派”的哲学家的代表人物。他的著作和他的行径似乎跟他那山羊胡子是不可分割的。不过四十多岁，却早已留起了挺漂亮的胡子了，衬着那件大褂，就正是一个标准的“师表”姿态。

他又正好是南阳（河南）人，和诸葛亮是同乡。我想这并非偶然，和他的过去的作风很有点关系，《新世训》，《新原人》，《新原道》，照他自己所说，是所谓“贞元三书”。照他最近在“学习总结”中的解释，这套“新理学”是作为一种“不愿意变的人的一种寄托”的，不过事实怕并不如此消极，相反地，他正是要把这一套作为应帝王的宝贝，青年的思想南针的吧。在中国的思想战线中间，这是和新哲学打对台的一支劲旅。

在三年前，我也曾经提出过这样的问题：“是不是冯先生注意过外面对你的新著作的批评?”当时他的态度，和他最近的文章里所说的是相同的：“我以前必定有一种‘拒人于千里之外’的不自觉的态度。虽然自以为很谦虚，实则是很骄傲。”他根本就不看批评，或不理批评的。他有一套特别冷静的姿态，我想过去中国的道学家大概就是这种样子的。在他的住宅的客厅里就挂着这样的对联：“养天地正气，法古今完人。”请想一下，这样的一位哲学家，在最近发表“一年学习的总结”的文章以后，下乡去参加土改工作去了。

这转变不能不说是惊人的。

至于怎样能够得到如此的转变，群众的力量是不能忽视的。冯芝生在他的“一年学习的总结”里有几句话说得是很值得回味的：

“一个社会到了不得不变的时候，不愿意变的人，总想抓着一个思想上的什么东西，以为寄托。”

什么是知识分子的可以抓着作为寄托的东西呢？那就是过去的那一套“思想自由”，“学术自由”……以致这样发展下来成为“民主个人主义”者的那一套。

在北京，如果要讲学术自由，北大的前例，蔡孑民先生的思想与作风，就是最容易给这些知识分子抓住的一点。他们很现成而方便地把这个拿了来做了逃避现实的挡箭牌。其实社会是发展的，蔡先生主持北大，那立场是一向在反帝反封建的主题之下标榜自由的。这是十分清楚的事情。北大也一向保持了这个传统，永远是进步势力的前趋。可是在蒋匪管制的末期，北大落到了不肖的胡适手里，他就会用“学术自由”的口号要学生不问政治读死书了。

像冯芝生这样的学者，在解放以后虽然现实逼他不得不脱离了反动的阵营，可是学者的自尊自信还是有的，起码在清华园里他还是文学院院长、哲学系主任，还是有他的“自由”的小天地的。他还尽可逃避，尽可“退隐”，然而，群众是严厉的，在他自己的文章中有这样一段：

“以批评及自我批评而论，现在的批评与自我批评，必与群众联合起来，与以前道学家专在静室中‘克己省察’意义就大不相同。而且真是十目所视十手所指，比以前道学家在静室中所想象的‘十目所视十手所指其严乎’严得多了。”

冯芝生就是这样在解放后才第一次认识了群众的力量。认识了群众的“严”。他不得不放下了校委、文学院长和哲学系主任的工作。这一下打垮了他的自信，打掉了他的威风——这都是知识分子的包袱。经过了若干时日的冷静与寂寞，他写了信给毛主席说，他不愿意做一个“盛世之遗民”，他志愿学习、改造，希望群众能给他一个自新的机会。

毛主席马上回了他的信，告诉他知识分子的改造是得慢慢来的，欢迎他努力学习。他很感动，碰见朋友就拿出这封信给人看。他有了彻悟的始基，然后群众再在这个基础上帮助他，他有了进步，承认了过去的自己的立场是地主阶级的立场，自己的作风是个人主义和英雄主义的作风，他接受了批评，他写了“思想总结”，他下乡参加了土改工作。

对冯芝生的新作风，不成问题，群众是绝对欢迎的。

吴景超

吴景超这个名字，自从《独立评论》时代开始，就为大家所熟习。他是一直站在“京派”学者的阵营中间的，因为所学所讲授的东西是社会科学，所以更应该为大家所熟习，要说学者，他才真不愧是一个学者，或者更合适一点说，是书斋里面的社会学者。他在解放以前为大家所熟知的事业是办了《新路周刊》。当时他的主张与看法也大半发表在这个刊物里。最“脍炙人口”的论法，我记得的还有两则。其一，他用马尔萨斯的人口论解释中国的人口问题，结论是说只要中国人死去（不论用什么方法）四分之三还是多少，问题就可以解决了；其次，他曾经利用过美国国务院的数字，说明美国与苏联的平均贫富所得，以为苏联的数字还不及美国，于是结论就说苏联的制度确是不及美国的制度好了。

很容易地看得出来，他过去的反苏，还跟一些国民党匪帮的论评家有些差别。那就是，他处处利用学说、利用数字，纯粹是书斋里的产品、是“学者”的行为。当时看了上述的那种看法，大概没有人会不奇怪，怎么会得出这样的结论来的呢？大概只有所谓“学者”才能做得出这样的事来的吧。

这一次在清华看到吴景超，又是在清华的极漂亮的国书馆的地下室的社会科学研究室中，这是一间间的小房间。推门进去，一位瘦长戴着深度眼镜穿着大衣的人在堆满了洋书的台子旁边站了起来。这就是他，他用细长而白的手指将桌上的一架小型打字机推开，关上了满满装着的卡片箱，坐了下来，我们交换了一次谈话。

他现在是清华大课的教授之一，他讲过两个题目：“国家与革命”和“社会主义与新民主主义革命”。

我们的谈话还是先从读书谈起，他随手从座位旁边的小木书架上抽出了两厚本红布面精装的英文本马克思的《资本论》，他说这还是在《新路》没有出版以前从美国买来的。还给我看了书里夹着的发票。“当时想要和新经济学派打笔墨官司，想想如果不弄清楚他们的一套，就实在很不够彻底。于是，就想法从外国买了《资本论》来，想法仔细读它一遍。”一九四八年暑假中看完了第一本，到寒假北京围城期中才看完了第二本。他还指给我看书里面用红铅笔画的摘要和附注的意见。

读书的成绩是一篇马克思《论危机》的文章，印在清华大学的社会科学季刊里。

他说起过去的那些荒谬的看法，都出发于对苏联的偏见。他在一九三七年从美国回来，曾经路过苏联，住过两个月。正巧那时候苏联在清党，他没有能做任何对苏联的了解，只留下了一份恐怖的印象。至于他对美国的印象之造成，又是很巧合的。从一九二三到一九二八年，他在美国，当时美国正是繁荣的时代，根本没有接触到失业和危机的问题。一九四三到一九四四两年他又到美国，又赶上了繁荣。所以他所看到的美国，只是这一面，完全没有能看到那另外的一面。

他说这真是受了骗了。从这里又说到他在美国的统计数字中间又上了大当的事，原来就是在为“学者”认为百无一失的学术性奇浓的统计数字中间，也还有阶级性存在。在一本美国出版的杂志——Current Business 还是什么呢？——里就有这种例子。它报道美国每年的生产数，有一九四一年的，一九四五年的，可是就不提一九四三年的。因为那年的数字最高，一写出来，就会显出了美国社会经济的萎缩与退化。

他过去的学说就原来建筑在这样的基础上面。

他又说明过去的看法是太不辩证的了。拿资本主义已经发展到将近崩溃阶段的美国的产量跟建国期中的苏联来比较，根本是不公平的，存有偏见的。

自从解放以后，他才对新民主主义国家的政策有了比较清楚的认识。最近因为上大课，他又重新整理了资料，他抽出了他的卡片箱，那里面是一张张排满了的卡片。他取出来一叠，说这是他上课所讲的教材。他将社会主义和资本主义每一点都拿来细细地比较，这样，他才发现了社会主义本质上的优越性。

这种上大课的方法，对他的影响太大了。在清华的大礼堂中，聚集了教授、同学、工友三千多人在一起，有六七个扩音机。他这才发现，对群众讲话、写作，是要负责的。过去的那种关起门来写文章的作风是完全的错误了。

第一次大课讲完，同学还没有反应，党团有过批评。这种批评，如果不是经过了半年多以来的修养，是一定会感到不舒服的。他的看法转变了，要公开批评，在第二次大课开始以前，先找了党团里理论基础比较好的人来批评，他接受了批评，修改了讲演，这样，他觉得多少好一些。

最后他还说起他最近所发表的那一篇“学习总结”，说那不够深入，不够坦白。“我有两个孩子，一个男孩子高中三，一个女孩子是高中二了。他们是候补党员和团员。他们回家以后就把我大批评了一遍。别看那些小孩子，他们有时候虽然天真的批评却往往能击中要害，够深刻的!”

老舍在北京

我这一辈子在上海演得挺起劲，我愿意提前报告一下，原作者老舍先生在北京的近况。

头一次看见老舍是在玉华台饭馆里，客人差不多都到齐了他才来。茶房掀起门帘，我们就看见在院子里走进来一位中等身材胖胖的人，穿着皮大衣，走起路来一歪一歪的，不大得劲。进门一脱大衣，他上身穿着一件绿呢西装。里面是大红黑花的呢衬衫，就像美国西部的牧童的装束，底下穿的是两条蓝绸子棉套裤，扎着裤脚。太现成了，说明了这位老北京刚从美国回来。

他在美国得了腿病，严重得路都走不动，一天到晚总是蹲在北京饭店楼上。他说："我真喜欢吃点烧饼果子，可是，出了饭店，走到东单（普通人三分钟的路程）我就得走上半天，还得歇四五回！唉！"

这位老北京还不脱他当年的风趣，大家都问他美国的近况，他一杯一杯喝着黄酒，话匣子也越开越响了。他谈到了美国的"文化"，先提到他的那本《离婚》的故事，先是给别人偷译了，加上了一个大团圆的莫明其妙的尾巴，等他交涉了半天，也并没有结果。自己出版了全译本，可是并不卖。美国人搞文化，就跟做生意差不多。一本书出版，先得在各方面大作其广告，明星也能代你吹一通，戏院、药店……都得有小广告，再加上广播，那才成，否则，什么书都别想卖。

书要在美国销，还得看“时机”，还得看“刺激性”。说“刺激性”就是说造谣与空想的成分。最近一个英国人写了一本《一九五八年的英国》那么一本小说，这是描写英国共产化了以后的情形（推测）的。美国人当然很关心这个问题，照那位作者说，那时候，是一点自由也没有了的，你在家里写日记，都能用无线电给探查出来，一个人要反抗，给捉去弄死了，全书就是充满了这样的“惊险”的“幻想”。然而大卖，全书充满了阴森的谣言，所谓“哲学家”的罗素还给写了序文。

这是美国的“文化”的一例。变态的恐怖心理造成的反动。

美国人也喜欢东方的东西。纽约就在上演一出《琵琶记》，写赵五娘的故事的，请了个日本人作舞台顾问。“哟，那种服装、布景，瞧了就让人难受！不知道是些什么东西！”他说有那么一场，全体演员待在台上，“就好像我们京戏里青石山的样子，可是青石山多美呀，一掀帘子，二郎神、托搭天王、周仓、天兵天将，整一台，多威武多庄严。可是纽约的那个赵五娘啊，就不知道是一堆什么妖怪、小丑！”

他说在美国，就住在一间小小的“破瓦寒窑”里面，什么地方都不敢去，连饭馆都怕去。美国有三百多国民党的特务，你碰上一个瞧瞧，那眼睛瞪得有包子那么大！有一次在哥伦比亚大学，进步的中国学生在开会，到会场上去一看，特务们在椅上都拉上了屎！

别提美国了，一提就是一肚子气！

大家总都还记得老舍在重庆时候的事，在国民党反动派压迫下的文化人都能体验出那种滋味。他是写小说的，可是他在那种环境下面又能写什么小说呢？他当时写过不少旧诗，抽坏烟喝坏酒，身体越来越坏，东西越写不好；他绝望极了。

可是老北京又回到了老家，老家翻了身，成了新中国的首都。新中国对这位作家的要求和期望有多么大，有多少问题，都找上了他。首先，是北京的三轮车夫的转业问题。这样的问题，在过去，无论如何也轮不到作家来管呀，可是现在不同了。老舍要帮忙解决这个问题。他已经写好了一个剧本的第一幕，他预备写这么四幕戏，解放以前，解放的过程，解放以后，翻了身，要转业了。这不是一个简单的问题，北京人是不愿意离开这个城市的。怎样说服他们，让他们走呢？得说明保障的问题，火车、服装，都预备好了，或者是去开垦，或者是去做矿工，得说明那美丽的前程的景致。老舍拿到了第一批去开垦的人们的来信，这是好资料，政府并不骗人，在那边有吃的，有人招待，有了自己的地，正等待春耕。像老舍这样的作家，他现在可以通知北京市政府，请市政府给供给写作的材料。他问市府要到了有关北京大杂院的种种资料。他兴致好极了，他要再亲自去看看那离别了十几年的大杂院的情形。新北京等着他去写。

要说通俗文学，老舍可是个全才。大鼓、相声，样样都来得。而且写得都入味，不像普通作家写得那么生疏。他写出来的东西，都能上口，都能流传。他接了不少订货，也已经赶出来不少成品了。

在吉祥，一天晚上，相声演员侯宝林当众宣布，他们全北京的相声同业、前天下午到北京饭店去访问了一位刚回北京来的“老朋友”，向他讨教了不少关于改造相声的问题，还请他动手先来几段新的。

关于鼓词，他很严肃地说，他理想中的新鼓词，是能充分利用口语，像史诗一样的，描写伟大的时代过程的长篇。他说对这一份工作，是有极大的兴趣，也有最大的野心的。不过这是一份沉重的工作，他很谦虚地说他要努力去试试看！

那天吃饭，他端起杯子来，向对面的吴晗副市长干了一杯，提起了嗓门，当场表演了两句：“第一位民选的市长，他叫吴晗！”字正腔圆，获得了满屋子的彩声。他向市长致谢给他调查北京大杂院的方便。

老舍已经不是从前的老舍，他发现他的老家也已经不是从前的北京，他所熟习的那些人物也都变了。他兴致好极了，他自己想，政府也这样鼓励他，人民也需要他，重新再写新的北京、新的中国。

一支文化队伍

——记北京人民艺术剧院

在北京解放以后，随着解放大军进城的还有一支强有力的文化队伍。解放战争已经差不多得到了全面的胜利，可是对几千年留传下来的封建买办阶级的文化的作战却是刚刚开始。这一支文化大军，就刚好驻扎在作为若干年来封建文化的堡垒的北京。他们的任务是艰巨的。那么，这支队伍中间的战士又怎能不是坚强而精悍的呢?

这是中国有史以来的第一个充满了政治性的艺术工作者的团体。不是为了自我表现，不是为了服务于有钱的统治阶级和地主阶级。有一些搞音乐搞戏剧的人在一九四六年夏天从天津、上海，到了延安，带着他们的西洋管弦乐器、和服务于人民的决心。这样他们在延安成立了第一个管弦乐队；贺绿汀就在这里，这就是中央管弦乐团。同时又成立了一个中央党校文工室。这两个机构，在延安搞起了音乐和演剧的工作。他们在胡匪宗南进攻延安的时候，就在陕北一带作巡回的演出。第一步，他们就把工作跟战争结合起来。这可以解释了一个很多人都会发生的问题，在当时的延安，物质条件那么差的延安，农村的环境中间，这么一个近代化的新艺术形式的团体是不是不调合的问题。

保卫延安的运动展开了。他们又走到更远的地方去。到了陕北的葭县去搞土改工作。这是这个团体的第一步的训练，他们背上了大洋鼓、大提琴、骑上了毛驴，走到农村中去，这是从前所没有过过的生活呀！在这过程中间，他们深切的体验了生活，得到了群众观点！他们到了晋西北、晋东南，到了晋察冀区，在全国土地会议中演出了《蓝花花》。这一个时期的中心工作是反映土地改革，搞出了秧歌剧。

这以后，他们又穿过了整个的晋冀鲁豫解放区，参加了不少土改的工作，一九四八年上半年就是这样度过了土改的高潮。最后到了石家庄，演出了《赤叶河》。一直等到北京解放，这才随军入城，参加了北京的接管工作。

在这进城以前的一段时期中间，可真经过了不少艰苦的锻炼。这一支队伍，是在革命斗争中间成长起来的，是一直在毛泽东文艺思想的指标下面磨炼出来的。这似乎并不是一个小团体的发展，这中间还代表了一个文艺思想问题的论争。而这个论争，又是空前无比的广泛参加了的，用种种不同的方式，这个论争进行得异常激烈。而且这不只是笔墨上的论争，处处都是用实际生活的体验磨了出来的。而且，到现在，似乎是可以说已经有了一个结论了。

在革命的过程中间，难免不发生多少部分的偏差。这个团体的命运也不能例外。在延安，因为环境的限制，在农村中，不可否认的，管弦乐的作用是有限的，于是就出现了是不是需要的问题。有一个时期，大家在怀疑提琴是不是该拉、洋号是不是要吹？利用西洋的乐器、西洋的方式，是不是就成了投降主义？“洋嗓子”问题也出来了。

这些问题，在现在看，似乎都不足发生问题，然而在当时，大家的确是严肃地面向了这些展开了广泛的讨论的，结论写在书上，看起来的确很方便，可是却容易忽略。真理不经过实践就拿来使用，就难免不成为教条。这个看来似乎不成问题的问题，也是这样，后来在华北文艺座谈会上，由薄一波同志纠正了这一个偏向，以后，管弦乐队才又开始练起琴来。

方向是不错，可是缺点不是没有的。和工农的接触的确是少、是不够，这样是不可能很容易地和工农联合的。可是在这斗争的过程中间，却需要坚持，不能不忍受痛苦。有那么些人，在身体极端病弱的情况下，还深信这一艺术形式是可以服务人民的，坚持着坚持着！这一事实是不应该给轻易忘记的。事实证明，人民的确要这些东西、喜爱这些东西、在石家庄演出的《赤叶河》的成功，和洋鼓洋号的军乐也是特别为解放军战士们所欢迎，就说明了这一事实。经验告诉我们，不管是怎样的东西，是都可以变作中国人民的资产的。不过在这中间，却要经过多少复杂的过程！

他们初入北京，一共只有八十五个团员。这里边包括了管弦乐队、行政干部、事务人员和演员，实力是薄弱的。然而在党的强力的支持和领导之下，却工作得特别好。一个管弦乐队经过了五个月的训练，就可以演奏，这简直是史无前例的。他们经常为各机关、各工厂举行音乐戏剧晚会，他们的合唱队唱出了骑兵歌、斯大林光荣，东北风；他们的管弦乐队演出了莫差特的《小夜曲》、梁寒光的民歌《开红花》、贺绿汀的蒙古民歌《森吉德马》，普遍地受到了工人群众的欢迎。

进城了，面向着的天地阔大得多了，他们接管了演剧队、铁路局的乐队、和学校里的一部分学生（有二百四十人）。去年二月里进城，到秋天七月，有了出国的机会，组成了出国文工团，到了苏联，接受了苏联的经验、体会了苏联的精神，更有信心了，看了苏联的舞剧，看了匈牙利的歌剧院，得到了更多的启示。

不但更增强了信心，而且还得到了新的契机。多少年来的摸索现在似乎已经有了痕迹，隐隐地可以看见一个中国的新型式的歌剧的远景。

瞻望新歌剧

——人民艺术剧院之二

人民艺术剧院的戏剧部现在包括三个队：话剧队、歌剧队和舞剧队。这里对歌舞剧的重视是值得注意的。泛观中国旧剧的传统，可以说百分之九十都是歌剧，这一份宝贵的遗产实在太丰富了，同时又可以说明，中国广大的人民大众所需要的戏剧形式是什么？

接受苏联的经验，苏联的舞蹈学院是现有的最高级的一个艺术教育机构，而这个机构的传统却是一百多年以前从沙皇时代留下来的。这些艺术形式，原来是人民创造出来的，由人民艺术家加以精练和提高，却为专制的宫廷看中了，拿去了。现在我们的任务是把它拿回来还给人民。

法捷耶夫在一次座谈会上说过接受古典艺术的问题，他认为任何民族是都需要历史的结合的，贵族地主都给留下了宝贵的遗产，现在的问题是怎样接受这遗产？

关于这个问题，最近周扬副部长在给程砚秋先生的一封信里面，曾经更具体地加以阐明：

“现在必须肯定，中国人民，作为中华民族数千年来所累积的全部艺术遗产之唯一合法的继承者，将以十分认真的态度来对待和处理这些遗产。我们要耐心地、仔细地将它们发掘出来、收集拢来，然后一一加以检验，照毛主席所指示的‘去其糟粕，取其精华’，使我们民族传统艺术中的一切优良成分得以保留并继续发展，让新的人民文艺和人民传统的文艺衔接起来。这个衔接是非常重要的和必要的。没有这个衔接，新的文艺就不容易在广大人民中生根，因而也就困难完全代替与胜过旧文艺。这是摆在我们每个文艺工作者面前的一个巨大的历史性的任务。”

人民艺术剧院在这个目标下面，招请了一些北方昆曲的工作者。这些人真是劫后余生，十几年前我在天津看见他们在劝业场的游艺场里演出，那种悽惨的情况，已经给人一种朝不保夕之感；后来有些演员因为环境的压迫，不能不改唱京戏；后来又听说那些老伶工侯益隆、郝振基、陶显庭……在天津大水以后，因为饮水中毒，在极悽凉的情境下，先瞎了眼睛然后都死去了。这回到北京，还希望见见荀慧生、尚小云，可实在没敢有想要看到这些剩下来的昆曲演员。可是，真是奇迹，真使人感动，在人民艺术剧院里又看见了韩世昌、白云生、侯永奎、侯玉山他们。他们都穿了棉制服，练功的练功，排戏的排戏，讨论的讨论；他们的精神是那么愉快，工作情绪那么高，他们是来从事给中国旧歌剧留下一份记录、给新歌剧摸索出一条道路的工作的。

此外，他们还有一个很完整的乐队，里面有最好的笛子和琵琶的演奏者。我看过一次他们的演出，赵金蓉和李凤云的《游园》、侯永奎的《夜奔》、侯玉山的《嫁妹》。工人观众的反应好极了。这些戏，是经常为北京各机关、各工厂、各学校邀请演出的；当《蜈蚣岭》和《嫁妹》在怀仁堂献演的时候，周恩来总理曾经说过：“昆曲是人民的舞蹈”。彭真同志说过：“中国旧剧中间，没有比昆曲的舞蹈再可贵的了。”这样，就建立了他们的这一工作的信心。

韩世昌今年五十二，白云生今年也四十八岁了。这两位老搭档在舞台上成了一对老情人，观众似乎也不愿意再看他们在那儿拼命作戏，像《跪池》里面的那种情形。而且在某一意义上说来，提倡男扮男女扮女也是很自然的趋向，所以在这里，韩、白的主要任务是替后辈说戏，像赵金蓉、田菊林都是在过去舞台上有过相当成就的女演员，《闹学》《游园》……就都由她们来演出了。

这一批旧艺人，从旧的圈子里面跳出，来到这个新环境里，他们改得多，改得不容易。

他们扔掉了主角观念。他们经常在演出里面配龙套，韩、白在《出塞》中都扮宫女，在《嫁妹》中间，白配那位姓杜的新官人。这样的角色，在从前，他们是绝对不肯演的。

剧团初成立，经费不够，没有钱去买行头。团员们的待遇还没有订定。可是她们全肯把过去自己私房行头拿出来用，还肯借给别的演员们用。在过去，一件出色的女衣，外氅，都是好不容易置来的，要用这个出奇制胜，炫耀侪辈，怎么能考虑得到出借。

她们初来时，少出门，把时间都留在学习上；头两天因为灶没有修好，吃过两天窝窝头，消息马上就传到外面去了，说她们是如何的受苦，行动不得自由。后来她们自己回了家。才解释清楚了这些谣言。在谈话中间，田菊林就找剪子剪开了一张张的白报纸，订成了一个个的小本子，记笔记用的。赵金蓉在仔仔细细的排《闹学》的身段，听前辈们改正她的一举一动，非常用心。想一想，她们过去都是在旧社会打过滚来的，都是大红过的坤角。现在的这种生活态度，可真不是偶然。

跟白云生先生谈了两个多钟头。

他在昆曲班子里混了快三十年。诚心喜爱这种戏剧，也曾经红过，还挂过头牌。可是后来不行了，环境越来越惨，弄到生活都要发生问题了。现在，他看到国家来注意这种戏剧了，他激动得说话都有些颤抖。他历述过去的艰难困苦，他们的班子在都市里立不了足，到乡下去作巡回演出，物质条件是苦极了，可是农民到底还接受而且欢迎了他们的“舞剧”。这是说那些载歌载舞、文绉绉的词句不多，而主要的是看舞蹈表演的戏。（他们在乡下演戏，都有过二十多年的历史，如果农民不接受，这种流动性的剧团是不可能生存下去的。）

他说过去演戏，无论在什么时候，总没有过合理的伴奏（最多三四个人），可是现在的乐队、笙、大唢呐、海笛、管子、琵琶、南胡、月琴，演奏者多到十几位。这个中乐队，将来发展的目标是二百人。

他提到从前老师教徒弟，兴的是“掏半包”制，那就是说总得留一两手好的，“都教好了他可就没有我了!”现在可就没有了这种思想，只要是知道的，不管大小，总得给人家指出来。提到弋阳腔，最后的一个科班，还是光绪十几年成立的。现在的学生，恐怕也都八十几岁了。他提起好几种舞技，在现在的演员中间都已经失传了。他们自己也都动不来，不过他们是预备训练一批年青的团员，让他们有这样的纯熟的技巧。他随便举了几个例。在乡下演戏的时候，有一个武丑演员可以走矮步跟在大车后面，连跑四十里。武丑还可以在台上表演“粘糖人”，那就是说，利用背脊上的力量，使全身“粘”在柱子上，经过几分钟的时间；翻跟斗，讲究在空中有一个短短刹那的停留；打旋子，要抬着头打，看起来就像在水面上飘飞着的燕子……

这些在现在听来都像奇迹，可是在前五年前十年，就不算一回事，是武行的基本条件。

“火彩”，在京戏里也经常使用的。只凭一卷草纸、一把硫黄，能在舞台上挥洒出多少种花样。现在在乡下，还有两位老人，使用这种技术最为纯熟。这要讲究把纸放在袖口里，不用吹嘘，随时可以洒出去，要多大的火花就有多大。同时一条火龙，在弧线的某几点要爆发出来都可以随了心意支配。他们要写信去约一位到团里来。

为了迎接春节，他们设计了二十种舞蹈：龙凤舞、狮子舞、小车舞、剑舞、赐福（不是天官而是工农兵的）、球舞、单刀舞、判舞（火判）、霸王鞭、绸子舞、盘舞、竹马舞、红旗舞、跑旱船（水泡）腰鼓和大秧歌。这些舞蹈都是从昆剧旧有的身段中间拣选出来的，加上昆曲里的那么丰富的曲牌子，绸子舞配上喇叭板，小车舞里配上合合腔和柳子腔。这中间已经试演过而得到工人群众最大的欢迎的是红灯舞，这本来是从灯歌里脱胎而来的，是从《九莲灯》里面摘出来的，在演奏当中，群众却不断地鼓掌欢迎，这证明民族形式无疑义的受到大众欢迎的事实。

在毛泽东的文艺思想的体验和实践中间，我们清楚地看出，新的民族歌剧的光明的远景。这一尝试已经有了初步的成功，有了健康的先天条件，怎样创造？怎样形成？是每一个文艺工作者的一个巨大的历史性的任务。

渔夫恨及其他

到清华园去看张奚若先生。这是一位健谈的老人，听他的亦庄亦谐的谈话真是一种乐趣。后来我们谈到了京戏，张先生说京戏发展到清末民初这一个阶段，可以说是达到了巅峰状态。从各方面看，这都已经是一个最高潮，到了现在，恐怕是难以为继的了。说到梅兰芳先生，张先生说那真是一种奇异的出现，不可能再有的了。谈到武生，杨小楼死后，他说："真不必再看什么武戏，看上去全是毛病，使人难过，杨也是前无古人后无来者的了。"

我是同意这个看法的。可以在这里替张先生的漫谈加一点申述。京戏的这一发展的高潮，的确是难以为继的，这也就是说，京戏得变了。历史上不少这样的例子，作为一种宫廷的、贵族的艺术来看，在今日，京戏已经失去了它的凭依。人民所要求于戏剧的，已经不再是那一套，无论怎样缅怀往昔，想墨守成规，总抓不回过去了的声华。只有走一条新的创造的道路，才能恢复它的生命，使它仍旧成为人民的瑰宝的吧。

不过在现阶段，还必须做一种总结的工作。不管这是封建的、贵族的，作为中国人民的宝贵的遗产来说，是非批判的加以接受不可的。要批判总得有资料，不是能漫谈了之的。

那天在张先生座上，还看见邓叔存（以蛰）先生。邓先生是筱翠花的艺术的爱好者。曾经替筱翠花的无戏可演而担过忧，不过这现在也已经不再成为问题了。彭真书记在《人民文学》第四期的那篇城市文艺工作的报告中已经澄清了这一问题。这更是一个很好的特例，筱翠花是花旦，花旦的戏总难免涉及私情，不过这难道都是“不健康”的吗？似乎也还值得推敲一下。

又在老舍先生那里听见了一个好消息。有七位老伶工：尚和玉，萧长华，王瑶卿，王凤卿，马德成，谭小培，金仲仁都已经受聘为名誉教授，每月每人致送一千斤小米。这些老伶工不必到院授课，只是在必要时向他们咨询。老舍先生说那一天吃饭的时候，七十八岁的尚老先生感动得哭了，他说：“我哪是愿意唱戏，不唱就得挨饿呀！”（按尚和玉最近尚在北京演唱《水泊梁山》去栾廷玉）老舍先生说：“这真应该！这些老伶工，在舞台上挣扎了几十年，到老还落得挨饿受冻，而且他们的戏又都唱得那么好！”

正如王朝闻先生所说：“这些老人是中国古典艺术的仓库，他们具备着现实主义艺术的或种丰富的营养，对于我们中国，这样的‘仓库’，应该重视。”（《人民日报》二月廿六日《人民文艺》副刊）

这样，似乎京剧的问题已经很为明显。就是：（一）怎样接受旧的？（二）怎样创作新的？（三）在过渡时期中，为了供应市场的需要，怎样修改一些旧戏在目前上演？

关于第二、三两点，在北京正好赶上听了两出戏，一出是尚小云的《墨黛》，还有就是谭富英的《渔夫恨》（即《打渔杀家》）。

《墨黛》是新编的一出戏，演一段元代的历史故事。是述说被奸臣所害的一个大臣的女儿，怎样经过无尽的艰险，终于投奔到人民的义师里，因而得到了活路，更由于人民的力量，杀除了贪污不法的官吏，打倒了反动的政权，复了仇。

这戏在卖座上很成功，可以看得出观众是喜欢新戏，而且也乐于接受新戏的。观众的尺度放得很宽，给了创作者以很大的勇气，这是很好的现象。这前面的路是够宽阔的、也够艰难的，可是观众肯跟了走，即使路上有崎岖、有荆棘，还是加以原谅的。

这样的戏在北京能得到相当的成功是值得注意的。因为这是一个最守绳墨、旧的印象最深的观众最多的城市。

《墨黛》中间，有逼真的布景与灯光，女主角在大雪之夜在山谷中奔逃，很利用了些新的灯光布景；还有一场田家生活的描写，在一间草房里，有真的织布机，还有几只鸡在台上走来走去。而且在两幕之间、剧情变换的时候，还有人在扩音机里报告剧情的发展。

《渔夫恨》是《打渔杀家》的新名。我觉得这出戏在京戏里不愧为“经典著作”。而且说起意识来，也可以说是最正确的一出了吧？这里的修改，只是添上了头尾，中间的一段还是照旧。

谭富英的《渔夫恨》，其实跟老路相差得并不远，在旧本开始之前，加上了倪荣坐寨，“心中恼恨张叔夜”，他是在梁山与官军交战，跟大哥失散，才占山为王的。他上山寻找李俊，一起闲游，偶遇萧恩，就接入了原本正文。

至于结尾，是萧恩杀家后被擒入狱，在上法场时被花荣和李俊、倪荣劫救而出了。

中间的修改，是萧恩到公堂一场改为明场，“让我问他几句!”挨了四十大板，也如实地描写出来。不过不知如何，我第二次听《渔夫恨》，这一场就还是老路的暗场。

关于修改的问题，这里不预备多谈。不过像“谭派正宗”的谭富英，改了他祖父传下来的“秘本”，而且也报名参加了学习，却是值得称赞的。他还不够炉火纯青，不过他还年青，是正统派而有改造的心，如果加以适当的帮助，我想是不难有所成就的吧!

谈戏

谈戏

到北京后，碰见朋友，十个倒有九个和我谈京戏，这是因为过去我曾经胡乱写过一些谈戏的文章，几乎弄得成了“准剧评人”了的缘故。朋友中间有内行，有外行，有欣赏旧戏的人，有厌恶旧戏的人，谈来都各有道理。不过使我最感到惶恐的是被内行的朋友引为同调，因为自己实在是外行。可是听了外行的谈论倒还有趣，同时也是颇有好处的。

我不能忘记的是一位朋友对我的责备，他说，你写的那些谈戏的文章，简直把旧戏说成了百无是处的东西。目前就有一些剧评家拿起随便那一出戏来都痛骂一通，鸡蛋内挑骨头，认为都是要不得的。其实，京戏原来是产生在旧社会中间的，哪里去找十全十美的剧本呢？

他对我的检讨实在使我警醒不少。

他说：“这也成了八股了。这实在用不着剧评家，就是我也能说得头头是道的！”

他就举了几个例子，说来果然大有道理，妙的是滑稽非常，听得连我也不禁笑起来。他以为现在谈京戏，总是每出必坏，可是他也能说成每出必好。举了很多例子，其中之一就是甘露寺，可巧今天正看了《甘露寺》，就又记起了那“妙论”，因介绍如下：

在美人计骗刘备过江以后，甘露寺吴国太相亲，这一场中有一位武丑扮演的“大将军”贾化，这位大将军身上带着不少武器，刀，剑，锤，矛，……一直要杀刘备，不料未能杀成，反而给国太叫进殿去，要“推出斩了!”幸亏刘皇叔说情，免于一死，贾化出殿时向台下说道：“今日也要杀刘备，明日也要杀刘备，不是刘备，我的吃饭的家伙就保不住了!”

这就是编剧者对弄火的帝国主义的战争贩子的大讽刺，挑动战争的结果是自己也难免一死！后来他终于悔悟了！

还有刘备招亲以后，日在深宫，沉湎酒色，简直忘却了荆州。幸亏赵云看了诸葛孔明的锦囊妙计，假报荆州危急，这才唤醒了刘备的迷梦。

这一段，啊，可真有不少教育意义。这是在警告我们走进城市里的干部同志们，不可给胜利冲昏了头恼，不可堕落，不可忘记了当前的任务。所谓“锦囊妙计”，其实就无异于一种紧急的号召云。

至于刘备和孙夫人、赵云逃到江边，刘备要抢先上船，被孙夫人袖子一甩就马上退后，让她先上去，是说明“太太第一”的礼貌，那还是次要的。

这真是滑稽，而且荒谬，是出色的笑话，我当时也大笑一场。可是后来仔细一想，笑话中也未始没有一点点真理。可不是现在有的人太神经过敏了么？可不是有很多论法太悬空了么？可不是已经成了“八股”了么？

谭富英与裘盛戎

也还是和朋友谈戏时所得到的材料。

张奚若先生有一次谈起听戏，他说很久不进城听戏了。不过有一次他到怀仁堂去参加晚会，听了谭富英，他说：“不能不替演员们说一句公平话，谭富英那天可相当卖力！”

这话在常听戏的人听来，才能知其妙处。谭富英一向是懒极了的，在台上那种马马虎虎不认真，是所有的观众都熟知的。平常他唱一出戏，只卖一个腔，要个满堂彩，就算交代完毕了。张先生说笑话，怀仁堂晚会也许可以说是“供奉戏”的罢，所以他才这么卖力！

这就让我想起最近在第一期《人民戏曲》中看到的阿甲先生的《没落时期的京戏的美学观》的文章里说的很多话。他极力反对“派路”，认为这是“不可解脱的包袱！”这实在是对极了的。

谭富英就靠着“谭派”，北京就有那么许多“闭着眼睛”拍板听腔的观众，谭鑫培死了多少年，可是在他的孙子身上，还多少可以捉摸到一点点旧味儿，就可以满足了。

取法乎上，仅得其中，一次跟白云生撩天，他说过：“过去教徒弟，总得留一手，不然，他红了还有你的饭吃！”你想，你留一手，我留一手，留来留去，末了还能剩下多少？

有盛名的老伶工，从他的师父那儿传来的货色，本来就不够装满一货架，如果不是自己创造，开得起什么大店来呢？

这道理很明白，非创造新的不可！

张奚若先生叹息他再也不要听现在的戏，那太贫乏了。我的理解，这并不是说现在的角儿，都不能遵古法，守旧型，而是说这十几年来，梨园中的人才太不行了，没有一个能发扬光大创立新型的，于是就再也无可观览。……

回到谭富英身上，这人其实是一个平凡的艺人。靠了他有一条好嗓子，又受过相当完整的训练，有家传，说句公平话，他是够水准的演员，旧的东西他可以“点到”，处处具体而微，要看极盛时的京戏，在他身上是可以看出一点点朦胧的影子来的。可是就为了受了“谭派”的害，他也许是无能力，也许不愿意，再创新，再精进，甚至懒到了极点，这就使阿甲先生有了这样的牢骚。

北京有些老观众，是这种倾向的助长者，他们以为这样才够“味儿”，才有“书卷气”，才没有“烟火气”。

因而，演员对风格的要求是：只讲究“婉转缠绵，不讲究激昂慷慨；只讲究炉火纯青，不讲究生动活泼；只讲究点到为止，不讲究淋漓尽致；只讲究俏皮，轻松，潇洒，超脱，不讲究紧张，火炽，雄健，朴实；……”

这段话，在我看来，却不免失于皮毛，太形式了。只看到了谭富英流辈的演员，没有看见过去更多的好演员，我希望还能够替阿甲先生补充一下。

谭富英是不能代表旧的京戏里的须生的典型的，阿甲先生所指摘，“一出场眼睛乱转，无的放矢；对话对唱时，没有联系，情调含糊；独白独唱时，神情涣散，气氛沉闷；……”这一些可以说是谭富英都具有的“缺点”，然而京戏的写实主义的传统，可并非如此。我们只能说富英不肖，不能接受祖父的好传统。

“炉火纯青”和“生动活泼”，在我看是并不能对立的。真炉火纯青了，像杨小楼，照我的印象，如《艳阳楼》的荡马，《拜山》的做表，实在是再“生动活泼”没有的了。

还有，阿甲先生把裘盛戎也列为自成一派，我觉得是看了他的广告的结果，裘盛戎在广告上说“裘门本派”，那是指他的父亲裘桂仙而言，可是这可大大的错误了。裘桂仙在哪一点上像现在的裘盛戎呢？我在北京也听了一次荀慧生的《花田错》，是裘盛戎的《花和尚》，那印象坏极了。嗓子不够，也要要他的“本派”的花腔，使听众为之担心，怕断了气；……他又和荀慧生合作《战宛城》，曹操的那引子，念得使人欲睡，而调情一场却又色情不堪，没有一点点健康美，只剩下了一派下流，就和马路上的油滑少年相去不远，这样的“派路”，我附议阿甲先生的提议，是该反对的。

要说京戏里没有火炽，雄健，……我提议把息影家居的郝寿臣先生请出来谈谈，他的“李七长亭”，他的“桃花村”，那可不是“乱蹦乱跳，吹胡子瞪眼”，那李七，才真是一个为封建势力压迫着的充满了反抗力的壮汉，“强盗”。就近取譬，侯玉山的《嫁妹》，就火炽而兼雄浑，而并无洒狗血。

至于风格的独立问题，说来也话长，如果艺术要提高而升华，每一个人是必须有独立的风格的，刘鸿声唱过《洪羊洞》，据闻谭鑫培曾讥笑过，说，“看他这个六郎怎样死法?”这才是现实主义的看法。杨六郎患病垂危，如果还“黄钟大吕”，实在难以断气，除非打一针麻醉剂，否则是没有办法的。

男扮女

北京最热闹的一条街，从东安市场出来，向东单走去，这就是王府井大街。在这最热闹的街上的最大的一家照相馆——同生的窗口，有一张放大的照片，是四大名旦梅尚程荀的合影。梅兰芳先生站在后排正中，尚荀二位侧立，程砚秋先生则坐在前面，伸拳卷袖，大有教师爷之风。我走过了好几次，总不能不停下来看一下，觉得非常有趣。

张奚若先生谈起，程砚秋近来发胖得可怕了。他老先生那么一形容，简直就形容得不能想象了。后来又谈到男扮女的问题，觉得真怪，到现在“四大名旦”“四小名旦”的说了半天，结果这中间全是男的，没有一个女演员。这的确值得研究。

据我粗略地想了想，大概可以有这么几种原因：

第一，可以说是传统的吧，过去的戏班子，除了“家伎”以外，全是男班。这风气可以一直推到明朝末年，那时候“男色”之风特盛，一直到现在还有一大批这样的小说流传下来。甚至于在北京，有一条规矩，京官是不可以到妓院里去的，御史要查夜。但叫相公则无所谓。所以《越缦堂日记》里李慈铭记来记去都是一些男伶。这是历史的根源，是封建制度下的最恶劣的一套把戏，现在当然已经完全打倒了。

第二，可以说是社会问题吧。还是封建制度下面的遗毒。清末民初这一个阶段，女人演旦角的不是没有，而且也不是没有成功的。不过，她们演戏并不是为的艺术，只不过是一种在社会上现身的方法。而且社会上的坏人也真多，军阀、贪官、商人……都在那里虎视眈眈的，一出了名甚至还没有成熟的技术成就，就给他们“量珠聘去”了。这也是一个大原因，现在也已经解决，不成问题了。

第三，可以说是教育上的问题。训练一个艺人，也不是一件简单的事，得从小坐科，苦学若干年。而过去的科班，那种生活，那种教育方式，都不是一个小女孩子吃得消的，后来虽然有了戏曲学校，可是教法到底和以前大不同了。还有，我就听一位老观众说过，余叔岩替孟小冬说戏，因为是女弟子，所以有很多身段就无法替她排，就是说，无法替她拉拉端正，只好点到而已。这样，孟小冬的身段是并不好的。还有先生替学生说一些风情戏的时候，告诉怎样表演内心心理的时候，对女弟子也是无法仔细说的。说起来，也还是封建思想封建制度的影响，现在也可以不成问题了。

最后，是嗓音问题。像程砚秋先生的那种宛转的调子，大概是可以给中国旧戏中的“女音”作代表的了。和“洋嗓子”相对，这可以称之为“国粹嗓子”，其同样不是天生本嗓则一。这一点我是外行，据说女人的嗓音，好像就不大可能成为这样的。详情说不清楚，不过这也总是“男扮女”问题中的一个附带的问题。

这样一分析，这里的种种问题就都不存在了，希望将来的名演员，旦角以后是女同志出场，不必像程先生的感慨，偌大年纪，还要做女儿态。我在北京就听到过尚小云和荀慧生两位。尚小云先生的演技，实在是细腻极了，不过给我的印象是颇有不能安坐之感。荀慧先生较好，可是那嗓音是不行了，简直使人听了气闷。有一位观众就说“这是低音大合唱”。

我们真期待新中国的新的女演员们出现，使我们不必再发生这样的感慨。“男扮女”终究会成为一个历史性的问题和事实！

温特

在清华大学看见了一位美籍教授，温特先生。

他在清华教书，已经有二三十年的历史了。大概还是在清华训练留美官费生时代的末期就开始教书的吧？他的专长是文艺复兴与法国文学之类，很早以前就用唯物史观的方法处理洋西文学史，他收藏的这方面的西文书是相当多的，有很多朋友要找文学理论方面的材料，都去向他的藏书库发掘。他今年已经是六十多岁的人，可是看样子，却只有四十岁。他至今并未结婚。

我们去看他的时候是晚上，八点钟，他正好有客，是清华的一位外文系的教授，他的学生，和他在谈有关外文系的下学年的课程问题。

这个美国人在整个清华园是都够熟习的，不只因为他是老教员，有几十年的历史，学生很多；也因为他曾经是近年来中国学生运动的朋友与帮忙者，（当然，他所能帮忙的不过是个人方面的帮忙，和同情之类而已）他久居中国，会说不太流利的中国话，还能对付着看中文报纸，照理说，现在解放了，他所一向同情的新的政权成立了，他该很兴奋才是。

可是，这人看来却十分孤独，也许是没有结婚的关系，像他那样的体格，夏天在颐和园游泳，可以游三整个来回，他却说："没有几年好活了！"

他在银行里，取出了他剩下来的六十五元美金的存款，又向别人借了五十万元，买了一百分胜利折实公债。

他的房间里，有一大张壁画，是粗布底子，上面画着佛教的故事，十分古朴，是敦煌的，至少也该是大同的华严寺里的作品吧，让我这个外行也十分感到惊奇，赞赏，这样一个外国人居然可以有这样高的欣赏力。后来就更知道，这原来是他自己仿画的。

他的房间里整个都是中国风的，桌上的小摆设，泡红茶的那把桃红的茶壶，茶杯……这可以代表一个洋人对中国古文化的喜欢，这也普遍得很，这样的洋人是很多的，甚至穿中国寿衣吃饭的也不是没有，可是他领我到里面的一个小套间里去看一个雕花的黄杨木的大柜子时，就又听他说了一个生动的故事。

他的中国话不太好，主要的故事是由他的学生某教授讲的。那是在北京解放前两个月，学生运动达到了最艰苦的阶段，国民党匪特经常到学校里来搜捕学运主要的负责人。当时，一些学生会里的干部就在他的那间小屋子里开会。从一扇小窗户里爬进来爬出去。那架大柜子，有一次，就隐藏过一个最危险的学生会负责人的小女孩子（是说身体小）。

那一天，风声特别紧，那个小女孩子就逃到他家里来，预备第二天就离开学校，因为学校是再也住不下去的了。特务已经查过了好几所教职员宿舍，温特说：“你藏在柜子里吧。”于是就藏了进去。外面锁上了古铜的长方形的大锁。不多久，果然匪特来了。温特十分坦然地让他们查，查到柜子，可是上了锁，温特拿出一大把古色古香的钥匙，开了半天开不开，特务们不耐烦，走了。

温特说：“后来我开这个锁，开来开去，不行。”他一面还表演着那开锁的情形，一根长长的钥匙在锁边上通来通去，开不开。“我以为她死啦，好容易开开来，她没有死！”有时候生涩的语言，也可以表现很动人的事实。

从这表演，可以看出这个出身于美国西部的人，情感激动起来是什么样子的。

可是他现在却十分颓唐。什么道理呢？我觉得是一个很有趣的问题。

原来新形势的到来，却把他冷落了。过去他是以“美国人”的资格，同情中国的革命事业，到处都是“英雄”的表演。学生游行时，他总骑了脚踏车走来走去，传递消息，还一直骑进李匪宗仁的“行辕”里去过，宪兵要来干涉，他一面说“我是美国人！”一面指着鼻子就进去了。这一套好像海敏威小说似的情节与表演，现在没有机会了。

现在，同学们更没有多少人要选什么西洋文学了。这个整个大学教程的问题，也使他情感受着打击。

其实，清华园里的人们，大家是还都把他当作友人看待的，一点也没有什么差别，可是他却感到了颓唐。

我想，除了美国人这一点以外，在中国的智识分子中间，有些从前曾尽力于进步事业的人们，现在多少也有着温特的烦恼的吧。为什么呢，为了自己的个人主义，英雄主义，和受不了一点点伤害的小资产阶级的感情。新的社会，总有一天会使这批人强健起来，高兴起来，打起精神来！

老虎尾巴

在报上杂志上看过不少次访问“鲁迅故居”的文章，虽然不曾去，却好像已经对这个地方觉得十分稔熟了。然而始终觉得非亲自去瞻礼一下不可，从报上读访问记，始终总有些“雾里看花”之感。可惜那地方很远，在宫门口西三条，是西城的一个角落里，而我是住在东城的，总抽不出那点时间。有一天下午，已经三点钟了，正好闲下来，就从西交民巷跳上三轮车，冒着晕黄的日光下的扑面的风沙，上宫门口去。

找了很久才找到，原来这是在一条小巷子里。巷子狭得容不下两辆车同时经过，巷口就正好望见那白塔寺里的“白塔”。水磨砖墙，新洗刷得非常干净，小小的黑漆门也漆得挺亮，墙上镶了一小块青石，是郭沫若先生手书的“鲁迅故居”四个红字。

敲门而入，有一位穿制服的老人招待，签了名。他是市府派了来看管这所房子的，他对这房子很熟习，给瞻礼的人讲解着这个那个。我觉得他还应该多向鲁迅先生的朋友请教请教，应该多知道一些鲁迅在这里生活的故事，这样会给参观者更生动的印象。

这是一所小小的四合房，建筑是很单薄的。那间“老虎尾巴”的书房的木窗格，虽然加可上了新的红油漆，也依然显得单薄，好像风一吹就会给吹断了似的，窗外的小院子里，有几只小鸡在啄米吃。还有一口枯井，那两棵著名的枣树却没有，那位老人也没有能够指出来。只有两株小树，一株刺梅，一株花椒树是鲁迅先生手植的，种树要种花椒，这在世俗的风雅人物（这说法并不冲突）看来是不可能的。我却觉得前期的鲁迅的生活，是生活在“楚辞”的氛围中的。《离骚》中多楚泽芳草，“楚客香兰，湘君芳杜”，这是和“香椒”并列而并无差异的。

在书室的墙上，就挂着一副小对联，“望崦嵫而勿迫　恐鹈鴂之先鸣”，上联题“豫才先生集离骚经句”，下联属“曾朂”。这又可以给“楚辞”氛围增加了说明。可知当日的豫才先生是多么喜欢这部伟大的诗作了。

曾朂姓乔，名大壮。曾经和徐旭生合译过一册波兰小说家的小说，在商务印书馆出版。他是学法文的，可是旧学极好，字也极好，刻印尤其好。解放前不久，在苏州的一条木板桥上坠河自沉了。这也是在反动政治压迫下牺牲了的一位屈原的崇拜者。

在这个简单的书房里，安置着先生生前所用的寝具。据说床上陈列着的是和当初完全一样的。我看了这张床，真有说不出的感动。不禁想起先生一生的严肃的风格。

这是一副木板床。两条木长凳上架着薄薄的几片木板。

照我的经验，这样的木板到了夏天是要用开水来浇的，因为那上面最容易生臭虫。木板上面是薄极了的一条褥子，上面是被单。床上另外放着两支枕头，还有两条被，是很粗的旧式的锦缎面薄薄的被子，整齐地叠在那儿。木板床下是一支空的网篮。

这给我的感觉是“冷”，屋主人是在过着怎样严肃而冷峭的生活，而在这一段生活中间，他是写出了充满了多么热爱的文章，做过多少战斗！要想了解《野草》，是非得了解这个作者写作的生活环境不可的。那篇《腊叶》，在灯下翻《雁门集》翻出了一张干了的腊叶以后的感觉，只有在这里才体贴得出来。这是从冰冷的石块中间迸裂出来的火花！

先生在书桌上压稿件的镇纸是一个石刻的刺猬。

院子对边的三间南屋，空落落的，里面堆积了书箱。上面有先生自书的“中一”“中二”的纸条。书架上摆着一块从广东带回来的石刻，上面雕着“天保七年八月八日亡女翟煞鬼记”几个字，还有一块是雕着“君子”字样的汉砖。

此外就还有两张似乎尚未发表的照片。一张是“厦大学生会欢送鲁迅先生大会摄影”，日子是“民国十六年一月四日”。还有一张是国立北京女子师范大学欢迎易寅村校长大会的摄影，日子是“民国十五年一月十二日”。在后一张照片上，有鲁迅先生，也有许广平先生，而在许广平先生下面站着的就是“三一八”惨案中间牺牲了的刘和珍女士。鲁迅为她写了淡淡的血痕中。

三入清华园

十几年前在中学的时候，春假旅行，由天津乘车到北平，在清华园住了一夜，第二天就上车到居庸关去了。这以后就不曾再来过。这次到北京，就又去了两次。所得的印象与十年前旧有的那一份，大不相同。如果照老式文章作法，这里就用得着“感慨系之”四个字了。不过这是不好的，是小资产阶级的“伤感”的表露。想换两个字，却也想不出来。其实，“感”是该有的，毛病大概出在“慨”字上，那实在太不健康了。为什么动不动就要叹气了呢？至于那“感”，这下面所说的就是。

回忆当年，以一个初中学生的身份走进这个学府里的感想是不一而足的。清华大学是“留美”的最便捷的“预备学校”，考进了清华，似乎就已经有了十分之三四考中“留美”的把握。正如费孝通先生所写的那篇《论纯技术观点》的文章所说，那时是有着一个“好学生”的“志向”，到这儿来“学一手”，挣个“洋进士”的野心的。

好像当时是住在某斋里，已经不清楚了。不过总觉得这个学校的神秘，在那么大的一个花园里头，走来走去找不着路。要吃晚饭了，就到了一个“俱乐部”，好丰盛的伙食，一顿盛馔，后来听说这不过是清华的家常便饭而已。

又像听“神话”似的听了一些“奇谈”，清华的大礼堂的地板用软木塞做成，花了十万元盖的。走进去参观时，脚步轻了，生怕踏坏了软木塞。同时也不好意思弯下腰去研究是怎样的软木塞，怎么可能那么大呢？

晚上被招待洗澡，到了体育馆，看见了游泳池，脱下衣服来锁在一个个铁柜里，自领一管钥匙，真是未之前见的洋化生活。

到了图书馆，参观了藏书库，看见那一个个绿漆小铁桌子，就在书架边上。桌上有一枝小小精致的电灯，真是羡慕极了，又油然生了“读书”之“志”，真幻想那幸福的大学生活，吃得好，睡得好，整天躲在这书库里……看书。

记得好像还听说过书库里有一部古板的《金瓶梅》，当时自然没有敢问及。

这样，在脑子里始终留着一个“水木清华”的“海外神山”的印象。抗战中间，自己在破草棚子里度过了大学生活，自然不时还想起那软木地板来。不过情感已经很淡了。

自然，这十几年间也听了不少有关清华教授的“掌故”，让自己无条件的佩服。那似乎都是些“竹林七贤”中的人物。详细的事倒不必写了，一个总印象，这是些“超阶级”的高士，有学问，有才华，有奇异的“高行”，佩服之余，也提起了“学步”的野心。清华出了不少诗人，学人。王国维、梁任公、陈寅恪、闻一多、朱佩弦、黄晦闻（节）……

黄晦闻的《蒹葭楼诗》是我最爱读的近人诗集，那一种浸透了宋诗的调子，“九一八”前后写的那些东西、真使人沉醉。“十年北客惟伤乱，双柝南街不断声”。“娇女别期方细数，故园安问更无程。”“重逢莫作蹉跎语，正为栖栖在乱离。”……都是常常在脑子里徘徊着的诗句。

抗战中间，国仇家恨，都没有能够打消这种“感伤”的情绪；更不必说那对“超阶级”生活的向往了。在昆明，虽然看到“联大”的教员们生活惨到了那种程度，像吴辰伯先生的春联“书归天禄阁，人在首阳山”所描写，然而总觉得，有朝一日，山河重光，他们还是“神仙中人”。

日寇投降后，三年解放战争中，我对清华的印象才渐渐地变了。

因为工作上的需要，经常和清华园的一些师友们联系，报道他们对匪帮斗争的消息，发表他们的时事论文……从通讯中，渐渐嗅得出这批假想的“神仙中人”，已经不完全和理想谐合了。神仙是不管世事的，他们却对世事特别热心。放着那么好的书库不去利用，他们却要到街上来游行……变是变了，不过那认识还不够清楚，不够深刻。总有这些人是在玩票之感。

北京解放了。清华是新的清华了。是怎样的一个新清华呢？这是我一直关心一个问题。

两次，看了三天，实在没有能看得仔细。不巧，正在寒假开始的时候。清华园还是清华园，王静安先生衣冠冢还静静地卧在那儿，工字厅还是旧样子，就是陈旧了些。在张奚若先生座上，又看到了黄晦闻的遗墨，一副对联。这都是旧的，十年二十年，环境本来不会大变的。变了的是人。

我看了些理想中的“神仙中人”。

费孝通先生推着一部脚踏车，在园中走来走去。这位名教授，现在是清华的事实上的校务负责人之一，他忙极了，做文章得抽空几百字几百字地凑。他陪我去看了“大课委员会”的办公处，大房子里，同学、先生，一起在忙着，墙上贴着高高的统计表，写着计划程序和总资结料，几千人的大课、教员、工友、同学在一起听讲的大课，真是史无前例的。而这个大课的任务是改造这些知识分子。使“神仙”还“俗”。

那两天正在登记下乡土改的工作。拖着长胡子的冯友兰也去了。真是热闹的大事。

清华园本身也“土改”了，“翻身了”。这自然是象征的说法，积极的有能力的教授代替了落后的，出来搞学校了。给人一种很合理而舒服的感觉。

软木塞地板的大礼堂也有了它的新的用处：上大课。

自然我也还关心那个好好的图书馆，更关心的是那么热闹的清华园，图书馆里是不是还会有人？实事上图书馆里还是满满地挤着人，我这个生客的来往，没有牵引起那些读书的男女同学们的一点注意。这跟我十几年前蹑足潜踪地走进这里的情景正相仿佛。

自然，他们在研究着的是新东西了。

可惜的是，清华的旧日的藏书几乎全没有了，一部分内迁的全炸毁了；留下的给日寇糟蹋了。

那两天，清华又接下了“燃料工业部”的要求，替政府训练了一批矿冶人才。瞧这个学府的新的积极性、为人民服务的积极性。

新的政权，新的领导，把这个造就买办人才的学校一百八十度地扭转过来，成为制造新的为人民服务的知识分子的处所。这是奇迹，又怎能使我没有“感慨”呢。

百顺胡同的郭佩珍

出了前门，向右拐就是大栅栏，这是北京城的旧商业区，有名的祥字号的几家大绸缎庄和戏园子饭庄都集中在这一带。再向西走，就是西观音寺，有名的吃鸭子的便宜坊和羊肉馆两宜轩就在那儿。

在这条街上最可以看出这个古城的文化的递遭的痕迹来。西洋文化的冲击是相当明显的。同仁堂的店基还是那么低，低得比马路只高出几尺，这是从清朝传下来的老店，它是不愿意改装门面的，否则就会失去了那份“老牌”的号召力。祥字号的深院高楼金字匾额可以说是民初的代表作，要找最近代的商业上的标志却并不容易，仔细找，好容易才看见了，是那些白灰门面，专治花柳病的所谓医院的广告，从九一四、六〇六到配尼西林，墙上写得全有。

这说明“八大胡同”就在附近了。

升平时代的士大夫们，“退值”之余，怎样消遣岁月和使用剥削的聚积呢？这里替他们预备好了两条路：喜欢风雅的再走两步到琉璃厂去，那边有名人字画、古董旧书、金石碑帖；不然就更方便，只要一转弯，就是韩家潭，胭脂胡同，那里有预备好了的各种等级的女人，以各种不同的方式价格，等候着主顾们上门，选取、摧残！

恐怕还没有人写过八大胡同的盛衰史吧？这自然很难写，像《明僮小录》《燕台花事记》那样的作品是不行的，原因很简单，立场不同，以实施污辱与损害的人去写被污辱损害者，那所得的结果自然是可想而知的了。事实上，几十年来，在这个地方的女人们就已经用她们的血泪写下了最真实而动人的历史。不过这部历史是没有字的，只活在她们的记忆中间。现在是已经到了结束这一部残酷的历史的时候了，人民政府让哑巴说了话，让长久压在罪恶的枷锁下的面的人们翻了身。现在她们正在用自己自由的意志语言述说这部历史，用演剧、写作、歌唱、舞蹈……种种不同的方式向社会控诉。听过看过这种控诉的人，我敢说是没有一个人不被感动的。“这才是真实的，有血有肉的历史呀！”“这才是真正的新现实主义的文学啊！”这里，让我记述下一位受难者的自白。

是百顺胡同四十四号的生产教养院第七所。本来是一家“头等”，所谓“清吟小班”的。一进门，就直感地觉得似乎有一股好像已经腐烂了的尸体的气息扑过来。那褪了颜色的门窗，窗子上面飘扬着的碎纸，砖地缝里结了冰的污水，……这是一具倒了下来的魔鬼的尸体，是刚刚打开了门的魔窟，从阳光下面更显出了它从前的阴暗。我忽然想起了《聊斋志异》里的“天宫”，一个男人在黑暗里的环境里享受着无上的“温柔”，他只能用手摸索，一切美好的存在。后来才明白那是“地下”……

我们被请进一进门的一间小屋里，从前大概是柜房吧，也许是堆积杂物的房子吧，现在是两位女工作同志的办公室和卧室。我们坐下来听了一段动人的故事。

述说者是一位二十八岁的学员。一件蓝布旗袍上面罩着一件红绒线的马甲，脸上红红的，她的名字叫郭佩珍，两个月以前她是这里的一位妓女，他的故事从一九四九年十一月廿一日下午五点钟开始：

“那天下午五点钟，我出饭条去了。七点三刻才回来，我姑妈看见我同吃饭的客人一起回来了，就让伙计去起茶拿盘，我把卷烟跟客人点好了，茶也倒好了，我就开始洗脸、化妆，好可以去见客。这时候就听见伙计大声地喊，是姑娘都到前边柜房去！我听了还当是查户口，也想到或者是来查窑子的，我们就都到了柜房，这才听见一位男同志说明今天是奉命封闭妓院，让我们都到后面的屋子里去。这时候姊妹们就都谈论起来了，有人说也许今天不叫我们走吧！就问一位女同志，现在还不让我们回家，是什么意思？女同志说，等一会你们就知道了。说完了就走出屋去。我们大家就着起急来，有人说会不会把我们送走？后来又教我们整理自己的东西，一直弄到十一点，我们八个姑娘带着东西都集中在堂屋里。说是明天送我们出去，我们大家就急了，不知道明天要给送到哪儿去，哭的哭，闹的闹，一直哭闹到一点多。

“我想起来了我的姑妈和我的孩子。

“可怜的孩子，他是天天放学，回来吃饭的，今天就没能够回来，孩子要进门，先得问伙计，我妈屋里有客人没有，有客人他就不能进来，得在院子里等着，有时候孩子就在厨房里等着。在冬天冷得孩子打抖搂；夏天热得孩子也不好受。有时候在一起吃饭，客人来了，他就端着碗往外跑，躲不及了，我就得向客人推说这是我的兄弟，我拉外甥，孩子就得跟着叫我姐姐，姨妈。

“十一点了，孩子还没吃饭呐，他现在是在什么地方？我姑妈呢，她又在什么地方？

“两点钟的进候，对门烧饼铺的伙计拿着篮子进门来卖烧饼了。我们大家就都出去买烧饼吃。我们院子里有一百多人都聚集在一起，我就问卖烧饼的伙计，看见了我姑妈和我的孩子没有？他说，就看见你的孩子在门口，不知道你母亲在家没有？刚说到这儿，警卫同志就把我们叫回屋了。回了屋我们照样哭的哭、闹的闹，一夜都没有睡觉。

“我自己在床上一边哭一边想我的孩子。

“我想起孩子的委曲。

“没吃晚饭，饿到现在，还在门口站着，这时候不知道上哪儿去了。西北风像刀一样。他上哪儿去安身？这孩子平常连个朋友都没有，他要在附近玩我都不许，总赶他到远远的地方去玩去，见了人吞吞吐吐，总不敢说出他妈是谁来。就是这样，还有人欺负他，人人都嫌他，他没有一个朋友，这早晚可让他上哪儿去？

“一边哭一边想，一边着急一边哭，我因为哭得太厉害，着急得太过分，就吐出很多血来，人也昏过去了。

“这时候已经是半夜了，三点钟的时候。

“……

“我醒过来的时候，睁眼一看，床边站着几位男女大夫，还有几位女干部同志，加上几位姊妹，这一屋都站满了。我还是哭，我说他们还叫解放我们，把我们一家老小都解散了。为什么不教我回去，为什么不教我的孩子和母亲来看我？这是什么道理！

“大夫和女同志安慰了我两句，打了针，放下了药就走了，我们又一直哭着谈论到天亮。”

郭佩珍述说她吐过了血以后的心境。她躺在床上，一夜都没有合眼，有三个问题紧紧地缠绕着她：她挂念着她的孩子，这是这个受着苦难的母亲的唯一的期望的寄托，她没有一个时候曾忘记了他的；同时她又挂着她的姑妈，这也是她的生活中间唯一的一个相依为命的亲人；再其次就想到她自己的前途。她对解放军女同志充满了一肚子疑忌、猜测。不肯放她回家，别是要送她们到什么地方去吧。有那么许多谣言的底子，送去配给伤兵吧，一个眼睛的、半只腿的……她越想就越睡不着了。

“第二天早晨，女同志到了屋子里来通知，说：‘快洗脸，马上就要开路了！’我们就出去领饭。可是天哪，领来的馒头和小米粥拿到屋子里一摸，是冷的！大伙儿就一起哭闹起来了。大伙儿都想，在妓院里，也有人伺候，也吃得好，也能随便出去玩，越想越觉得这是在受罪，越想越伤心、越哭越厉害。

“可巧这时候有一个卖烟卷的进来，我就跑出屋去买烟。

这个人，平常我们妓院里用的烟卷都是和他交买卖的，所以我们都认识。我就问他看见了我母亲和孩子了没有？他就和我说，‘你母亲在昨天晚上封妓院的时候我看见被警察抓走了，手里还拿着棉被；你母亲抓去以后，就看见你孩子站在这妓院的门口哭，我们骗了他半天，叫他回家睡去，他说什么也要进妓院找妈妈！警卫同志不让他进来，他就站着哭，我们走了，他还站着呢，一直到半点钟之前我还看见他在这门口哭呢！……’我不等他说完就哭着到办公室去找女同志去了。一边哭一边说。‘我们犯的什么罪，把我押在这里，把我母亲抓走，把我的孩子饿到现在还在门外，这是你们解放我的好处！’

“什么恶毒的话我都向女同志骂出来了。我也不知道为什么那时候我好像是凶神附体似的，可是女同志们一点都没生气，问明白了我孩子的学校，说就给我找回来。

“我回到了屋子里面。

“一屋子的姊妹都来问我，‘三姊，你相信她们说的话吗？’我就说，‘她们随便说什么我也是不会相信的！纯粹拿我们当小孩一样地骗我们！好教我们不要闹，好听她们的话。我告诉你们，等一会看，把我的孩子找回来找不回来，假使找不来的话我们就闹，别听她的骗，我们又没犯什么罪，怕什么！’一屋八个姊妹都同意我这话。

“我们大家都在院子里晒太阳。这时候是不到十二点。一点半左右，一位女同志领着我的孩子到我的屋子来了。孩子一见我就哇的一声哭出来了，一屋子的姊妹也都哭起来了。

我孩子告诉我，他在昨天晚上九点钟，姥姥给抓走的时候，就想跟着去，警察不让他去；他就到这个门口来想告诉我，可是门口的警察说什么也不让他进来，他就站着足足哭了一夜；天亮了，他到了人民政府，到了警察局，到了派出所，到了九段，都说没有，没法子又到这门口哭了半天，就到学校去了。

“接着就是这位女同志从学校里把他接了来。

“我就问他吃饭了没有？他哭着说从昨天晚上到现在还没有吃！女同志就问早上的馒头还有剩下的没有？热热给孩子吃。吃完还让他上学去。吃完了饭我就领孩子到门口，请女同志关照警卫，等会儿下学还让他进来。女同志给孩子洗完脸，就亲自送他上学去了。

“这以后我们的脑筋就改变了三四层。女同志这么关心我孩子，费了许多时间把他找回来，还送他去上学，还教他认字。前两天我对女同志的态度不好，说话的声音也很厉害，种种厉害的话我都对那个女同志说，可是女同志并没有记恨，对我还是那么好，对我的孩子还是那么关心。……这样才感动了我一半的心，所以我的脑筋才改换了一半。

“过了半个月，女同志就又请了很有名的中国大夫和苏联大夫来给我们这些姊妹们治病。

“从封闭妓院那天起，我的嗓子就哑得说不出话来。经过大夫的检查，说是毒气病的关系。后来大夫给我们打了五针油质的盘尼西林，我的嗓子就立刻能说出话来了，也能大声地唱歌了。

“现在我就剩下挂着我的姑妈了。女同志把我叫进办公室去问了话，问我和我姑妈的关系，是不是我的领家？我就告诉她说，我没有母亲了，这是我亲生的姑妈，从小把我抚养大的，所以我才叫她母亲。抚养到我十六岁就结婚了，因为我丈夫死了，我领着孩子和姑妈，实在生活上没有办法，所以才下的妓院……

“女同志问明白了我这全是实话，后来又通知了公安局的同志也来问了我，三天后女同所又告诉我说，你姑妈已经出来了。我不敢相信，以为这是骗我。为什么已经出来还不让我们见面呢？我就向女同志要求，叫我姑妈来看我一次，我也可以看看我姑妈的胖瘦，也好放心。女同志总是说让我别着急，过几天，过几天！

“这时候因为一屋的姊妹们看东生（我的孩子）领来以后我的脑筋已经变了一半，就举我作班长。当了班长的第六天的晚上，大约六点多钟，一位女同志叫我到办公室去有事。没想到一进门就看见我姑妈坐在凳子上，也白也胖的样子冲着我笑。呀，这时候我可真高兴极了！就跟姑妈说起来说不完。

“我跟我姑妈说，真没想到你也胖了，你不用不放心我，我现在挺好，你应该学习本领，将来可以去参加劳动，我们都可以过快乐日子。我又告诉我治好了嗓子，和政府拿出几万万买药替这些姊妹们治病的事。……

“经过了这两次，再加上女同志们天天热心热意地替我们上政治课、开会和讲话，她们是那么和蔼，这才把我的脑筋全部改过来了。旧社会只有害我们的地方，没有救我们的地方，还受一般人压迫。现在的新社会是我们受压迫的人们的社会了。毛主席领导下的政府和热心热意的同志们才是我们的恩人！”

她说到这里，越说越兴奋。她的脸红红的，她的口才很好，可是很显然，她的运用新知识还是最近才熟练起来的，因此她说话的时候显得有些吃力，她的眼睛睁得大大的，右手不知不觉地挥舞着，她实在够激动的！

这时候，糊着中国棉纸的带格子的木门推开了一条缝，伸进来一个带着顽皮却太早就饱经了人世的风霜的孩子的脸。

“妈，我的大仿纸放在什么地方了？”

“在里屋的抽斗里。”她的紧张的脸松弛了下来，话说得轻柔而和缓，把孩子送出去。

她转过了头来，带着一脸笑，这真是一个最平安最柔顺的母亲的脸，她又慢慢地向我说：

“现在这孩子可真抬起头来了。前两天，晚上跟我一块儿睡，半夜里在被窝里拿脑袋顶顶我，我醒了，他就跟我说：‘今天，我可该叫你妈了！’”

……

她说到这儿，嗓子里好像是有什么东西塞在那儿，她说不下去了。看见她的嘴一张一张的，可是说不出话来，她的眼睛里面挤满了晶莹的泪珠。

……

我懂了。我没有再向下问，我受不住这样真实情感的冲击；我拉她到院子里，替这在新社会里获得了真正快乐的母亲和孩子照了一张相。

京尘琐录

小引

在北京闲居一月。说闲实在也不能算闲，只有那么一种感觉，又熟习，又陌生。想看这个，想看那个，结果是并不曾看了多少。

回沪以后想写点文章，可是很为难。大题目没有多少，写得好更不容易，可是小东西还有不少，而且也未必是完全无意义的，“不贤识小”，也还是值得纪录一下的。

这里零碎出现的就是一些这样的小事。

围城

北平又改成了北京。京就是京城，是一国最高政府的所在地，当然“衙门”是少不了的，“衙门”这称呼太旧了，现在叫机关。北京的那么些机关，都安置在一些旧有的建筑物里。人民政府没有拿人民的小米盖过什么新而伟大的衙门。像外交部就在外交大楼，北京市政府在北洋政府时代的财政部……可以说，现在的机关，也就是从前的衙门。整个北京就只有一个新的机构在一个不曾做过衙门的地方出现。那就是文化部的文物局。

文物局在哪儿?

文物局在北海旁边的围城里。

围城是那么一个圆圆的高起来的城。在景山旁边，在北海之滨。地方不大，里边零零碎碎的安置了一些宫殿式的建筑物，更还有几百年的苍松翠柏，就是冬天也还是绿荫荫的。那里边最有名的一件东西是一尊玉佛。这佛用白玉雕成，高五六尺，坐在佛龛里，在当中的大殿中央。前边围了铁丝网，参观者只能站在外面瞻礼。这是北京的名迹，大家都知道。

文物局安置在这里，实在是很合适的。

我有一天早晨，在这个玉佛殿的旁边的一间小殿里（局长室）拜访了局长郑振铎先生。我向他道贺，说“这个办公的地方可真够风雅!”他笑笑，不说什么。他是刚从上海南京回来的，是为了去接收整理一批南方的图书馆与博物院。他的兴致好极了，忙得要命。我还记得在上海他家那间小屋子里面谈天的光景。他那间小屋子里堆满了“俑”——古代的泥人儿。他手讲指画，跟客人谈整理古代文物的种种，汉朝人怎样吃饭，秦朝人穿什么衣服，这些亟待解决的文化史上的问题——古代人的生活环境的研究——在当时国民党反动派的“治下”，是没有办法进行研究的。可是，现在他可以施展了。解放了的全中国，多少历史文物等待保管、发掘、研究……难怪他忙得团团转。

我直感地觉得，他是一个新职务与旧兴趣配合得最好的人。

藏书家的功罪

郑西谛先生这次是到南方接收安置一批文物的，这中间就包含了一部分古书。

因为藏书，我们谈到了藏书家。我就跟他提了一些问题。

我在外面听到了一些人的意见。有人说，有些藏书名家，大抵是乡下的大地主，有的是从明朝就剥削农民，一直剥削到清朝，他们拿非法获得的剩余利润来买古书，成了藏书家。现在该清算了……

我想这话可得分怎样说。

上面的意见，前半部全对，就是后面的看法，我少有异见。大地主用钱的方法很多，有买珍珠宝贝的，有买姨太太婢女的，有大造家宅的，有大吃大喝的，有滥赌的……这都不好。（买珠宝字画的还有一点点好处）只有买书刻书，还算是他们的“百恶一善”。

常熟毛晋，是有名的汲古阁主人，他刻的书，根据统计，有六百多种。你想，在明朝，书是用一块块木板刻上字刷出来的，六百多种书（中间包括十七史那样的大部头）要多少块木板，这样刻书是多“笨”的事。

毛子晋是藏书家。他为了刻书，不惜重价买好底本。当时有一句俗语，“天下三百六十行生意，不如鬻书于毛氏”，花了很多钱，买了古书，再翻刻出来，在一般地主看来，其笨如牛。那结果是现在还可以买到汲古阁刻的很多书，汲古阁，倒很像明朝的三联书店吧？

古书成了商品，有好也有坏。坏处是穷的知识分子买不起，成了古董；但是也有好处、“宝贝”总是值钱的，不会散失，大家小心保存，卖来卖去，那就是到现在还剩下了的这一批。

藏书家者，收集这一批一批的“宝贝”者也。他们把这宝贝捐出来，或卖给政府，马上就可以成为一个了不起的图书馆。这是藏书的好处，未便一笔抹杀。

至于私人藏书之风呢。

郑先生说：“那是再不可长了!”藏书本来是国家的事业，现在大家何必再花钱买古董呢？浪费事小，不能好好保存而使人民大众利用之事大。

不过，在政府还没有用最大的力量收购古书之前，所谓“藏书家”，把贱得就要进还魂纸厂的古书买一点半点下来，也还有它的意义的。

周叔弢

周叔弢先生，现任天津市人民政府的副市长，他是一位实业家，是启新洋灰公司的总经理。我在天津时他还没有被选作市长，所以是在启新公司看见他的。很巧，他也是一位有名的藏书家。

这是一位身材小小，头发花白而精力弥满的老人，谈天的兴致好极了。我们的谈天最后就谈到书上，他的兴致更高了。他很坦白地说，这完全可以说是“玩物丧志”的事。作为一种业余的癖好，倒并不是要不得的。他说明买书的历史，最初是小时候，在扬州，往书坊里买些坊刻本；后来开始买局刻本，就是官书局的刻本，在当时看来是有如现在的公营书店的书似的。后来慢慢买明版，但是万历以后的书不买，因为那是多而不精的。这样就慢慢走到宋元的路上去，抄校本也是一条旁支，而且那兴趣是比起刻本还要大些的。

他论旧刻书，特别标出那版刻美的一点，以为这是中国雕版史上的非常光荣的事迹。他说起版本学也非用科学的方法不可。过去那些藏书家的鉴赏，往往有时靠不住，除了缪艺风傅增湘的喜欢自高声价之外，其余的就是因为不是用科学方法，因而出了毛病。他所举出的科学方法之一是将现存的明刻本方志聚在一起，因为这是全国性的，可以代表一个时代中间全国每一个角落里的刊工风气，这样比较，斟录，……就会得出一个有系统的研究，比如行格，刻工姓名，风气，都可以有科学化的说明了。

最后他说到一本好书，很可以用一位女性做比。刻板好，等于先天的身材好；如果印工好，就是说极清朗的初印本，那就是后天的发育好；再加上很好的装修，像傅沅叔的那种洒金绸面，金镶玉之类的装订就好像是穿上了很好的衣服；经过名人收藏，钤上朱红的印记，就等于胭脂花粉；要是再有名人的题跋，那就更添上丰韵了。有这样的五种好处，才能算一本十全十美的好书。

他说到这里也不禁笑起来。这原来是和书的内容无关的。正好像培养得很好的花圃，那用处只是给人一种欣赏的资料，说有什么积极的意义，是谈不上的。

因为这是可以代表老辈藏书家的看法的。因为附记于此。

傅沅叔

张菊生老先生现在卧病医院，去看过他几次，都因入睡没有接谈。他去年到北京去参加人民政协会议，回到上海来以后，我去看他，杂谈中间就谈到了江安傅氏，就是以藏书出名的傅增湘先生。张和他是老朋友，傅那时中风已有一年，张先生去看他，默然对坐，执手唏嘘，很难过。我听了，当时也觉得暗然。

这一次我到北京，原意想去看看藏园的书，不料，到北京那天，他已经故世半个多月了。书籍已经卖给北京图书馆（半捐半卖），我就在北京图书馆的地下室里看了他的书。书并不太多，还杂乱地堆在桌子上，没有编目，但最有名的“双鉴”，宋内府抄本的洪范政鉴和百衲宋本“通鉴”却已经更深锁在最里面的善本柜子里。

这是一个标准的“藏书家”——并不是说他在收藏鉴赏上……够标准，而是说他的作风和乾嘉以来的藏家很像。那就是说，他的藏书，是一种玩赏的性质。有时也可以高价卖出的。其实他也是书买一流人物，不过没有店面，而又有名，所以卖起来就往往更是高价。有时候在残本，或不怎么好的本子上加上一篇跋，说得天花乱坠，于是就更能使“书迷”上当，他和日本人作的交易也很不少。日本的文求堂书店曾经出过一本书影，是照下来的一张张的旧书样子，是最精致的广告，这里面一大半都是他的书。

不过他也有贡献，那就是校书。闲来无事，就拿不少好书和现存的本子对校，把错简缺文都校了出来，作成校记，而这往往是几千百卷的大书，那功夫就化得可惊，而对读书者的帮助则是很大的。

他故世以前，已经卖掉了不少书了。然而这里存留的，登在《藏园群书题记》里的还有不少，那七大本“题记”实在就可以说是他的大广告。看惯了广告的，现在看看真实的货色，也实在是有趣得很的。

赵万里君说，他的书都换穿了新衣裳，实在不高明。不过漂亮是也真够漂亮的，黄荛圃跋的徐幹《中论》，就用的是红色的绸面子，上面洒了金，非常华贵。这样一想，善本为什么要放在地下室里锁起来，实在也是颇有道理的，这样的书给大家一翻，岂不翻旧了么?

而这样的书，到底有什么好处呢?也很难说。不过多少年前（几千几百年以前）的中国人，曾经发过某种议论，记载过某些事实而已。议论多半是不通的（照现在的看法），不过锁在地下室里保存着，也未尝不是研究社会思想发展史者的宝库。至于事实，总是事实，要写历史，就非得看看不可，不管那记载是多么野蛮，也无法否认。

很讲究的装起来，也是对的，因为整个中国，现在只有那么一本两本的。

过去是大家当商品卖来卖去，深藏秘锁，想看也无法看，现在是锁在图书馆里，有必要看的就可以看了。大家不需要看的，也就可以淡然忘之，实在是很好的办法。

郑振铎先生极力主张私人藏书之风不可长，应该公藏，这自然是无可非议最正确的路。

解放后看江南

江南解放，已经将近半年。这是一个伟大的时代，人民的世纪到来了。社会在做急剧的蜕变。亲爱的读者们，你们有的生长江南，不用说，自然是关切着故乡的情况的；而这一块新生的土地上有着怎样的飞跃的进步，那无疑是全国的读者都注意着的。记者近曾旅行沪宁线，想在这一方面给读者们作点报告。不过因为时间匆促，和客观条件的限制，接触面不如理想之宽广。然而记者在这短短十几天的旅途中间的收获是无限的，带回来说不出来的激动。在这块新生的大地上，在中国共产党的英明的领导之下，中国人民做着怎样的坚毅的努力，克服了当前的困难，保证了民主新中国的无限光明的远景。

读者们，我敢说对你们的故乡，你们的国土，你们现在都有些不认识了。伟大的中国共产党在这儿已经掀去了一页旧的历史。

读者们，让我把新鲜的气息，迸跃的活力，新中国的人民的健康的笑带给你们!

门前冷落的南京“美大使馆”

永利硫酸铔厂

米之都——无锡

到无锡旅行的人，目的地总是梅园，鼋头渚，……很少人会到北塘街上去看看，实在是可惜的事。正和北京天安门的人民广场一样，在那里举行的阅兵式，展览了盛大的中国人民的武装的力量；在无锡的北塘街上，你就可以看到中国农村孕蓄着的无比的丰厚的潜力。这是一条蜿蜒了好几里的沿河的街市，两旁都是店铺，繁荣的景象，是要看了令人惊异的。在人民政府的正确的城乡交流的政策下面，这里就是一个最现实的成功的范例。那么多农作物，陈列在地上和店铺里。那么多农民把农产品运进城来，再在这里换了他们所需要的日用品回去。这里有着城市工业的生产品，布匹就是一种。然而不像上海的南京路，你看不见一点点外国货。

从当地的纱厂的主持人那里知道了一个极为简单的事实，纺织厂里最容易销售的粗纱的玄（黑）色蓝色布，并不是什么一百几十支的细布。因为广大的中国农民需要这个，他们喜欢的是厚实，朴素。而不是花哨，细致。

铁匠铺里做出来的农具，供应了广大的农民需要，这也并不是什么舶来品。匪帮的封锁给一些人带来了惶惑，可是在中国人民看来这又算什么呢？北塘街上就找不出半件外国制造的东西。

农民用了什么来支援城市呢？你只要在街上的桥头站个几分钟，就可以恍然，而更要使你出惊地喊了出来：“嗄！不算狭的运河，都给船挤满了！你要过河，都不用找桥，在船上走过去就是了！”“船和船挤得就动不了啦！”“这些船里都装的是什么呢？”“米，米，有多少米啊！”

无锡是中国有名的谷仓。这一事实的主要起因是清朝的漕粮制度——南漕。在光绪中叶，现在的沪宁路修成以后，无锡就被指定做江浙两省漕粮的集中地，漕粮的数目每年高达一百二十万石。无锡乡下的产额不过几十万石，湖南、皖南、皖北运来的米要占到一半，扬州一带次之，安徽运来的是籼稻。这中间百分之八十是稻谷，百分之二十是白粮。

由漕粮制度演变出来的无锡的米市场，造成了它供应京沪线食米集散中心的地位。有一个叫作蓉湖庄的地方，运河经过这里形成了一个不小的湖泊，可以容纳够多的米船。岸上更有可以容纳上百万石米谷的仓库。商人取了米来，卸进仓去，取得栈单，押得了款子，再到产地去贩米，这样，造成了无锡谷仓的盛况。在过去，每年最多的积谷数目可以达三四百万石。

无锡粮市的栈单，在沪宁线上一向是有最好的信用的。随便在什么银行里，是都可以当作抵押品使用的。粮市形成了一个独立的金融力量，政治的势力是不能干涉的。在抗日战争中间，和抗日战争结束以后，反动政府的政治势力开始侵入，有一次征购了十五万石谷子，大大影响了仓库的信用。当时这个数目占了仓存的十分之六。

抗战以前每年年底的仓存有三百万石的数目，国民党反动政府看上了它，拼命地搜括，在抗战后这个数目降到一百万石，解放以前，就只剩下了三十万石。

反动政府利用了最有效的对农民剥削的工具，毫无信用胡滥印发的纸币，把这个江南的谷仓压榨到衰微的境地；现在，在人民政府城乡交流的政策下面，采购证废除了，内地贸易自由地可以进行了。无锡的米仓正走着恢复它过去的繁荣的路。

三年以前从三里桥的茶馆里迁移来的米市场，北门内小泗房街的粮食公会的新建的房子的门口，上午九点钟，就拉紧了铁门。

门前有两个人把守。街上挤着的是数不清的焦急的脸。没有公会的证件的不能走进去。他们只能从楼上的窗口里和里面的人打招呼。进门，上楼，一大间房子里摆着几十张方桌，桌旁坐满了人。凳子上面站着的也有。桌子上放着一个个小纸包，打开来，摊在桌上，是一堆堆的谷子和白米、籼稻的样品。用手指，用眼色，在有如几十部卡车同时发动了引擎的乱嘈嘈的人声中完成了交易，写好了成交单。

解放以后每天的交成数的最高额是万多石稻谷。

转到后面，访问了无锡市粮食公会的常务委员张一中先生。

关于粮业的前途，他的看法那趋势必然是国营。或者是在国营公司的领导之下，他们极愿意利用过去的经验和技术，帮助政府作疏导的工作。

今年的四五月的荒期已经过去了。现在稻谷已经登场，等到明年的春荒时期，皖省沿江一带的“扫江籼”出笼，粮源是绝对不会有问题的。

在无锡，公营的苏南建中贸易公司掌握着最充沛的粮食。市场在它的调剂之下呈现一种平稳而流畅的征象。它既照顾到了市场，也照顾到了农民。过去的由于中间剥削造成的米市飞跳和谷贱伤农的不合理的现象，现在是全不存在了。米价和粮价（即市场的米价和产区的谷价）的差额是极小也极平稳的。

商人的观念，在公营的贸易公司的教育之下，有了很显著的改变。过去的那种操纵市场，求取暴利的习惯已经慢慢淘汰。他们觉悟了自己的任务是怎样在市场的供应和疏导下，替人民服务。

“扫江籼”就是一个很有趣的例子。过去新谷登场，粮价一定看低，除了米商的搜购之外，沿江一带的地主，也把粮食囤了起来。这中间除了地主自己的粮食，也还包括了零碎从贫农手里收了来的，等到春荒时期，再就高价脱手。这种直接间接的剥削，现在也将不复存在，这一部分粮食回到了人民的掌握——由公营公司控制了。

在这里向大家报个喜讯。充沛的粮源，加上人民政府的合理的运用，解决了人民自己的食粮问题，食米前途，是没有什么值得顾虑的。

丝是怎样缫成的?

雪白的蚕茧，堆在一大包一大包的麻袋里，旁边摆着的是竹篦编成的大篮子。在无锡的城门口一带，这样的行列一直排得远远的，人们挤成一堆一堆，打开了麻袋，把茧子倒在篮子里，用手捞几个起来看。看，好白的茧，发着银色的光芒，一堆雪浪，照得你眼睛都有些儿花。满意了，上秤，秤准了分量，再算价钱。

这是无锡的茧市。在城区附近的是小型的，大的市场在乡下。农民养好了秋蚕，收得了蚕茧，挑进城来。丝厂派了收茧小组去收茧，运到他们的厂里去，就成了原料。代表了中华民族的智慧的缫丝手工业，发展成为今日的丝厂，又经过了千辛万苦在人民自己的力量下面恢复，强壮起来，这中间是有着多少动人的故事的。在人民政府的政策下面，这就是城乡交流和扶助私营工业的典型范例。

无锡的缫丝工业，从农民的手工业，到有了第一架丝车，还是宣统元年的事。这是在无锡乡下东埄（改名周新镇）的裕昌丝厂，主人周舜卿在意大利买了三百部直缫式的丝车，每一部车子每天可以产丝十二两，在这时候，全无锡每年的丝产量是六百关担。

民国五年到十六年，丝厂由三家增加到二十家，丝车由九百部增加到五千七百部，全年的丝的总产量是一万五千关担。

民国十七年到民国二十六年，无锡的丝厂走上了繁荣的阶段。丝厂增加到五十家，丝车增加到一万五千部，年产达二万二千五百关担。

不只是这个，技术上也大大进步了。丝车已经采用了日本的复摇式，又采用了黑板检验法的制茧机，每部车子每天可以产丝一斤。少数的丝厂还采用了“多绪缫车”，这种丝车每天可以产丝二斤。

很明显的可以看出，无锡因为所产的茧质的优秀，和经营的人的努力，虽然并没有得到过什么积极的帮助，也还是繁荣了起来。这证明了中国民族工业的先天的韧性，只要不摧残，它是会成长起来的，而且还长得特别繁盛，特别壮实。

然而中国丝在国际市场上最大的敌人是日本。“八一三”以后，日本帝国主义就再也不能容忍中国欣欣向荣的缫丝工业了。在八年抗日战争中间，所有大的丝厂全部停工了。只剩下了小丝厂在生产，替中国的丝业保存了一口元气。丝车最多有过五千部的数目，年产丝约为九千担。日本帝国主义的政策是放任小厂粗制滥造，看看产量是增加了（因为丝车少），可是品质却一落千丈，蚕种坏下去是敌人欢迎的事，在国际市场上，中国丝的地位是降下去了。

日本帝国主义所造成的恶果，在抗战结束以后就都爆发了出来。没有了大规模的厂，把中国的民族制丝业打回到原始手工业的情形中去，全剩下了小型的丝厂。厂的数目增加到了七八十家，可是丝车的数目则退到战前的一半——六千多部。开工的日数每年更缩减到四个月以内。这样，没有了近代化的经营的种种优点，在成本上加重了。

破坏了原蚕的产量，造成了茧荒；因为粗制滥造的结果，外销是呆滞的。

由于日本帝国主义的摧残，更加上国民党反动政府的变本加厉的破坏，无锡的丝业达到了最不景气的场面。

请看国民党反动政府是怎样在摧残这民族缫丝工业的：

在国际市场上，日本帝国主义对中国丝的排挤，是毫无政治上的对策的，这是国民党反动政府一向的作风，已经是不值得奇怪的了。

统制。国民党所最拿手的“政策”，就是“计划管理”，其实是闭门造车式的盲目行动。这里可以举出几个例子：

国统下的蚕丝行政机构，对养蚕地区和蚕种分配量和产茧量是根本没有精确的统计的。各地收茧的机构做事到了荒谬的程度，有的地方收下的茧子过剩，有的地方则是想卖都卖不出。农民和厂方都受了大损失。“官营”的机构却发了财了。盲目的生产，造成了成品累积的现象。燃料统制，厂方因为买不到煤而停工的事更是家常便饭。

国民党更还看不起小厂，硬性规定在八十部丝车以下的厂不许开工，口号是减低成本，其实是垄断的借口，结果造成的是兼并的事实。

钞票一张张不负责任的印出来，国民党的伪蚕丝协导会却硬性规定了“代缫费”，厂家算是包工性质的替他们工作，在恶性通货膨胀下面蚀了血本。

这结果就是解放之前的各厂的全部停工。

解放了。客观的困难，由国民党反动政权所造成的种种恶果，依然在那里。外销并没有打开。各厂的元气损伤已经到达了不能动转的地步。本年六月里，春茧登场了，厂家没有一点收购的力量，开工后的产品销售也没有把握。可是人民政府是不能看着这个有着光辉的传统的民族工业就此僵死下去。苏南蚕丝公司（现在是中国蚕丝公司苏南分公司了）拿出了资金，委托厂商代购，一共收得春干茧四万市担弱。这样，解决了农民的春茧的出路，也解决了丝厂的原料。

可是丝价太低，和茧子的成本脱了节。一再延迟到九月底，才在中蚕公司的扶掖下，无锡有二十二家丝厂，三千部丝车可以开工，每月可以生产九百担丝。

更值得提起的是在人民政府的劳资两利的政策的感召之下，丝厂工人自动减低了工资，由解放前的每天五升至六升半米减到每天三升二合八勺。

给帝国主义和国民党反动政权摧残得奄奄一息的中国缫丝工业，现在又站起来了。这事实不是偶然的，更不是轻轻易易就能做到的，这里面有着人民政府的大力支援，有着资方和劳方的精诚配合。这成果，是应该怎样为人民所珍惜，爱护，记住的呢！

苏浙皖——太湖流域的丝织业有一大部分集中在无锡。目前中蚕公司所规定的每月丝的产量，无锡占九百担，浙江是七百担，上海二百担。在产量上，无锡超过了浙江全省和上海。

在战前，最盛的情况，无锡的十万产业工人中，丝业要占到七万人左右。

战前，出口换外汇的是丝，现在出口的则是绸了。上海的绸厂，每月所需要的生丝的数目是二千担。从前丝价最低时，每担丝只合到十四石米，现在好转了，每担丝价在一百十几万人民券左右，要合到四十石米的光景。

在美成丝厂里看见了在辛勤地工作着的女工。她们这还是开工的第二天。给反动派摧残得停了工，现在又在人民政府的支持下重新拾起了旧业，不用工厂负责人的介绍，就从那些天真而朴质的脸上，也可以看出来工作的愉快。工资，已经不再是她们所最关注的问题了。她们要用开会的方式，和资方一起解决。她们现在所关心的是工作。

又拿起长久疏远了的蚕茧的时候，手在颤抖着。这够激动的，总要十天半月才能恢复多年练就的熟练的技巧。第一步，先得从一大筐一大筐的茧子里选择，选出纯白的茧来，黑的坏茧放在一边。第二步是把每个茧子放在卷动的机件上剥去它的外衣，那一层层毛茸茸的东西。然后才是煮。坐摇机前面的一层水槽上弥漫着一层水蒸气的白雾，茧子就在这热水槽中间漂浮着，她们从水槽里捞出了一个个溶去了胶的原茧，拣出了丝头，缠在机件上，急速地转动的结果，丝就缠成了一卷卷的丝轴。

这真需要技巧，怎样选取那第一根丝，怎样接上断掉了的丝缕，只要看她们在热水里浸排得发白了的手掌，就知道这份熟练的技巧，是怎样辛勤获得的果实。

卷好，烘干，编成丝束，像绒线一样地扎成支，贴好了商标，雪亮，发着耀眼的银色的闪光。只要花费五小时的时光，一筐筐雪白的原茧就变成了一卷卷的生丝，八百斤官茧可以作一关担生丝（重五百十斤）。蚕蛹是上好的肥料，归宿是在水田麦地，剥下来的茧衣是弹丝棉的原料，拣剩下的坏茧也还可以制造次级的较黑的丝。没有一些浪费，没有一些多余。

丝是怎样缫成的？我想在今天，这个问题已经不再是一个纯技术的问题，一个优秀的工程师的答案不能使读者全部满足了。真是一个政治上的问题，政权是人民自己的了，民族工业才不会遭冷落，被摧残；才会受照顾，得帮助；人民的工业的远景，就跟那拿在手里的初出厂的丝束一般，光华耀眼，啊，好一派锦绣的前程——

荣德生和无锡的棉纺业

荣德生

在无锡的小巧而整洁的城西的一个角落，沿西溪的一条小巷子里，住着中国民族资产阶级的代表人物——荣德生先生。荣先生今年七十五岁了，生了三个月的病，最近刚刚可以坐起来。

一个清早，八点钟，我走进了巷子里的一座黑漆木门。眼前是一个小小的花园，一位头发几乎全白了的老先生，站在厅堂的走廊上。上身穿着白粗布小褂，下面是灰士林布裤子，扎着裤脚管，一双布鞋。精神很好，房子里从地上堆得高高的是一包包报纸包着的旧书。坐下来以后，他先谈了一些替大公图书馆买书，和替另一个博物馆买些金石陶俑的事。这就是这位老先生的工作和消遣了。事实上，他还并不会放下他肩上挑着的那一副重重的担子，他可以随口报出他的纱厂里的造纱的成本：电气占多少，原棉占多少，利息占多少，工资占多少，卖价多少，要贴出多少，清楚得很。然而他的兴致仍旧是好的。这可以看得出，从他的有时激动的语气上看得出。

中国真正的民族资产阶级，在生长过程中间，是一直遭受着种种的灾害与打击的。荏弱的早就倒下去了。只有有勇气奋斗的才能生存。荣先生就是在多少次奋斗中间爬了出来的。他没有消极，对这次的匪帮的封锁加给他的困难，更没有消极。

在他七十岁的生日的时候，印行了一本《乐农自订行年纪事》。这是他自己写的从一岁到六十岁的生平纪事，文章非常朴素而干净，坦白极了。到上海以后，我才找到这一本书，在看书的时候，再回忆坐在他无锡家里的半小时的会谈，回忆他自己述说七十年来的生活经历。很鲜明的一个印象，就是他一生奋斗的成就，很重要的原因是他自己的那一份信心。在光绪三年，他记下来一段故事："理应说话而不言语，祖母父母均恐为哑子。细看有小舌，知不哑。祖母力言将来必是大器晚成。"八岁的时候还没有上学，人家都叫他二木头，他又记自己在经过父亲的试验以后，怎样会识字读书，怎样并不是一个"木头"。

这种记事，在以后随处可见，在他的谈话中间也可以听得出来，不过这与傲慢是有距离的。倒是那种坚决的毅力，可以拿来配合在一起看。

光绪二十六年，李鸿章在广东办涌流金矿，随员来约他去办事。这一次使他打定了"作新事业"的思想的基础。"企业家利润的追求"是造成竞争、造成资本主义发展的动力。"吃着两门最妥"，于是就办面粉厂，办纱厂。找洋行，要样本，集资三万元，每天产量三百包，这就是茂新面粉一厂。

当时无锡的秀才，怕工厂的烟筒破坏了“风水”，同他很打了一场官司，结果还是他胜诉了。抗日战争时，日本帝国主义一把火把茂新一厂烧光了。战后他的第一件工作就是在太保墩把茂新厂重新建立起来。

这都可以看出他的做事的韧性，从他的叙述中间，还可以感觉到当时（光绪廿七年）和那些顽固的乡绅秀才奋斗时的情景，真是和传奇一样的可笑。想想这是一位从十九世纪奋斗到现在的人物，从办“实业”经过漫长的道路走到“民族资产家”的人物，心底不禁肃然，好一部近代中国民族工业发展的历史。

他时时不忘添新机器，事实教训了他，机器新，原料好，就能赚钱，否则就是亏本。可是一次两次上外国去添机器，都添不起，他想到了自己仿造。在袁世凯窃位做总统的时代，他上过条陈，结果自然是没用的。可是他自己却在无锡办了天元实业公司和开源机器厂，专门制造生产的机件。这位老人并不是只靠向外国买机器了事的人，他有他自己的见解，自己的看法，不是只看看“机器样本”就满足了的人。

振新纱厂发达以后，他就计划添厂三所，上海，南京，郑州。“董事会闻之大骇，谓若此即赚钱，股东永无希望拿得现钱。余谓要拿大钱，所以要大量生产。照三万锭，能赚钱何?”坦白地说明了他的“再生产”的主张。结果是拆股。申新已经有了九厂，振新却还是振新，寂寞地留在无锡。

中国的民族资产阶级，产生在封建经济结构被外国资本主义所破坏的过程中。帝国主义的侵略性，决不能容忍殖民地有独立而发达的民族资本的，这样，帝国主义来了无情的打击。然而他却并不完全投降，倒向官僚资本主义集团；也没有向帝国主义投降，而成为买办。解放前夕，匪帮要他迁厂，要他到广州去，他都没有动。甚至还假造了他太太在沪病重的消息，他赶来一看不确，仍旧回到无锡去了。在这以前，他还经过匪帮的一次有计划的绑架勒索，真是受尽了打击，然而他没有动。

他相信中国旧的一切。在他的自述中，可以看到很多风水，相面，示梦，扶乩的记载。这次生了病，打几针配尼西林马上可以好的。然而他却不肯，用中国旧法，挣扎了三个月才起床。

经过这许多困难，他还是有他自己的信心。他对人民政协所产生的民主中国的新政府抱着无限的期望。他告诉了记者他的高兴，他的对新中国建设的光明远景的乐观的看法。他明白，他要想站得更牢，把自己的事业经营得更好，他是非参加工农小资产阶级的革命队伍不可的。

七十五岁了，他每天还非有工作不可。生了病，睡在床上，还替图书馆买书。他冲动地跟记者说："空闲着无聊，买书也是我的积极的表现呀!"他计划着突破封锁以后的种种，他已经定好了的机器来了以后，他预备装第二个厂，"旧机器老了，非换新的不行呀!"

是这样一种坚毅的个性，让他能有今天的成就，让他能更进一步参加新中国的建国大业。

在扶掖下健壮起来的棉纺工业

无锡的棉纺工业，在本年八月开始成立了一个联营的机构，这个机构是无锡的十五家纱厂联合组成的。通过了这个机构他们合力解决了原棉采购，和推行花纱布物资交换的种种困难，在人民政府的照顾之下，他们解决了不少困难，同时他们也学习了在新的经济政策下面新的经营方式。他们搞通了思想，只有联合，才可以发展。大的厂可以照顾小的厂，实力雄厚的可以照顾实力薄弱的。至于权益则是按照各厂的纱锭数目分配的。比如说，原棉的分配，和从政府借到的款项的分配，就都要按照这个原则来处理。

照过去的情形，每一个厂都有他自己的营业方针和做法。举例来说，收棉花，每一个厂都得派专人到产地去。厂小的就不能每一个产地都顾到，结果是只能在较近的地区收得高价的原棉。而且在价格上，也往往高低不一，在小厂，是往往要吃亏的。现在有了联营的机构，这一切，就都可以集中办理了。

这个联营机构的股本，是由各厂筹集的，数目是人民币十亿元。同时他们觉得无锡没有公营的纱厂，想请建中贸易公司投资五至十亿元，起带头的作用。

工作计划第一是收购原棉，希望每月不少于一万五千担。其次即是加强城乡物资的交流，避免中间商人的剥削，自己来推行花纱布的物资交换。他们有四个目标：

（一）请求市工商局，层转苏南工商局，华东区财经委员会，统筹全局，划分地区。使本地之纱布成品，与某一产棉地区进行花纱布物资交换。

（二）通过建中公司与产棉区之公营公司，进行纱布成品与原棉之物资交换。

（三）与产棉地区之合作社及棉商，进行纱布成品与原棉之物资交换。

（四）遵照华东区外销机构之指示，争取外销机会，交换外棉进口。弥补目前国棉之不足。

目前无锡各厂的主要克服困难的目标是原棉的供应问题。

十五家纱厂，一共有二五九六七二个纱锭，从今年新花上市到明年新花涌出之间的一年需要的棉花数量，可以作出一个比较科学化的精确的统计来。

如果全部纱锭如数开足，纺的纱以廿支纱为标准，一部分需要配合纤维，生产细纱或粗纱的统扯在内，每个锭子每天需棉 0.9 市斤，每天总需要量是 2337 市担。按照习惯，每月的工作日是廿六天，需棉量是 6076 三担，全年需棉量该是 729159 担。

棉纱一件所需的原棉大约是 420 市斤，照这个标准，每年可以生产 173604 件纱。

目前他们收棉主要的目的地是南通，东台，郑州，泰州，开封等处。各处的纱价也有参差。照八月底的价格，东泰二地花价最高达九万元；南通的粗绒价八万七八千元；郑州的花价最贱，而花纱只有七万二千元。这一个事实也可以指出产棉区和制纱区的不协调，也可以反映出来迁厂就原料的政策的准确性。

从徐州经过淮阴到无锡市的原棉运输已经由申新纱厂试办成功，公路全程一共有440华里。运费汽车每辆根据华东运输公司九月上旬的价钱是二十八万四千元，驳费在外。每部车子可以装铁机包十六七件，木机包20件左右。经河流船舶运输的是要经过淮安、高邮、扬州、丹徒、常州再到无锡。木船费每吨约二万八千元，装费每件千余元。

九月上旬，建中贸易公司为了照顾存棉量少的厂家，举办了一次换纱配棉的工作，配棉的数目是五千市担。原则是多缺多配，少缺少配。停工的厂不配，存棉量超过需要量的也不配。这次配棉在市工商局的指导下，大体上做得是可以满意的。

建中贸易公司的换纱配棉的规定，是原棉上机以后十天，由各厂缴纱三分之二。

人民政府在各方面都在照顾、扶掖这个刚在学步的婴儿。中国的民族工业应该走什么路，由于事实的教训，和在协助中间和政府的接触，他们真的已经学到了很多。

举个例子。振兴纱厂，自八月十五日因周转不灵而停业了。政府看到了这个不幸的事实，市劳动局和工商局都出来指导帮忙，向职工方面不断地商议，资方顾念到停工以后劳方失业的痛苦，劳方也体谅了资方遭到的困难。终于在政府的指导下面九月五日得到了协议，职工自愿减低薪资，来减轻生产成本。可是工资却还要设法提高，方法是增加工作日数，由十二天增加到十六天。九月六日已经复工了。

同时路局方面也派人来了解纱布外销的情况，准备在最近积极增加车皮，发展华北方面的运销业务。

真像一个小孩子一样，有了什么困难，有了什么需要，马上就去找政府要求解决。据记者所了解的情况，纱业联营处，真像是一个纯真的孩子，是一点都没有什么保留地去要求这个那个的。像要求人民银行办理押汇，便利他们去采购原棉。像请求苏南行署拨给配棉。后者经华东局财经会贸易处的批示是“俟华中华北运到再配”。他们就冉请行署工商局，“请求预定配额，直接运锡”。在这许多地方，真像一个撒娇吵着要糖吃的孩子。

可是现在政府可不是糊涂不管孩子，或溺爱孩子的了。她有一副全心全意照顾孩子的心，可是却有着清明的理智，她不能让孩子营养不良，可是也不能让孩子吃出毛病来。

联营处的负责人告诉记者：“唉！为我们的事，工商局的负责人，又坐夜车到上海去请示了！”这是真诚的表露，他们是真心喜爱着这个爱护他们的政府的。有什么困难，他们会毫不保留地向她去倾诉的。

就凭这点真诚，这点团结的爱，我们看得清清楚楚，私营工业的健全而茁壮的前途。

社会科学者眼里的南京

鸡鸣寺路还是那么静，也许比以前还要更静一些。研究院的古宫殿式的房子还是那么安稳地站在那里，走进去，觉得比以前要安闲得多了。觉得这实在是一个好好地做研究工作的所在，再也没有了文化战犯傅斯年的那个肥胖而丑恶的影子。傅在临走的时候，把整个的历史语言研究所的图书标本古器物都盗到台湾去了，还带走了差不多全部的工作人员。可是还有丁声树、梁世镕、夏鼐三位留了下来，后边两位还是傅的得意门生。

现在在南京，研究院还留下了地质、社会两个研究所。被匪帮搬到上海的气象、天文、物理三个研究所也搬回来了。现在的行政分属是沪区和宁区的两个院务委员会。

在一个初秋的晴朗的早晨，我访问了留院的社会研究所的负责人——巫宝三先生。

在过去，中央研究院不过是反动政府的一个花瓶式的点缀品，一个装点文化门面的东西。经费是可怜的，更加上朱家骅、傅斯年之流的统制，这个研究机关只能做一些死样活气的工作。实在说起来，除了房子漂亮之外，中国人民是并不觉得它的存在有什么意义的。

解放后三个多月，一切粗粗的安定了下来以后，南京的人民政府马上就交付给研究院的社会研究所一项重要的工作：请他们发动南京大学的同学，以南京的工业、商业、手工业为对象，作一次普遍的调查。

要了解一个城市的过去、现在和将来，要决定建设新南京的正确的指标，除了社会科学研究者之外，还有什么人可以值得请教呢？人民政府就是这样地利用了专家们的学问和智慧。

他们这一次的调查工作，就巫宝三先生所说，是从来没有过的成功。无论从工作态度和研究方向哪一点看来都如此，他们动员了一百个调查工作人员，工作在十天以内完成。为了诚心诚意地了解而改变这个城市的性质，研究调查者——一大半是南京大学的同学——在市府领导之下，尽了最大的努力。他们只接受了南京市人民政府的每天四十元的茶水费。这一次调查恐怕是有史以来所没有的最经济的一次。

根据调查的结果，在几十年反动的政权的统制之下，南京这个城市的工业的基础是非常薄弱的。它是一个贯通安徽与苏北经济关系的枢纽——大部分还没有脱离农村经济的范畴。南京的经济区域，和安徽特别有着关联，农产品和工业原料，多半经由津浦线和长江由安庆方面运来。这包括了杂粮（黄豆）、麦、米、油、生皮、鸭子、蛋、猪鬃……从南京运去的则是本地的和上海运来的轻工业产品。所有的工商业都是在这个大前提下面生长起来的。而经过匪帮的无情的压榨，这点基础现在也已经是非常脆弱的了。

南京的小型机器业（有每厂只十几个工人者）不过只有七八种。有二家纺纱厂。钢铁机器业比较最多，事实上一大部分还是供应农村需要的铁匠作；电镀、水电工程也算在里面。大的面粉厂有二家。榨油厂一家。还有土制卷烟、碾米厂（目前有过剩的现象），和一个国民党匪帮的花瓶工厂的中国农业机械公司。

比较值得注意的是手工业。小型的织布业一共有七百八十多家。这些都是手工业的织品，销路在津浦线的蚌埠徐州一带，一直到开封。这是一种家庭的手工业，因为价格的低廉，和织品的粗重，在农村里是有很大的需要量的。至少在现阶段，有很大的发展的希望。

还有就是牙刷业，虽然是手工，但是可以立足，也可以发展的。

最惨的是绸缎丝绒厂。在民国初年，曾经盛极一时，有过三百架机子，现在只剩下了四十几架。绸绒的销路是东北，所以这一业的前途也是颇光明的。还有是制革业，因为技术差，所以产品也不好，只能用于布鞋的皮底，只能向小城市行销。

最值得注意的是猪鬃和鸡鹅毛，在过去，曾经是大量的出口货，弄得战犯孔祥熙和张嘉璈都红了眼。孔在蚌埠开了劝业公司，张开了南洋公司，都是打的这两宗出口货的主意。

这在将来的出口贸易上，是值得特别注意，有着极大的发展的可能的。

还有就是目前停顿将来可以发展的打蛋业和养鸭，农村里的蛋的来源是非常广泛的，但几个很大的打蛋厂都被抓在帝国主义手里，将来一定要由人民自己拿回来，好好的经营。南京的板鸭是全国都闻名的，在国内，是一般中上层阶级的消费品；可是制成罐头，就是很好的出口货。最盛的时候，每年鸭子是产量达一百万只，其中有三四十万只是制成了罐头的；这对农村经济有极大的关联。农民以养鸭为重要的副业。东北的工业发达，人民的生活正在提高，需要有大量的肉松，这种鸭肉可以大量的制成罐头送到东北去。

根据上方简单的分析，读者也已经可以明白，南京这个城市的性质了。它从乡下吸收了大量的农产品，把上海的百货布疋送到农村去。南京本身呢，在过去，它并没有什么生产，它只生产了一大批一大批的官，腐败而贪污的刮民党的匪官，而这批匪官，是要大量地喝人民的血的。

南京萧条了，为什么？因为清除了这大批匪官，没有了特殊的消费阶级。

过去南京的建筑业曾经盛极一时，这跟反动的政府是有关联的。砖瓦、木料、五金、水电工程和做门窗零件的小型铁器店都曾经盛极一时。可时，现在再也不需要起造什么“官邸”、大厦，畸形发展的这些小工业就落空了。

南京的一定要成为一个工业的城市，不但是真理，而且是事实所需的必然。要建造这一个工业的城市，一定先得弄清楚市场的需要和原料的供应。农村的大量需要，说明了农业器械改良的必需；面粉制造应该加工；大型的机器厂，炼钢厂，因为原料供应的方便，都应该建设起来。

从社会科学者的研究结果，我们看清楚了南京的光明的工业建设的远景。而且也擦亮了我们的眼镜，不会为目前的萧条景况弄得迷惘、糊涂了。

司徒雷登夹着皮包走了以后

南京似乎命定是个给诗人预备下来"怀古"的城市。打开古今人的诗集，碰上金陵，必是怀古。"古"而可"怀"，那一定是有值得留恋的所在。而那内容，又大抵与作者的立场和出发点有关，很有不小的距离的。南京现在是变了，大大地变了，给国民党反动政权盘踞了二十年，也就是被帝国主义的黑手抓了二十年以后解放了。南京的市民，中国的人民，自然很明确地感觉到了这些差异，可是他们对于"古"却只有深深的厌恶，无"怀"之可言。他们只有为新生的南京而欢跃。至于"怀"，我想还是有人"怀"的，譬如说，那一批靠洋人吃饭的所谓"民主个人主义者"，想卖身投靠而现在却失去了机会的东西们就是。那么，现在就让记者供给他们一点资料吧！

司徒靠了他在中国"传"了几十年的"道"的资格，觉得自己很吃得开，"三教九流"，无不多少有些渊源，所以他能被马歇尔看上而出任大使，也因为这个，他在南京解放前夕，还不离开，他原来是想"大有作为的"。这从几件小事上都可以看出来。

南京的“美国新闻处”，在解放前夕还想大事扩张，想把新都戏院的福昌大楼租下来作办公室，准备大干，增强宣传效果。不料这第一个触须，就大大地失败。解放以后，原来伪司法院对面的“美新闻处”的情形就落到了“凄凉绝代”的地步。这样，还有什么开辟新战场的勇气呢？于是只好回到宁海路五号的马歇尔的公馆里去。因为那里接近外国人住的区域，又和教会学校的金女大相距很近，想总可以吸收另一部分人的吧。不料事后发现，去借书的人，中国人和外国人几乎是等量齐观。拉人看电影，也没有人去。那“成效”是可想而知的了。

美使馆里，曾经有一批自命为“中国通”的人，在解放前组织过一个“汉学会”（Sinological Society）希冀与南京的学术界、教授……取得联系，进而拉拢一批“可造之才”，可以成为“民主个人主义者”的材料。不料解放以后，“中国的自由主义者或民主个人主义者们，也大群地和工农兵学生等人一道喊口号，讲革命”。他们又遭逢了冷落。

司徒在解放之初，倒还颇有兴致。比方说，有一次国民党匪帮空军来骚扰，司徒就在望远镜里看，关心得很，问别人：“炸了电厂，水电没有了怎么办？”可见他对送给反动派的飞机的业绩的关怀了。后来兴致慢慢地差了下来，汽车限制只能有五部（包括卡车之类在内），城里的外侨不能上玄武湖去，下关的外侨不能进城，于是就深居简出，沉默寡言，一天到晚蹲在上海路八十四号他那所玻璃房子里面。对着几十年来燕大校友送给他的纪念品和中国字画出神了。

七月四日，是美国的国庆日。往年，玻璃房子里的热闹还了得？各国使团和国民党的狗官，再加上所谓“名流”“贤达”之类，玻璃房子都要挤破了。今年，是放假一日，毫无举动，冷冷清清，真是“怀古”的好题目。

解放以后司徒在公开场合露面共有两次。此外就是过了一次生日。一次是《纽约时报》的记者李勃曼和他自己的女秘书的婚礼，由他证婚；另一次就是他临走以前招待全体职员的茶会。两次都没有讲过话。可见其意兴之阑珊。

三个月的时间，使他深入地明白了投机生意的无法进行。于是准备回国。人民政府不承认这个使节，他只有自己去办离境手续。在伪外交部的原址，是外侨管理处，管理处的负责人，就是燕大的校友。司徒离境的手续和别的外侨一样，要找两家铺保。那架美国飞机，解放前就停在南京的，在起飞前要求试飞，而且还要求过飞到台湾再飞回南京那样的试飞，结果不准。最后终于告别了做过几十年功夫的国家，和那些纪念品。他上了飞机，没有带走一点，只带走了一名“美侨”傅泾波。（另外还有九名美侨。）

司徒走了以后，他的那些下手就更不行了。“美国新闻处”的房子，中山路三五八号，是从前的新华日报馆。一年多强住，没有交过房租，让他们补交，推三阻四。不交是不能离境的，结果还是交了。

解放了，这些家伙们说的是：“站在人道主义的立场上，发一点钱。……”瞧，美帝的“慈悲”面孔！

美使馆也发生了“劳资争议”。马歇尔公馆里开起了群众大会，扭起了秧歌，唱起了“跟着共产党走”。决议，如果没有结果，不许参赞离境。在外侨管理处声明好了。琼斯马上露出了一脸苦相，对同人说：“你们何苦跟我为难，我要的就是一张离境证！”后来他偷偷去管理处说谎，说已经没有了问题，结果给工友查了出来。

颐和路二十一号的海军武官处发给雇员的遣散费，只有七天薪水，却骗别人在英文的三个月遣散费的收据上签字。最后老羞成怒，说工友“偷听消息”，无理把工友关在院子里。结果是在人民政府调解之下向工友道了歉，认了罪。看，这就是美帝的流氓伎俩。

于是“一等秘书”在美侨中间发出了秘密的通知，“怎样对付中国用人？不要得罪他们；离职以后不许他们再来……”

好了，好了，这些尽够“怀古”怀个老大半天的了。是谁把几十年来，特别是抗战结束后三四年来，美帝的熏天的气焰扑灭了的呢？是谁让人民能够真正呼吸一口自由的空气的呢？这是中国共产党，是中国人民自己的力量！

不再做花瓶

——记中国农业机械公司南京工厂

在南京明故宫后面的大光路，有一所很精致的小工厂。说它精致，因为这个厂的确造得很好。厂房、机器都是崭新的。由形式到内容，都新。这工厂并不大，只有一百零四个工人，二十个职员。这个厂虽然小，然而却值得重视。这是一个反动政权手里拿回来，由人民自己细心的培养，慢慢健壮起来的工厂，值得做每一个范例提出来的。

我们不妨先看看它的出生的历史。它的前身是国民党反动派CC系统之下的一个点缀品。由伪农林部、中国农民银行和官僚资本的贵州企业公司合办的。后来美国的“善后救济”物资大量运到，为了报销，为了分配这一笔财富，为了讨主子的欢心，反动政权在一九四六年下半年接收了六万多吨器材，开始建立一些敷衍报销的厂房。

在南京办这个厂，那原因，完全是为了“中外人士萃集之处”，要“给予这个计划有关的各方面……和中外人士一个信心。”（见该厂旧存的概况说明）这动机很简单，不如此就不能再要到更多的“物资”，就不能再多揩油。

中国农业机械公司在反动派的手里，那全部的意义就只是一座花瓶，也就是广告品，为了骗得更多的施舍的鱼饵。

有一个事实就可以说明这种可笑的特性了。从去年十月开始一直到南京解放之前，这个厂只卖掉了两部碾米机。自然，这种内幕新闻当然是不会给“美国主子”晓得的。

这个厂的性能可以说是一座机器制造工厂。农业机械可以造，别的机件也可以造的。它有（一）制造工场（二）范铸工场（三）锻工场（四）保养工场四个部门，房子都是最新式的设计，里面的机件全是美国的新式母机。钻床、车床、铣床、刨床、冲床、磨床、龙门刨床、电焊机等应有尽有。范铸工场里有冲天炉，溶铜炉，制模机，泥心机，电动吊车，磨砂机等设备完善得很。这个范铸场，实在已经和制造厂失去了平衡，太大了，制造厂的能力消化不了范畴出来的待制品的了。这也可以看出反动派草草从事只图交卷的荒唐作风。

南京回到人民的手里以后，军管会接管了这个厂。在六月廿三日正式复了工。你想，这样一只美丽然而脆弱的“花瓶”，要使它自给自足，就是一个大大的难题。最初，军管会采取了辅助政策。自己开碾米厂，用自己所生产的单型碾米机来碾米，供给市场的需要；同时因为厂本身的性能的并不专门，只做了些普遍铁工厂的生意，替南京汽车公司改装了四十部木炭汽车。这样，用了打游击的方式，立定了脚跟，碾米的盈利有三百多万。

厂立定了脚，于是生产的方向就完全改了过来，为广大的农村的需要服务了。

他们八月份突击生产的数量是：二百部轧花机，二十部八寸抽水机，一百部玉米脱粒机，五十部改良犁，廿部牵引机木炭炉，卅部汽车木炭炉。

从这里可以看出一个主要的差异。从前在反动派手里，生产计划是纸上谈兵，机件是抄袭美国，中国农民要不要用却不管。现在则是顾到了真正的需要才设计生产的。那些新出品差不多全是按照实际需要设计的。还有一种弹花机，也是最近的设计，也已经出了货。

南京的贸总，为了密切联系城乡关系，发展生产，向他们订了一大批轧花机和弹花机，还替他们搞好了代销的关系，在界首、蚌埠、合肥等处设置了办事处，把农业机械更大量地介绍到农村中去了。

比较最为农民所需要的机械是（一）单型碾米机——每小时可碾白米十担，动力需要是一架八匹马力的马达，价格是中熟米十二担；（二）脚踏轧花机——每小时出皮花十四市斤，动力需要是一个人的脚踏，价格是中熟米七担；（三）五齿中耕机——每小时可耕田一亩至二亩，还是由牛或马拖引，价格是中熟米二担五斗一部。

弹花机安徽北部来订货的特别多。有一件事实，使厂里的员工都感动极了。安徽无为的一个农民，在报上看见了他们生产的消息，车了自己米，从乡下赶到了南京，亲自问路，摸到大光路（这是在明故宫后面远远的西南角上呀！）。用了二千三百多斤糙米，换去了两部轧花机，包括了全部的零件和运费。

这个事实使人感动极了。中国的农民并不是像反动派所想的那么愚蠢，那么安于落后的生活，只要有好机械的供应，而不是“花瓶”，他们是不怕千辛万苦来购买、使用的。这一件简单而微细的事件，就说明了中国农业工业的交流的光明的远景，保证了农业工业化的必然的成功。

记者在厂房里走出来时，就正遇见了一部大卡车，向从前的车房，现在改成了米仓里运米。工人们高兴地将一袋袋的白米从汽车上搬下来装进去，这就是他们亲手制造出来的机械向农村里交换了来的农产品。

工人的工作情绪好极了。自动地星期天不休息，下班后还继续工作四小时。他们看了电影的《桥》，满意，更增加了他们生产的兴趣。

他们积存了不少汽油。现在正用油向无线电厂交换铁，来作原料。

职工真正做到了精简的地步。以业务部门来说，管仓库、管材料、半成品和成品的储藏运输，购料和营业业务，一齐在内，只有四个人。

从前文书有七个人，现在文书兼总务却只有一个人。

最近他们改组了行政机构，由工人参加了管理。

人民政府派了专人到苏北去，在射阳县、监东县买了五六十部机器去示范，提高农民的对生产机械的认识和兴趣。

厂里又组织了去东北的参观团，车工赵传仁也参加了，他们要到大连去学习农场的管理。

一片新气象。这个厂的改造、发展，正说明了人民政府的工业政策。它虽然是一个小小的厂，却实在值得大大的注意！

侯德榜与永利

侯德榜

记者从南京乘船上溯长江，到了卸甲甸永利硫酸铔厂的时候，没有能够看到侯德榜先生，是很觉得遗憾的事。正巧前两天，侯先生从北京到上海来，在他百忙之中，去看了他一次。我觉得在记述我在永利铔厂的见闻之前，有必要先说一点有关侯先生的事情。

侯先生是永利化学公司的创办人之一，范旭东先生死后，他就是永利的总经理。然而他却并不是能用“民族资本家”这个资格限制了的人。他其实还是一位在世界上有崇高地位的化学工业家。就记者在卸甲甸铔厂和上海永利总公司所得的印象说来，侯在这一个中国最大的民营化学工业机构中间是起着一种说不出来的“领导作用”的。从铔厂里的劳动工人职员到总公司的高级职员，看见他都有那么一种崇敬的心情。在记者和永利的工人谈话的时侯，他们提起“侯先生”，不由得脸上都带着肃然的表情。这是诚恳的表露，并不是说到“老板”就非起敬不可的那一路。

永利的工人多半是天津人。他们生长在北方的海滨，七七抗战，日本帝国主义的炸弹第一下就炸到了他们的碱厂盐厂里，他们于是随了范旭东侯德榜出走，到了四川，在自流井五通桥又建立了新的基地。在抗战中间的大后方尽了一份民族工业的任务。抗战结束以后，重返家园，又在敌寇破坏以后的旧地上建起了新的永利。硫酸铔厂，也是抗战前即已建立起来的，未及开工，即遭破坏，战后重新开工，工程师是侯自己，工人呢，还是那些天津跟了出来的老工人。

记者感到这是一种很不经见的事实。工程师和工人结合得这么好，像一家人。他们中间的感情，是多少年的患难中间巩固了起来的。永利的主持人，没有把赚来的钱到美国去买了房地产，范旭东还是在一次对外借款中间，因为战犯宋子文的以加股为要挟交涉中间中风死去的。厂是老板的，老板为厂而死；厂也是工人的，这在新民主主义的经济政策下面，工人阶级已经有了彻悟，彼此都有着“主人翁”的感情，于是他们的配合就更好。记者感觉到的印象是如此的。

侯德傍——自然科学工作者代表大会筹委员会政协代表——从人民政协会回来，他对共同纲领中的经济政策，觉得是无比的正确的。怎样在公营的领导之下，私营企业共同来努力促进经济的繁荣，他以为这应该把种点放在怎样努力推行这个政策上。他特别强调了，当前的中国农业要向工业化的路上推行的一点。毛主席指出了“公私兼顾，劳资两利”的原则，他以为这两句话是太正确了。后面的一句是前提，前面的两句是结论。“公私兼顾了，劳资两利了，然后自然会大大的发展了生产，繁荣了经济，同时公营私营的企业在不背原则下共同努力，才能加快经济繁荣的速度。所以私人经济在新民主主义阶段，仍是四个朋友中的一个，也是经济建设中因素的一环。现在政府所以不但让私营经济存在，并且协助推进，使他们发展，就是因为这个过程是必须经过的。只有这样国家才能很快的工业化，才能形成到国家经济阶段，才能使中国经过新民主主义的社会经济，稳步的走上社会主义社会经济。”

一位六十岁的老人，短壮的身材，穿着一套蓝布制服，显得好厚实。前面的头发已经几乎全秃了。说得挺好挺慢而清楚的国语，却仍旧掩盖不了广东话的尾音，嘴角常留着微笑，微笑一收，马上就又恢复了“肃然”的表情，从那眼神里，可以看得出一个科学家的真挚。

他提到政府对工业的维护，那真是“无以复加”了。中央人民政府负责财经方面的首长陈云和薄一波为永利帮了多少忙，费了多少心血。贷款，在运输上给他们多少方便，我想起了在卸甲甸看见的从石家庄运来的井陉焦。那都是铁道部特别派了多少车皮装来了的。

说到铔厂，他露出了笑容。前途是无限的。过去华南未解放，只能在华北找新市场，因为那边大稻少，所以肥田粉的销行有过困难，现在广州解放了，整个的华南要多少肥田粉呀！

记者提到他的研究工作。他说："哪能不研究？不研究马上就掉下去了。"现在永利的技术方面有三个负责的部门：工作部，研究部，设计部。研究部就是在试验新的化学技术的。侯说："当然，我们的设备也许多少差一点，可是我们的研究是不会跟不上人家的"。有多少位化学师在他指导下工作。这保证了中国的制碱工业的一直有着新的进步。

他就要到东北去，去多看看。他说这次回来，要多在厂里驻一个时期了，是应该埋下头来苦干的时候了。他想起了铔厂里的工人，他有点焦急，他想快些回去和他们见面。

这个厂和它的工程师

记者从南京下关码头踏上了小火轮，上溯长江。半小时后，望见江天开阔处有一片绿色，蓊蔚得好不动人。扬子江心，原若干个沙洲，洲上也有林木，不过却没有这地方来得引诱人。小火轮的速度慢了下来，慢慢地向江边靠去，这时，更清楚地，可以看见岸上的烟筒里冒出来的白烟。这就是三面环山，抓住南京水上交通门户的江苏六合县卸甲甸，中国重工业的宠儿——永利硫酸铔厂就在眼前！

从空气中间，提取了氧气；从水里面，取得了氢气，把这两样合成起来，就可以造出"氨"。把硫酸和氨结合起来，就是肥田粉——硫酸铔。

十一年以前，永利制出了中国的第一袋肥田粉。这中间经过了帝国主义的万般留难，因为这会抵制了他们的肥田粉在华的大量倾销。可是终于在范旭东先生的坚毅的努力下，制造了红三角牌的硫酸铔。

记者在厂房的旁边，队暗的角落里，看到了范先生的铜像。寂寞地站在那里，还没有装置好。

由厂方负责人领导，记者顺序看了一下这个厂。等于把学校里读过的化学公式慢慢地复习了一遍。

氮气工业和炼焦是不可分离的。因为氢气的制成，是用水蒸气通过焦炭制成的。而空气和燃烧的焦炭接触，就产生了氮气。近代的重化学工业，讲究的是利用天然的物质，而产品却一点都不能让它浪费掉。譬如说，副产品的炭酸气就得用水洗出来，收回来用在制咸上。而炼焦工业的副产品，就更让你数不清，从轻油、中油、重油，以至最后的沥青，都是修路的好东西。黑的是沥青，雪白的是“那夫沙林”(樟脑粉)，还可以提出颜料来。只要有一点点气体漏出去，那就是带走了一部分可利用的精粹。

在这厂里，第一个部门是“合成氨厂”。这又可以分成几个步骤。

焦气部——用水煤气炉制成水蒸气，通过炽热的焦炭，就分解出了氢。如果将空气吹入炽热的炭，产生的就是氮。这样取出来的氢和氮的混合体，经过氧化以后，都装在两支大“贮气柩”里。

“精炼部”——把上面的“粗气”中间的二氧化碳和一氧化碳去掉了。高压以后，送进了“合成部”。经过高温和高压，再由触媒的作用，(触媒是一个化学厂的秘密，公式人人会开，触媒就彼此不同了。记者看到两间试验触媒的厂房，这里是大抵不欢迎专家参观的。）氨就成功了。冷凝以后，就是阿摩尼亚。这样每天可以产生三十吨的氨。

接下去，我们看了硫酸厂。

永利的硫酸，是用钒接触法的，是个新方法。比化学课本上读过的“鉛室法”好得多。用黄铁矿燃烧，产生了二氧化硫；再氧化（加触媒钒）成为三氧化硫；再用稀硫酸淋在这三氧化硫气体上，上下逆流，产生了硫酸。

浓硫酸，每天的产量（最大的）是一百三十吨。

这样，有了硫酸，有了液体阿摩尼亚，把这两样东西打进饱和器，再打进氨气，吹进水蒸气，雪白的硫酸氩就结晶出来了。

硫酸氩厂，在我们去的时候，正冒着白烟。

记者的走马看花，关于这个厂所能介绍给读者的只有这个。可是在为了新的发电机而装设地锅炉地基那边，记者却遇见了年青的王品三工程师。

矮胖，粗黑的脸，戴着一顶法国式的钢盔，说一口东北话的这位辛勤工作着的工程师是交通大学毕业，美国实习回来的。他是“锅炉专家”，在国外学的是部分装置，现在要负责的是全套装置。没有了美国人，没关系，自己能来，我们的工程师一直向记者声述“分工”的重要，在大量生产上，是提高技术上都是必要的。然而在现在，他却咬着牙一个人在摸索，一个人做四五个美国专家的事，没有零件，找替代品，玩不通了，再来，他干得好。

积极，真积极，看那些产业工人。

为了赶年底以前派用场，他们加了班。动员了全部的铁工房的工人。

为了避免南京电厂断电的影响，他们准备装三个一千五百 kW 的发电机，一个已经装好了。两个还在装置中。一共有五套锅炉，三百磅的压力，六百八十度（℃）的水蒸气，三百磅的压力。每小时产生的蒸汽是四万磅。今年八月十五动的工，他们盼望年内能用。

他们现在有一部一千五百 kW 的发电机，南京一断电，就得增加负担，可是增加个百分之十却还不在乎。（加到一千六，一千七 kW）

他们缺乏钢管，没关系，拆下自己的旧管子，截长补短装上用。

更重要的是他们动员了全部的工人，技工厂的更积极，不是本行的也担着干，生手也不怕难，王工程师说："工人这种情绪，是从来没有看见的！"

锅炉架由中国桥梁公司承造，现在自己也在做。

打地基，他们等候着洋灰。希望在今年大冻以前赶好地基。

隔热器，没有能运到，找不到替代品。他们想在东北去找。

这一套锅炉有一种新式的自动分布器，煤加得均匀，在国内是新式，在全世界，也不过是十年里的事。

王工程师指着装置中的最新型的锅炉，和它上面搭着的席蓬，笑着向记者说："这真是摩登小姐戴草帽！"正是，这正说明了新生的中国的特征，那么朴质而辛勤的工作者在从事神圣的建国工作。然而他没有自满，更多的是焦急，怕落伍的焦急，他向记者探询中国可以向苏联和新民主主义的国家所能获得的科学的工业的协助、物质和知识。他指出了捷克，这个高度工业化的国家有很多可以借鉴的地方。

在记者离开这个厂的时候，在码头上，遇见了总工程师谢为杰，他正预备出发到东北去参观，去学习，去求取经验。新中国的工程师们，不但是辛勤的，而且是虚心的。

后记

这里收集了我在最近一年多中间所写的旅行通讯。

一九四九年五月末，大上海解放。三个月以后，我到沪宁线上旅行了半个月，回沪以后写了“解放后看江南”中的一辑报告。再过了两个月，我又经上海出发，经过南昌、赣州、韶关、广州到了香港，又从海路回到青岛，经胶济路津浦路到天津，北京。

在北京住了一个月，写了“新北京”一辑里的十几篇文章。

这是一个伟大的时代，飞跃的时代。在将近半年的行旅中间，我看到了那么许多动人的事实，精神上受到了述说不出来的感动。可惜能力限制了我，只能记下一鳞片爪的零碎的感印，而且又看得那么浅，那么浮面。我在重读校样的时候，深深感到了这样的缺憾。

我要重复地说一句，时代是飞跃的，有许多事象，在不到一年以后的今天，已经大大地不同了。有些新生的契机，已经孕育得更为成熟；有些就发育得更为茁壮；还有一些问题，则已经经过很好的修正，或不复存在了。

这是在复读校样的时候，感到了更多的愉悦，坚定了更大的信心的原因。

这一切说明了一个事实。说明了中国共产党的英明的正确的领导，他们的工作保证了新中国建设必然的光明远景。

作者愿意把这本渺小的书和这点激动的心情献给读者。

一九五〇年十一月二日　上海

和平鸽的翅子展开了

《和平鸽的翅子展开了》，散文集，1951 年 8 月平明出版社初版，列为作者与潘际炯合编的“新时代文丛”第二辑之一。

据初版本编入。

和平鸽的翅子展开了

法国名画家毕加索献给第二届世界拥护和平大会的礼物，和第一届的一样，还是一只鸽子。不过这只新的鸽子已经不再安静地休止在那里，它已经展开了双翼，已经在广阔的天空里飞翔了。这象征了和平运动已经在全世界普遍地开展。和平正在前进，她的双翼掠过的地方，扫清了乌云，带来了阳光。看了这幅画，我们就好像可以听见那悠扬的呼哨的声音，和平的声音。

这是这位伟大的画家赋予他的新作的新的生命，新的感情。

毕加索的画，是有名的。但是在一般的观众看来，却往往不易了解。他的那种立体的、新感觉派的画风，往往是会使人感到神秘不解的。这说明了过去他有一个时期，并未能太好地与群众相结合。可是这张和平鸽，却是素朴的，写实的，引起了全世界爱好和平的人民的视觉的共鸣，心理的共鸣。这说明了艺术怎样才能跟大众结合，和大众的情感揉在一起，达成新的伟大的历史的任务。

这是我们看了这张画以后的另一个感想。

十一月十四日

爱你的祖国

读了金燄同志所写的朝鲜和我，受到了深深的感动。

这篇文章里，渗透着最真实的祖国爱；也浸满了帝国主义对他的祖国侵略的血泪的片断。看他所写出的那些事实，读着这样的文章，你的血会一阵一阵的沸腾，你的神经会紧张得要爆裂。在这里，我们不禁记起鲁迅先生在一篇纪念革命者的遗文里所提出的比喻，这正像在搅着一盆血水，那血污的鳞片就在一片片地翻了上来。作为一个读者，读这样的文章，就有这样的感觉。

这篇文章的作者，在经过了种种磨难之后，寻到了他自己的路。——这也是千千万万人民的路。作为一个朝鲜的人民，他要在中国做好抗美援朝的工作，他要到祖国的战场上去做反帝的斗争；作为一个中国人民，就应该毫不犹豫地对我们的唇齿之邦的朝鲜做好一切援助的工作，因为我们的敌人是一个——美帝。

十一月二十二日

好榜样

朝鲜的劳动党党员，名演员黄澈同志在祖国解放战争中损失了他的右臂。他虽然损失了一只手臂，可是这却更增强了他为祖国的解放而斗争的勇气和决心。而且，在他的访问记中，我们更可以知道朝鲜的文艺工作者们，在他们的斗争过程中间，所遭受到的迫害、困苦，是有更远较失掉一条臂膀为甚的实例在的。他自己在演戏的时候，就曾经被反动派的特务扔过手榴弹，而且三次被捕入狱。这样的事例，作为一个勇敢地站在人民前面的艺术家说来，是太值得骄傲的光荣。是特别值得我们的文艺工作者们敬佩与学习的。

黄澈同志更介绍了朝鲜的文艺界的火热的斗争。这是最近的事，是在朝鲜的民族解放战争中所发生的一些事例。摄影师在最前线工作，甚至跑在人民军前面工作；演员们经常在轰炸中演戏，慰劳战士；他们在前线热烈地救护伤员。在战争中间，他们牺牲了不少位同志。他们的工作热情，更刺激了战士的斗志，更鼓励了人民的勇气。

黄澈同志最后指出，朝鲜文教界从未有像这次爱国战争中所产生的那么多那么好的发展与成就。

这是当然的事情。只要看，他们是怎样和人民结合起来的，怎样和战争揉和在一起的。有了这样的深入的真实的体验，有了这样的热烈的激情的鼓动，能不产生出伟大而丰富的作品来吗？

这一切，真是值得我们的文艺工作者们学习的。学习他们对祖国的爱、为祖国而献身的精神，我们也有同样伟大而广阔的工作在等待着，让我们很好地投入这次抗美援朝的火热的战斗中去！

十二月十五日

“跑马书”问题

旧连环图画的猖獗，是值得注意的一个问题。这显示了在我们的出版工作中间还存在着问题。只注意了新连环图画的制作，却并没有注意到旧连环图画的消毒。没有很好地对有害的根深蒂固的旧的堡垒做好好的检查、研究，加以彻底的消灭，结果它的隐伏、生存就抵消了新的辛勤的努力。

这正是一些落后的，只重图利的，甚至是由反革命分子利用的出版商的钻空子的好机会。正如筑堤，只注意把堤身加高，却忘记了检查堤身的漏洞，那结果是不可想象的。这不是很好的工作方法，现在加以及时地注意与纠正是完全必要的。

同时，也还应该注意的是“跑马书”依然可以存在甚至猖獗的因素。

“跑马书”的内容是神怪、迷信、武侠、诲淫的。这样的书还有一定的读者群，这说明了这里还存在着亟待攻取的阵地。是不是现有的一些新连环图画的内容还是太高了呢？太没有吸引文化水平较低的读者的力量呢？或是内容过于单调引不起他们的兴趣呢？

这是一个怎样好好为人民服务的问题，值得新连环图画的工作者好好警觉而改进的。

特别值得注意的是：这些“跑马书”的读者大抵是年青的小孩子，正是所谓“小人书”的读者。我们应该怎样搞出配他们胃口惹他们喜爱的新连环图画，是很迫切的工作。

其次，“跑马书”的发行纲也是应该注意的。明明知道有害，却为了利润情愿为它们推广，这是一个思想问题，是应该设法加以纠正与提高的。

问题已经提出来了。怎样有效地解决问题，是目前切要的工作。

四月二十五日

珍视祖国文化遗产

造纸厂一向有一个主要的原料来源，就是废纸。所谓废纸的范围，包括得很广。从古书算起，报纸杂志……就都是的。这些废纸大抵是经由旧纸商之手，从城市，从乡下……搜集了来，汇齐以后卖给纸厂，再来改造还魂纸。在这些“废纸”中间，却往往有很多值得保存的东西在。最近在南京，一家藏书旧家把书都要秤了斤当废纸卖了，这中间就拣出了一部已经断种了数百年的宋板金石录。这是一个最重要的发现，也因而提起了大家的注意，觉得过去放任的方式，使无论怎样的书册都变成还魂纸的办法是不妥当的。

积存在上海造纸业原料联购委员会仓库中间的废纸，据估计就有二千七百担之多，这就是说二十七万斤。这是一个庞大的数目。我们不能断定这中间一定有什么海内弧本，可是也不能武断地说这就是十足的只有改制还魂纸资格的废料。在毁去重制之前，加以拣选斟定，应该是必要的，是对人民负责对祖国文化遗产珍视的态度。我们希望大家能及时对这个问题加以注意，并且采取必要而紧急的措置。

同时，这种现象也并不是局限于上海一隅，江南一隅，可以说是全国都普遍存在着的。因此，这个问题的提出也应该是全面的，应该引起广泛的注意的。

愿意大家以爱护我们伟大的祖国的文化遗产的精神来考虑这个问题。

五月二十三日

梅兰芳先生的控诉

梅兰芳先生在“舞台生活四十年”中记述了一件他在天津演出时候遭受日本帝国主义迫害的故事。这样的故事，在从前受惯了压迫、鄙视、折磨的艺人看来，似乎并不算是稀奇的。而且事隔多年，他们大抵也都忘怀了。如果不是由于最近展开了对日寇暴行的控诉，梅先生大抵也不会再记起来，而姜先生也不会再详细地述说了的吧！

天津的所谓“日租界”，和接连着那一块“魔窟”的所谓“三不管”，“下天仙”一带地方，在我们的记忆中间是不会磨灭的。日寇在那里养着汉奸、土匪、特务、浪人，在那里和国民党的反动派相勾结，在那里制造毒害中国人民的白粉鸦片，那里就有专门吸食白面鸦片的旅馆——如德义楼。大批的中国少女被卖入了娼寮，等她们年长色衰，或身染重病时，就往“三不管”的白房子里一送。曹禺先生的日出所记述的就是这种妓院的一个场景。“天下仙”，后来成了“清唱”的所在，一些抹粉涂胭脂的女性轮流地站在台上唱上一段，目的是供给看客的选择的方便。——这些都是受尽了摧残压迫的女同胞呀！“三不管”，充满了流氓、匪特，这些人就是“白帽子”的同党，是直接和反动派和日本帝国主义发生着关联的。

现在，“三不管”，“日租界”都不复存在了。可是我们怎样也不能忘记那些黑暗的日子，我们怎样也不能再让美帝武装了日本鬼子强盗到我们的祖国上来，再制造那样罪恶的场所。不能！我们绝不能容忍这样的事再发生！

我们曾经做过这样的期望，“舞台生活四十年”不仅是一部艺人的传记，一部艺术结晶的史实的纪录。通过了它，还可以让我们看出了过去五六十年的中国的历史。

我们想，这样的故事还多着，梅先生的记述还长着，让我们好好地领略这一部传记中间所包含着的历史吧！

三月十六日

萧长华“送子参军”

关于萧长华先生，读者大概是比较熟习的。他在舞台上坚持了几十年了。他的本行是丑。他又熟习其余各行的业务，他在中国最完整的、历史最悠久的班科“富连成”里教了多少年学生，培植出多少戏剧界的干部。——他的儿子，参加了中国戏曲研究院京剧实验研究剧团的萧盛萱也是富连成的学生——这位老先生的社会经验可够丰富了。他从清朝开始，一直看到解放后的新中国，你想他看了多少世面！

过去，丑角在台上可以打诨，可以随意插科打诨。可以多多少少透漏出一点点人民的愤懑来。这不是好笑的事，这是值得深深地记在心底里的。在过去的那些日子里，只有这样地发泄发泄！我们觉得，这是和“杂文”有相同意义的一种武器。就在解放以前，他在梅剧团里演春秋配，就曾经以贩米客人的身份（小丑）对伪金圆券有过最好的评论。——是当时全国人民的一致的可是不能公开讲出来的评论。

这只不过是一鳞片爪，他的这种经验是够多的，几十年来他的愤懑的积累是不能计数的，因此，在解放后，他的高兴也是可以想象的。

他自然同意，而且非常高兴地亲自陪了儿子到实验剧团去。他说："盛萱是来参加革命的，我是送子参军！"

好！我们要喊好。他说得多么浅出，可是又多么深入——你不要以为他这又是"抓眼"了，他是非常高兴地说出了他心底的意愿。

我们为萧老先生的健康的笑而高兴，我们为在新时代里转变了的艺人们高兴，我们为新中国的人民戏曲光荣的前途高兴！

四月十二日

迎盖叫天

在盖叫天先生出演于华东大众剧院之前，我们谨预致热烈的欢迎。

几十年来，他坚持着他的舞台岗位，始终不屈。这是一位名不虚传的铁汉。就他的待人处世说来是如此。就他的对于艺术的忠诚说起来尤其是如此。而这样的精神，在今天是值得特别提出来表扬的，特别值得戏剧工作者学习的。

就艺术成就上说来，他可以说是中国歌剧舞蹈表演的一个光荣的典型。他创造了短打武生的最繁复而浑脱的舞蹈形式。在舞台上，我们所看到的是美的融合，可是仔细分析起来，他的一举手，一投足，都是可以独立地领受的。他在这种地方可以说是一个苦行者。他的学习的精神是真正值得我们敬佩的。他不是一个天才，他用的是苦功，仔细摆列、安置、练习、修改自己的每一个姿势，这样，他完成了一个完整的系列，于是他就可以任意应用而无不合宜。

我们应该这样理解，他是第一个人把歌剧里的舞蹈程式化了的。不同于一些天才流溢的老伶工，处处是才华的流露，可是不可捉摸；也不像一些后辈演员，一片火炽，一片花团锦簇，然而拆下来却不成片段。不过他的将舞蹈姿势的程式化，却并非呆板的，枝节的，不可连接的；相反的，这一切是浑成的，完整的。

由于盖叫天的存在，我们认识而且肯定了中国歌剧里的舞蹈的美，这是一件重要的事情。因为这是一个真实，是清清楚楚放在观众面前的一个真实。

四月十七日

贺叶盛兰

京剧名小生叶盛兰参加了中国戏曲研究院的京剧实验工作团。这是一个听了使人兴奋的消息。这一行动不只在戏曲界会起好影响，在社会上是也可以引起广泛的影响的。“他参加了国家剧团就等于参加革命。”梅兰芳和马少波两位院长这样说。

叶盛兰扔掉了他背在身上多少年的包袱！

他是名小生。他努力，他有他的成就。他有他的艺人的高傲。这样，他创了小生挑大梁的特例，他演出了一些广泛地为人所知的成功的戏，他也留给人一种印象，高傲，脾气大，好像过去就经常听到他常要角儿脾气的故事。

然而他把这一切都结束了。不做班主而做团员，以富连成盛字科的资格接受戏曲学校和字科的李和曾同志的领导。他说得好，他是服务组织的，他是接受政治水平比他高明同志的领导的。谁还能说叶盛兰脾气怪架子大呢！

叶盛兰的参加京剧院，是一股新鲜活力注射在一个正在发育壮大的组织中间。

我们记得他的“探庄”，我们也记得“三打”里的“探庄”。现在，这“探庄”是会更丰富、更提高了的。在今天，作为一个全国性的示范性的国家剧团，是亟须像他这样的少壮而有能力的干部的。叶盛兰在实验剧团里唱，和他在自己的班子里唱的意义是有极大的不同的。我想大家是都能同意这个意见的。

此外，我们还可以看到无论内外行对他的这一举措的一致的好评。从这可以看出大家的意见是一致了的，整个的风气在转变，在这样的风气中间，叶盛兰有了新的进步；从叶盛兰的进步，也就肯定了一个新的社会观的成长与成熟！

四月二日

血的纪念

中国人民赴朝慰问团中有四位团员在美帝的飞机疯狂的扫射下英勇地牺牲了。在这四位烈士中间有着我们最热爱的艺人常宝堃的名字。这使我们感到无限的悲愤。常宝堃同志的名字应该永远地为我们记忆着，特别应该为我们戏曲界的同志所记忆。他一直走到结末的英勇而光荣的道路，值得我们好好地学习，而且也值得加以发扬，扩大，因为这是可以代表祖国的最优秀的儿女的英勇行径的。

我们很熟悉，不只是在戏曲界中间，广大的人民，广大的听众，也都熟悉的。常宝堃同志是一直使用着他的最熟练的武器在向敌人斗争，为人民讲话的。我们永远记得一件故事，他对日伪的最强烈而动人的讽刺。他讽刺敌伪的虚伪而恶毒的统治。他用了一个配合大众切身利害的事件作题材，在日伪统制之下的北平，他说："面粉的价格很高，不过马上就可以跌落了。可以卖到两块钱一袋，不过那袋子大约只有牙粉袋大小。"

这是多么好的天才的讽刺！尤其重要的，这不是扯淡，这是结合着最强的政治意义的；更重要的是，这是在怎样的环境下面发出来的呼声！这是一件事实，不但鼓起了多少人民憎恨日伪的情感，而且又给戏曲工作者们做了多么好的一个榜样呀！

他是一个出身于旧社会的曲艺工作者。他自发地做了这样英勇而进步的表现，自然地合于一个人民艺术家的要求。他是优秀的，不只在技巧上如此，而且在本质上更是如此。人民热爱着这样的艺术家，特别需要着他，而他，就是血淋淋地给美帝的飞机杀害了。

我们不必说什么多余的话，我们应该拿出我们最大的力量来。

血债必须用血来偿还！

五月十六日

“教师爷”

京剧“打渔杀家”里描写了两个很突出的人物，一个是萧恩，另一个则是丁府的“教师爷”。这两个典型放在一起真是一个很强烈很鲜明的对比。

教师爷带了一批不成材的打手，到萧恩家里去寻事。他的花样也真多，先硬，后软，再硬，最后则是遍体鳞伤，抱头鼠窜而去了。

这就正好是美帝的小影。

纸老虎也会装做出一些“威风”的。原子弹，氢弹，……就正好像教师爷的“左铜锤”“大扁担”一般的架势，吹吹很大，就是试验不得。

纸老虎也有一套花言巧语的。会使用教师爷打架不成，想骗萧恩到丁府去上当那样的手段。可是受惯了欺骗的萧恩却不吃这一套，“你二大爷没有功夫!”这样，就让它的骗局落了空。

重要的是，有了彻底觉悟的萧恩，看穿了地主兼土豪的丁府是他们的死对头，不能妥协的，说好话、赔礼，……都没有用。只有绝对相信，依靠自己的力量，才是劳动人民唯一的生路。

对付美帝这样的纸老虎，那要点也就在此。这种全世界人民的死敌，是不能幻想和它妥协的。至于真的就怕了教师爷与其徒弟那样的打手，就更是愚蠢的事，美帝在朝鲜的惨败就是明证。

在无数像萧恩一样的觉悟了的劳动人民奋起之下，那几名丁府的豪奴，还不是死无余日的吗？

让我们把这种该死的，丑恶的东西们彻底地消灭干净！

十一月十日

绝代丑角

新京剧“纸老虎”已经演出了。一般读者的反应，都觉得这是一出很好的新戏。替京剧在表现现代故事的创作路线上做了一次新的尝试。

这是一出用反派角色出场的戏，那些反派角色中间除了一些武二花之外，大抵以小花脸为最多。好像方巾丑都很少，全是教师爷一流人物。这中间着实有不少出色的丑角。可是，我们现在发现了这当中最出色的一个了。这个丑角在“纸老虎”中的说表还不及他自己的表演出色。这个丑角即是美帝反动头子的杜鲁门。

请看一下他写给批评了他女儿的歌唱得不好的“批评家”的信吧！这中间包含了下流、无耻、泼辣、混横……这样的角色真是无法比拟的丑角。我们旧有的京戏中间也有探亲相马一类的戏，不过那中间的人物比起他来可就温柔敦厚得多了。没有办法，只能算他是一位“绝代的丑角”。

愿意我们的作者，不要放弃这样好的角色的精彩表演，及时地反映到舞台上去。

一月十五日

这也是生活

腐蚀改摄成电影上映了。

我们可以回忆到十二三年以前在香港出版的一本杂志上最初读到茅盾先生这部小说连载时的心情。那时正当抗战开始，这样一个大时代激动着全中国的儿女，大家都想奋身投入这一个圣洁的时代斗争中去。有多少青年走入内地，投入了抗战的阵营。然而他们却没有料到，这个民族的血的斗争，也是有它的不同的两面的。

正应了鲁迅先生曾经引用过的两句话。一面是辛勤的工作，一面却是荒淫与无耻。

在中国共产党领导下的抗战斗争，是坚持了这一民族战争的至高无上的坚贞与圣洁，带着这个民族翻身，带身这个国家重建。可是在国民党反动派那一面，则到处破坏团结，破坏抗战，用罪恶的黑手侮辱了这个神圣的名字。

然后当时是没有人能够清楚地分析这两者中间的分野的。甚至到现在也还有人弄不清楚这个。

在十二三年以前，茅盾先生就用了他的笔，给了新中国的青年儿女的警告。喊出了隐藏在暗幕以后的真实。

当时的读者们是得了大益的，受到了强烈的鼓励的。这里述说了青年男女们怎样从这样血的炼狱里斗争了过来，那真是一丝丝的血痕，一滴滴的血泪。“痛定思痛”，在今天，在人民革命已经获得了基本上的胜利的今天再来重复一下这段血的历史，会使你的眼睛更清亮，使你的斗争意志更坚定，更看清楚了历史。这真是有它的最重要的意义的。

这样的一部名作，由我们优秀的电影戏剧工作者改编了，拍摄了。观众在这里会看到你自己，你的同志，你的爱人的一世永远不会在记忆中磨灭的经历。你重复读了一遍时代的历史，你体验了最真实的斗争的生活。

十二月十五日

四个主题

全国戏工会议要具体地讨论四个主题的议题：（一）贯彻戏改工作政策方针问题；（二）统一戏曲剧本编写与修改问题；（三）改革戏曲界各种不良制度问题；（四）改造旧艺人的工作方法问题。

简单地分析起来，这又可以归纳做两项：（一）改戏；（二）改制。

这是两个不可分割的环节。戏要人演，演员不健全，多好的剧本也演不好；反之，剧本若是不好，即使是第一流的，思想技术都好的演员也无能为力。

同时，这两个重点，要改善，要进步，就一定得平衡地齐步地发展。而且这又不是可以由两批漠不相关的人分头进行的。必须合作，好好地合作，才能有成绩。

改戏，创作新戏，如果专门由剧作者动手，而不取得旧艺人的合作，那一定会造成许多窒碍。内容与形式的不能统一，也多半是这样造成的。怎样才能取得旧艺人的忠诚的合作，这的确是一个相当迫切与必要的课题。

同时，怎样才能使旧艺人有很好的兴致，最大的热诚来推动这个工作，那就不能不对他们的工作环境与生活问题加以最大的注意。试想，如果他们的生活还得不到保障，他们仍旧生活在被歧视，被剥削的情况之下，那怎么又能鼓起他们的兴致来做好改戏的工作呢？

晋惠帝“何不食肉糜”的故事，应该是一个古老的笑话，不能再在今天出现了。

请看一下，全国的剧种有一百六十种之多，职业剧人在三十五万人以上，每日戏曲观众有一百八十万人。这是多么大多么严肃的一个任务。让我们好好地来做好它。

十一月二十七日

胆大心细搞好戏改

不久以前，在天蟾舞台演出的戎社新排了一出戏——“铡包勉”。我们觉得这并不是一个很理想的演出。戏的内容是零碎而一些都不紧凑的。“因人择戏”，这正是他们的缺点，有那么一大批角色，每人都要派一点戏，结果是零碎之至，没有一个人能有好的演出。

这不过是比较次要的所在，在剧情的处理上，也还有一些值得商榷的地方。像一开始，就写了一个刘善人。十分强调地写了“善人”之“善”，和作为被迫害的劳动人民的可怜相。“善人”开仓放粮了，穷人高呼万岁。这是怎样的场面呢？那位刘善人不过是一个地主而已，他不过是将从贫农那里剥削了来的整库粮米散放出去一点而已。

其次，因为有马富禄，所以让他来一场，号召贫农到发放赈粮的官衙前面请愿的场面。群众手执小旗，上写标语，高呼口号，并加演讲，在事前既无好好的酝酿，而在宋朝事实上也不可能有这样的群众行动的。同时，这一行动也和整个的情节缺少联系，只是为了马富禄制造的一个演说场面而已。

后来，就又大为强调八贤王手里的那根“打王鞭”。好像专制时代政治上的任何黑暗，只要打王鞭一举，就都可以消灭了似的。其实，所谓“打王鞭”，就正是专制时代的统治者愚弄人民的工具。让大家寄托虚幻的希望于这样一个虚伪的道具上而已。

这些，不过是粗略地举出来的几点。我们要求一出新编的戏，不能不稍为严格一点，在强调与夸张的处所，最好不要无原则的运用旧的一套。我们希望在搞戏改工作的时候，胆子要大，可是同时心也要细。对旧有的善恶观点之类的概念，都更多思索一下，再加运用。这样才可以好好地达成任务。

一月四日

评模与评薪

上艺沪剧团在“夜深沉”演出以后，建立并实施了“评模”制度。在这次“评模”中间，四位杂务工作者被评选出来了。他们并非头牌明星，他们是坚实的工作者，为剧团的业务，尽了很大的努力而获得了优异的成绩的工作者。

同时，玉兰剧团也举行了“评薪”的制度。徐玉兰同志——她是剧团的主要演员——的底薪由两千张票子折减到一千四百张票子。

这两件事情，说明了什么呢？在从前做不到的一种制度，现在实施了。“工作”放在第一位，而不是什么“明星”与“班底”在起着决定的作用。演员们放弃了自己的地位，报酬，把工作的意义放在“为人民服务”的最明确的标的上了。

从这里，我们可以预感到一个健全的剧院制度，剧团制度的诞生的喜讯，预感到戏剧工作者的自觉地提高。这实在是一件值得提出来的好消息。

十一月二十日

戏曲评介工作者的任务

戏曲评介，并不是最近才有的事。不过在正确的文艺方向下有系统有计划的开始工作，这还是第一次。

回忆过去，我们可以发现，戏曲评介的工作是有两种偏向的。其一，是捧角喝彩，赏色评腔的捧角家；和相反的报复私怨，任意谩骂的一路，这老实说，是都没有资格作为一个评介者出现的。他们错用了也侮蔑了批评的武器。

有相当素养，曾经做过颇有建设性的批评与建议的也不是没有，不过他们大抵偏于纯技术观点，也不是最理想的批评家。

对旧戏曲做思想上的批判，还是解放前一两年才开始的事。不过这也有缺点，作者大抵是新文艺的工作者，不是内行，不能做更多对戏曲工作者有益的工作；而且，他们所作大抵是破坏性的工作，而颇少建设性的提议，只说了不要这个那个，而并未积极提出应该要怎样的东西？这也不能使戏曲工作者满意。

对于今后的工作方向，我们想提出两点希望。

（一）建立在观众中间的“威信”：对于旧戏曲和新的创

作的戏曲的批评，要适如其分。赞扬优点，指出缺点，都要有实在的根据，这样，才能在观众中取得信任，才能更好地推动戏改和创造的工作。

（二）建在戏曲工作者中间的威信：我们不但要批评，而且还要帮助。不单要指出错误的路，而且还要指出正确的方向来。而且这又必须是走得通的真正的正确的方向。使戏曲工作者与批评家中间建立起最亲密的关系来，共同工作，搞好工作。

要达成这样的目标，就必须团结最广大的文艺工作者与艺人一起来干，没有这样的基础，这种期望就不可能圆满地兑现。

十一月六日

零感

过去的地言戏、京戏的剧团，大半不敢也不愿意上演新戏。说是新戏不卖钱，没有观众。然而这现象，在江淮戏的最近的发展情况中是被打破了。新戏特别上座，特别受欢迎；而相反地，老戏却不能维持两三天的上演了。

什么原因呢？因为作为江淮戏的最基本的观众的是工人阶级，而这一年多以来的工人阶级的确是有了长足的进步了的。随了他们的政治觉悟的提高，他们是不复满足于过去的老戏而非常需要好的新戏的上演了。

这说明了什么呢？这说明了一个必然的趋向。观众在变，观众在一天天的进步；因此，各剧种的本身是也非变不可的、非力求进步不可的。不然就会失去了群众。

工人群众所需要的是怎样的新戏呢？这也是值得注意的问题。

这问题也可以从江淮戏的发展史上要求到一个很好的解答。

在过去，江淮戏的原始形态中，群众对它的评价是怎样的呢？（六人三对面。）群众在嘲笑它的简陋、它的单纯。

现在，江淮戏有了空前的进步，无论在内容上在形式上都已经好好地武装起来了。有了“岳飞”那样的好的演出，于是这才受到群众的欢迎。

这说明了，内容也是重要的。工人群众需要崭新的演出，这“新”应该包括“意识”和“技巧”两方面的。只是有了新的戏，没有新的舞台，也还是不行的。这就让我们特别希望同志们更加努力，把新戏的内容搞得更好，好更好的服务于广大的工人群众。

四月四日

最现实的大课

——控诉张匪春帆

自从严厉镇压反革命的运动积极展开以后，在戏曲界中首先逮捕了评弹界的钱匪景章，现在潜伏在越剧界多少年的张匪春帆也落网了。

上海人民对这个恶魔的名字是熟悉的，他就是逼死筱丹桂的凶手。在反动派统治之下，他的确出过一阵“风头”。他逼死了人，还要进一步对死者横加侮辱，用“桃色纠纷”四个大字掩蔽了他的全部罪行。好像筱丹桂的死，不但不是由于他的迫害，而且依照他所从属的反动阶级的“道德标准”，她倒是该死的。我们还可以清楚地记得当时的许多反动报纸将这件“社会新闻”当作头条大事宣染的情景。这件杀人案子就是如此这般地给弄得“哀感顽豔”，冲淡了真相，转移了目标，使被迫死者冤沉海底，使杀人犯逍遥法外了！

现在，这个恶魔终于落网了，终于在人民的面前低头了。我们看了越剧界姊妹们对他的控诉，我们到现在才彻底明白了筱丹桂被迫惨死的事实真相，而且我们也更了解了张匪的更多的罪行。他不只迫害过一个人。在越剧界中受过他的迫害的还有很多人，有的给迫害死了，有的是幸免。

现在，被迫害者吐出了她们的苦水，死者昭雪了她的冤仇。

这件事，就充份地说明了“严厉镇压反革命”的此一运动的政治意义。从张匪春帆的罪行，可以清楚地看出他所从属的那个反动阶级对人民迫害的整个的系列。这不是张匪一个人的问题，这是一个尖锐的阶级斗争。今天人民翻了身，就要坚决地把一向骑在人民头上的那一批坏蛋打下来，而且为了人民的长久的安乐，就必须彻底打垮一向骑在人民头上的反动的阶级。

这对于戏曲界的同志们，应该是最丰富，最现实，最能联系到自己的生动的一课！

五月十三日

编导问题

目前上海越剧界存在着一个严重的编导问题。我们想这不仅是越剧界自身的问题，整个的戏曲界都存在着这样的问题。这是一个制度的问题。为了真正搞好戏改工作，进一步更给人民的新戏曲建立起一个最好的基础，编导制度是应该好好地建立起来的。我们想这个问题应该由编导同志自己起来设法加以解决，同时，也应该取得剧团的合作，和戏改负责同志的协助。这是一个必须设法尽速解决的问题。

编导在剧团里，应该是有他们确定的地位的，而且应该有相当重要的地位。看作雇员固然不妥当，何况看作不定期的被雇佣者，招之即来，呼之即去，就更不是一个妥当的态度。我们想这种态度的发生还是由于一种不正确的观念在作祟。对戏曲的演出，不看作是一种严肃的工作，只从经济观点上考虑问题，或从“赶任务”的观点考虑问题，甚至于过分重视有了地位的编导，而不想从远大着眼，建立好好的编导工作机构。固然这中间也存在着经济……问题，不过基本上不曾有过很好的考虑是不可讳言的。

我们在期待着戏曲界的“百花齐放”，期待着大批的优秀的新剧本的涌现，好好地解决编导制度是必要的。剧本的上演税制度，版权问题，都是应该确定的。话剧与电影，在这些问题上已经有了规定，虽然还不完美，不过总是有了规定的。这样的规定，在新剧本的产生上是有其一定的推动力量的。这样，就使我们有理由要求戏曲界也有一个规定，而且要有结合实际情况更好的规定。

这是一个制度问题，是应该加以重视而且从速解决的。

五月一日

不许有空白

从五月二十五日起，本市各戏院，将有七天的宣传周演出，一致上演配合“严厉镇压反革命”的当前任务的戏曲。这一行动不但表示了上海戏曲界工作同志的崇高的爱国精神，同时也表示了上海戏曲界的伟大的力量。过去上海戏曲界也曾经光荣地完成了不少迫切的任务，不过在广泛性与时间性上讲，这次的宣传周演出也还是没有先例的。这就特别值得我们的注意。

到今天，大家不但已经克服了对“赶任务”的精神上的顾虑，而且在技术上也克服了困难，大家已经熟练了怎样好好配合新的任务而演出了。而且在这样迫切的时间之中，所产生出来的演出也有不少是相当优秀的作品。也有许多在演出之后马上就由观众提了意见，修改了，更完美了。这都充份地表示了大家的慎重处理的精神。

我们可以回想一下，两年来的戏改工作，不是没有困难的，不过困难在大家的努力下都慢慢地克服了。不是没有缺点的，不过缺点也在群众的力量下逐渐纠正了。在从前，我们对一个表现新内容的戏的期待，是慎重的，甚至是不敢预期的。像今天这样的百花齐放的景象，很显明地说明了是戏改工作的值得表扬的成就。也说明了经过学习，阶级觉悟提高了的群众的不可遏止的伟大的潜力。

我们当然不能就以这样的成绩为满足。我们还希望有更完美的成就。不过第一步我们要求的是一致的普遍的表现，希望能做到一点，全市的戏院不许有一点空白。这是检阅我们的戏曲界的力量的一个好机会，也是表示我们戏曲界的对祖国的热爱的一个好机会。我们必须争取全面的表现，让我们这样希望，“不许留下一小块空白！”

五月二十四日

“千夫所指”

在上海戏曲界展开全面的“严厉镇压反革命”的宣传工作之际，有不少优秀的演出涌现了出来。我们愿意提出少壮越剧团演出的“千夫所指”来推荐给观众。

这个戏是真能够做到与当前现实情况紧密结合的一点的。故事是为大家所熟习的，情节是相当曲折的，故事性是浓郁的，然而这些都能适如其份地安插在戏里，不生硬不落套，在演出中间，我们发觉每一个观众都是非常集中地领略剧情的发展的，正因为这个创作不是架空的，不是虚构的，在演出当中我们看到很多地方观众的情感被提得很高，能真正走入戏里，这就表示了演出方法的正确和成功。

其次，我们想指出，在最近的一些宣传“镇压反革命”政策的戏中间，无疑地，以封建恶霸特务汉奸为处理对象的比较要多一些。就题材的收集而论，就市民的熟习与否而论，就处理上的技巧问题而论，就对观众的启发教育而论，我们应该对以匪特的罪行为题材的戏更重视一些，这也是应该的。

再其次，我们就想提到越剧的一个很大的优点——这是一种弹性非常大的戏曲形式。这就是说，它所能表现的题材是宽广的。可以是历史戏，也可以是时装戏。可以是歌舞剧，也可以是情节剧。在表演中我们发现并不存在着太多的困难。在一些古装的越剧中间，是有很复杂美丽的身段的，也可以说是具有相当多的舞台条件的限制的。然而在时装戏中间，这些困难就不复存在，而且是根本不会引起观众的不习惯的。

这就说明了这样一种年青的戏曲形式的光辉的前程。我们还希望重复提出这样的看法，与其利用一件历史故事来暗示来说明一个主题，远不及单刀直入的就使用现实题材来得方便而收效大。而这个，就正是年青的越剧的优点所在，愿意它能勇敢地积极地担任起这个光荣的任务来！

五月二十五日

向老艺人致敬

江南的京剧艺人，从剧生活已经在四十年以上的，现在就我们所知就已经有周信芳赵如泉盖叫天韩金奎几位。戏曲界已经在准备为周信芳先生从剧五十周年纪念举行庆祝了，我们觉得这是很必要而且很有意义的事。

我们只要想想，他们在舞台上奋斗了几十年，始终坚持着，在娱乐群众，在教育群众。多少年来，经历了如许风浪、磨难，结果仍旧稳稳地站在人民的舞台上，这是多么动人的事！

我们对老艺人的尊重，不只因为他们在为人民服务的一面有着辉煌的贡献。并且也因为他们自己本身的成就。这些老艺人，因为对于自己艺术的无上的忠贞，他们大抵都身怀绝艺，而这些，也正是中国舞台上的瓌宝。他们从先辈那里接受下来，又经过自己的融化创造，成为今天的成就。这对下一辈的艺人是最宝贵的借鉴的资料。

因此，对于举行纪念的方式，我们觉得不只是在形式上需要，在实际上的就更为重要。过去，一位在社会上有地位的人士做寿，有用收集一册论文集的方式来纪念的。如果纪念一位成功的艺人，这将不仅是一册论文。这应该包括他的传记，他的舞台身手的纪录，他的歌声的纪录……这种纪念方法，就将更为有意义而更永久。

在今天，我们得以有机会纪念这几位老艺人，就又不能不归结到伟大的现实。人民掌握了政权，人民也就尊敬了自己的艺人。我们不能不想到过去在反动派统治之下，由于不但没有受到尊重照顾，反而受尽压迫，终于默默地死去了的许多艺人，那是使人最不能忘记的损失。

我们怎样能不珍重他们，向他们学习，好好地学习他们的好精神好经验，特别是他们为人民服务的那种崇高的献身的事实！

一月二十四日

敬老大会

上海市人民政府文化局，为了庆祝周信芳先生的演剧五十年纪念，举行了一个戏曲界的敬老大会。这虽然是戏曲界的敬老大会；但是它的意义却并不限于戏曲界，对于各个岗位的工作者，都是有影响的，因为每一种工作部门，都应该尊敬前辈。由于他们为了创造我们的幸福生活，曾经勇敢的战斗过，给我们留下了经验，给我们打开了通向未来的道路，给我们指出了奋斗的方向。敬老，是为了感激他们；敬老，是为了要更好地继承他们；敬老，是为了发扬他们已经做了的，我们这一辈要把它坚持下去。

过去也有敬老，但和今天完全不同。那是封建社会的敬老，要年轻人向老朽了的僵死了的东西低头，以此来遮断年轻人对新事物的追求，使人没有老，心已先老，这和我们今天的敬老是两回事；我们敬老，正因为这些年纪虽老、而心却年青的前辈们，他们过去这样，今日还这样，未来也这样的为真理斗争，为创造好的事物斗争。敬老，必须学习他们这样的精神。

在这个大会中间，最使人感动的是几位老艺人，飘拂着长髯，踏着使人担心而其实却异常健朗的步子步上讲台接受礼品，发表说话。他们说得那么真诚，那么坦白，那么高兴。他们对共产党和人民政府表示了最真挚的敬意。这是真能动人的场面，他们过去不会讲演，更没有机会做这样的讲演。今天他们这样讲了，而且讲得那么好，那么动人。他们的结论，和此一事实的本身都说明了一个真理：人民的艺人真的站起来了！

敬老大会，也只有当人民当权的时代，才能被重视，因为只有人民才重视自己的劳动经验，懂得把它们保存下来，发展开去。这样的敬老大会，在旧的中国不可能有；在新的中国，却必然会成一种优良的风气。

让我们重视这样的敬老大会。上海戏曲界的同志们，因为开了这些的大会，年青的，要更好地学习前辈留下来的经验，年老的，要更好地把经验留给年青的一代！因为大家携手共进，各种戏曲将会百花怒放。

二月四日

戏改一例

“贵妃醉酒”是一出典型的中国歌舞剧。这出戏从开场直至结尾，全部是宛妙的音乐与优美的身段。它没有什么复杂的故事，也没有什么曲折的情节。所需要表现的只是一种情感。一种作为被玩弄的女性的代表人物的杨贵妃的情感；而这种情感，又不是用话语，用唱词表达出来的，要全靠那许多繁复而美丽的身段来表达。

像这样完整的舞剧，在中国旧戏里是绝无仅有的。不过在过去它却被许多低能的演出者给歪曲了。把这样一个暴露被迫害的女性的内心情感的戏理解成了卖弄风骚的戏。于是这出戏就变成黄色的了，淫猥的了，最后终于遭到了禁演的命运。

姑且不管那淫猥的一面是要不得的。就是单就戏情来考虑，一个专制王朝的贵妃，她的那种与太监演出的下流的动作，也是绝不可能的，绝对违反了历史的真实的。

这出戏是梅浣华先生的杰作。他重新把这出被歪曲了的戏整肃了一下，保留了所有的美丽的繁复的几种前人琢磨而流传下来的身段舞姿，而删去了那不合理的、淫猥的……一切。于是这戏就又重归完整，重新作为一出值得骄傲的中国典型的歌舞剧而矗立着了。

在北京，首长们看过梅先生这出戏以后，感到非常的满意。马少波同志就更希望梅先生能将他改定以后的演出脚本整理出来，作为一个定本，给全国的戏曲工作者们参考。现在梅先生已经把他这出戏的演出情况、删改经过详详细细地讲了出来，经过整理，即将在“舞台生活四十年”中陆续披露了。

我们觉得这是一个很值得注意的戏改的好例。

“戏改”的工作，也应该把握住“治病救人”的精神，不是“偏爱”，对于民族的宝贵的遗产，本来就是不应该勇于毁弃的。除非那是不可救药了的，只有糟粕毫无可取了的东西，我们才要扬弃。像这样一出戏，我们是应该不怕花费气力把它改好，保留下来的。

二月二十六日

关于包龙图

在京戏、地方戏、各种戏曲……，这么大的一个范围之内，由于形式和内容的决定，它还是以表现历史的人物和情节为最适宜。而且，这也是它一向最熟习的方面。然而在今天，在检查旧的作品、创造新的作品的时候，就不免会发生若干问题。

姑举一例：

裘盛戎同志表演过一出京戏“铡美案”。看这这出戏的人，根据他自己的思想感情情况，对这出戏就要有种种不同的观感。

有的人会以为这戏太封建了。包拯根本是一个为皇帝忠诚服务的犬马，不值得这样大书特书的。

也有的人会提出这样的意见：包拯的确是在某种限度之内，关心人民，爱护人民的。他唱：“就是那凤子龙孙我也不饶!”一刀，就把陈驸马铡了。可爱。不过他的铡因为对象有国戚、贵族、平民而分成了龙头、虎头、狗头三种，也不免封建。

还有人没有看到封建与否的问题，却对裘盛戎的出场四次，换了四次蟒袍的事实加以批评。包拯是一个清官，怎么能一套一套地换行头呢?

这是很有趣味的三个问题。也代表了不同的思想深度，不同的看法与批评。

第一条是几乎不成问题的。在历史上，君臣是有的，而且也就是那一套，要演历史戏就离不开。而且，包拯的确是一位忠臣。他在当时也不可能有更新的时代意识的暴露。因此，在这一点上，要写包拯，就得照历史上的事件写。

第二条的上半段是不错的。像包拯这样的人，处理起来，就应该强调他的正义感，——哪怕仅是很有限度的也好。而且，包拯一向就是过去中国人民寄托希望的唯一的人物。任何冤屈……都要等他来解决、处理。对这样一个在群众心目中已有深厚印象的人物，我们是应该把他写得更正确，而不该一下打垮的。至于“龙”“虎”“狗”之分，如果确属当日实情，却也难怪。因为包拯是不可能更进一步有泯灭阶级的观点存在的。这样写，会更增加人物的真实感。

第三条的批评是对的，不过却不免陷于琐碎。就像苏三起解的那面行枷非常美丽的不合情理一般。如果这是习惯了的，对表演是有帮助的，这样的小节，也还是可以允许的。

主要的一点，还是要注意到把握历史唯物的观点，“以历史还历史”，应该是最正确的目标。

倒是末了的一场刀铡活人，当场出彩。人头（红布包）落地，双腿颤抖，不免近于恐怖。这倒是多余而有不良影响的场面，以去掉为宜的。

十一月二十九日

雷峰塔问题

“金山寺”真是一出老戏了，它是昆曲，产生在二三百年之前。至于那故事，则来源更古，是很早就有的一个民间传说。

这是一出神话剧而非迷信戏，是已经成为定论了的。最近的论坛上，有一个一致的看法，要找出神话与迷信的区别，须要由阶级观点来审查。如果戏的目的是为统治阶级服务，用来愚弄、恐吓、麻醉人民的，那就是迷信；反之，如果这是人民的反抗意识，借悬拟的想象而表现出来的，那就是神话了。

这样，我们想到，“金山寺”应该是神话戏。就是那原作者，恐怕也是如此想的。因为他为这本戏所题的名字就是“义妖传”。妖而称之曰义，足见作者在这里已经放下了他的同情。

我们又联想到鲁迅先生在五四前后写的一篇文章，《论雷峰塔的倒掉》。文章虽然写于二十多年之前，可是那意义却是崭新的。鲁迅先生用雷峰塔象征封建势力，封建势力倒掉了，被压在底下的女性也获得了解放。

他选取这样的一个好题材，说明了这样深刻的内容，真是一篇好杂文。

在今天，我们重读鲁迅先生的文章，再听“金山寺”这出戏，那感想就完全不同了。因为今天，人民已经真正的获得了解放。不过，雷峰虽然已经倒掉，然而在那废基上却依然还残剩下多多少少的零砖碎瓦。而且，有些人，脑筋中还要有蒙眬的雷锋的影子的吧。

那么，扫除这残余的砖瓦，赶掉那影子，也还是必要的事。“金山寺”也还是一出好戏。关键是在怎样演出这戏，怎样去看这戏。

十二月八日

中国舞的整理

朝鲜的人民艺术家、世界的名舞蹈家——崔承喜，最近正从事于整理中国舞的基本动作的工作，这个消息听了是使人兴奋的；尤其是我们的文艺工作者会听了特别兴奋。

这不但是中朝舞蹈交流上的一件大事，也是中朝人民传统友谊上的一件新的喜事。中朝两国有了一千多年的友谊；而这中间，文化上的交流是占着极大的重量的。这是十分纯洁而优美的历史，在世界的文化史上是很少有这样光辉的例子的。而现在，这历史就正在展开为一新页。

我们还特别对北京三个剧院表示钦佩，因为他们在整理祖国宝贵的艺术遗产上，作了很适当的工作。他们邀请了这样一位不能再适宜的专家来作这样一件工作，东方民族形式的艺术只有东方的艺术家才能有最深刻的了解与最浓挚的热爱。

“舞蹈是从现实生活基础上来的，它的动作表情是现实主义的象征手法，把生活中的技术神化和美化了。”

这几句话真是一位专家的“见道之言”，值得我们的文艺工作者听取的；我们今天特别需要这样专家的出现。因为他们看问题看得清楚、透彻，而且具有最可宝贵的原则性。只有由他们来整理、加工，艺术遗产才不会遭到毁弃。正如一个古雕塑，一幅古画，拿来重新塑过或揭裱，是都需要高明的专家的；否则，乱涂油彩，揭坏画面，不但不可能有新的完美的艺术品出现，连原作也都要给毁了的。

她还表示要研究个别舞蹈动作中间的风格与联系，企图赋予新的精神新的意义，组织成能够反应新时代新人物的新感情的舞蹈，这方针是完全正确的。我们在这里预祝他们的成功！

三月二日

光辉的演出

看了崔承喜舞蹈创作会的演出，深深感到它带给观众的最鲜明深刻的印象，传达给观众的最浓挚炽烈的感情，都是和中朝人民的深挚的友谊分不开的。在这里，我们受了国际主义与爱国主义的最好的教育，同时也看到了中朝人民必然的胜利的未来。

我们看了崔承喜先生所整理的中国舞的基本动作，接着又看了朝鲜舞的基本动作。显然地会感觉到，这两种舞蹈动作是有传统的血缘的。特别是朝鲜舞中间演员的服饰，和我们古代（最主要的是唐代）的妇女装饰是有着最大的共同点的。在我们的博物院里所保存着的发掘出土的唐俑，那中间就有不少是在做着舞蹈的姿态的，也就跟我们今天在舞台上所看见的崔承喜舞蹈班中的朝鲜舞的演员所做的极为相同。

同时我们又听见伴奏的舞乐，那种沉重而苍凉的基调，和我们的民间戏曲中间的唢呐海笛也有其相通之处，我们可以悬揣，这可能就是中国古代的笳吧？虽然在今天，我们已经无法找到实际的证据，可是我们相信这是可能的，而且是有极大的可能的。朝鲜，很早以前——远在隋唐之顷——就已经和我们发生了最光辉的文化上的友谊的国家，是一定保留了大量的中国古代的文化遗迹的。

可是我们又接着看了像“明朗”那样爽朗而明快的舞姿。在这里我们接触的是朝鲜民族的年青的一面。这是一个组织得非常完整而有着高度的艺术上的集中性的创作。它让我们接触了这个民族这个国家的年青儿女的纯洁而美丽的灵魂。而这就正是在今天反美侵略战争中的英勇的不屈不挠的斗争精神的源泉。

什么是能把这两种主要的精神结合起来的呢？是“母亲”。

一个在美帝兽机的疯狂轰炸中拼死保护她的幼儿的母亲。她的愤怒，她的决心，她擦干了泪水投入战斗的复仇的坚决行动。这里，我们听到那舞乐，看到那舞姿，我们发现，这不再是沉重与苍凉，这是深深的愤怒仇恨的郁积。这里表现的不是绝望的哀伤，而是投入火热的战斗的情绪的孕育和成长。

崔承喜先生在表演完“母亲”以后的谢幕中间，她的情感与姿态，是充溢着最明确的政治性的。她获得了最高的成就。

观众在表演中间能够领略的，是必然会远远超过在这里所提出的。

这无疑的是一个有着光辉成就的演出。

六月十一日

展开戏曲研究工作

最近自中央以至各省市，都先后成立了戏曲研究的组织。在这样的组织中间，必不可少地需要有图书资料室。这是有它的一定的重要的意义的。

谈到研究，必须有研究的对象；同时研究的成果也必须有很好的纪录与整理。这就是这一工作单位的存在的意义。

随了“建设爱国主义的人民戏曲事业”的开展，我们的工作是会逐渐走上专业化、深入化的道路上去的。在这中间，就时常会感到资料的欠缺。比方要发掘一个传说故事的起源发展成型以致最后在舞台上表现出来的现存的戏曲形式，这中间就需要有丰富的资料。过去是把研究工作付托给专家的。专家要靠他私人的藏书、藏器、藏画……如王国维以次的一些专家，就都是如此。他们的成就是有限度的，因为他们不可能有最完备的资料。现在这工作是由国家的专设的机构来推动了。专家们可以减少了后顾之忧，可以充分发挥他们的聪明努力于真正的研究，而不必再费心于资料的收集，这是可以为戏曲研究事业打下最良好的基础的准备工作，所以我们一定要把这工作作好。

我们想指出值得注意的两点：

首先，研究的工作与实践是不可分割的。我们不需要钻牛角尖的研究与考证工作，一切工作必须要与当前的需要作最好的配合。收集资料的基本精神也应该如此。

其次，工作的展开也必须与地区作最好的重点的配合。比如在上海在华东，对于越剧、沪剧、甬剧、江淮戏……这些资料的收集就是最方便也最需要的。在四川，那就应该收集有关川剧的资料。我们并不需要一些徒具形式其实却内容空洞的研究资料室。

有很多曲本、道具，……特别是在若干年以前的，在今天都成了瓌宝，这是戏曲在当时的不受重视，士大夫不屑于记载，反动派漫加摧残的结果。其实，存在于目前的一切一切舞台上下的种种，在未来的时代里看来，也都是最好的资料。我们不但要搜集从前的资料，尤其是应该有系统地整理纪录目前的资料。这样，戏曲研究的工作就会是有机的、活生生的了。

四月十一日

关于历史剧

关于处理历史剧，我们认为唯一的正确途径是“以历史还历史”。这里所说的历史，必须是用新的观点严密地有系统地整理过的历史，绝不是过去的那一套由御用史官或替反动的统治阶级说法的作者所写的历史；可是也绝不是用机械的方式将一些二十世纪六十年代的新观点、新感情硬套在历史人物的身上，让这一批穿着古衣冠的人物在舞台上说新名词喊新口号，创造历史上的“新的奇迹”的历史。

历史本身是包含着丰富的教育性的。如果是用正确的辩证唯物的观点，把握住了历史发展的规律，好好地整理了出来的历史，那在它的每一个发展环节之中，是都可以汲取出不同的教育意义来的。这教育性就存在于没有被歪曲的历史真面之中。此外是不需要增加多余的不必要的渲染的，因为这样一来，就反而失去了历史的真实的说服性。甚至有时也还会弄得拙劣了起来的。

我们特别指出这个问题，不是说不能写历史剧，而是想提起同志们的注意，更严密地、郑重地写。不是说不能“借古喻今”，而是说要好好地使用这个“喻”的武器。这大概是很清楚而明白的论点。

譬如“信陵君”，我们是承认它含有一定的教育意义的，而且也肯定它的编导演出的同志们的主观上的努力的。不过它的教育意义，我们觉得就是在说明“唇亡齿寒”这一个历史事件的教训上。只要忠实地严肃地处理了这个题材，就能使观众接受预期的教育效果。可是如果将信陵君的三千门客也当作人民群众来处理，让他们打着“抗秦援赵，卫国保家”的大红旗，在信陵君这样一个“伟人”的号召之下浩浩荡荡地出征。主观上愈是想把这一历史事件弄得和今天的现实一模一样，那它的毛病就愈来愈大。等到观众被演出“教育”得把“抗秦援赵”与“抗美援朝”混合为一谈的时候，那就要发生主观上不曾预期的不良后果了。

在演出历史剧的时候，是不是必须慎重，必须好好地把握使用“借古喻今”的武器呢？我们的回答是肯定的，并且诚恳地在这里提出，供同志们的参考。

四月九日

争取做“响档”

“评弹”，是为广大听众所欢迎的文娱形式，工人同志们，不例外，也是欢迎的。这样，在工人文化宫里，评弹是很重要的一项文娱节目。“评弹”之走入工人文化宫而且占有颇为重要的地位，这，是“评弹”的光荣。因为它已经被肯定为一种可以为工人阶级很好地服务的文娱形式了。同样，使用这一文娱形式的艺人们也是值得自己骄傲的，因为你们的艺术已经获得广大的工人阶级的喜爱。

这样，怎样争取到工人文化宫去表演，怎样努力在工人文化宫把自己的新书说得更好，怎样设法多创造一些新书，多创造一些好的新书，就应该是评弹改进协会的同志们毅然负起的光荣任务。

“响档”，这是一个在评弹界独有的称呼，是指有地位、受听众欢迎的评弹工作者而言的。过去，“响档”除了具有优秀的书艺之外，似乎还附带地在说明这是一位风头上的说书人。而这“风头”的出法就不免各式各样，除了书说得好，钱赚得多以外，甚至连私生活不检束也要算在里面。我们想如果“响档”的解释是如此的，那就不免是一种耻辱。

在今天，“响档”的定义应该改变了。谁为人民大众服务得好，获得广大人民的欢迎，那么谁就是“响档”。

我们希望在评弹界里，大家都建立起这种新的看法，同时大家也都来争取做一个新时代的“响档”！

五月十日

放噱问题

文化局戏改处，曾召集评弹协会的同志们讨论过一个问题——“放噱问题”。这个问题，也只有在上海才会发生的吧。“噱”这个字，就是吴语方言的特产。也可以说是“洋场”的特色之一，“噱天噱地”“噱头造反”，就是过去经常见于广告的字眼，好像从前上海的小市民，缺乏了“噱头”就有如缺乏了维生素一般的。

那么，在评弹中，放放噱，无疑也是过去的“时代要求”吧？

噱，我们想，是也有健康与不健康的区别的。不久以前，我们谈过劳动人民所需要的，所具有的健康的笑的问题。这笑，也可以说就是噱之一面，不过这却是健康的一面。讽刺，对敌人的讽刺，对反动统治阶级的讽刺，那不但是应该容许，而且是值得夸耀的。

可是，问题往往就发生在不健康的一面。淫猥，反动……这些，有时候就会钻空子，一不留神就“放”出来了。这对于人民是有害的。

不成问题，有部分的评弹艺人，也还会觉得这是一个很好的武器。能够抓住观众的武器。这我们也承认的。不过，这武器必须是正面的，发生好作用的，这个前提，我们想，同志们也一定是同意的。

而且，在经过了学习，和时代的改造的听众们是否仍旧欢迎那老一套的“噱头”，也是大有问题的。这实在是值得重复思考的事。

此一原则，我们以为，不独可以应用于评弹上，在一切艺术形式上，都是可以应用的。

十二月十七日

新书戏

评弹改进协会最近经常上演新的书戏，这是很能引起市民和书场听众注意的一件大事，很值得注意。

提起“书戏”，这也并不是一个新名词了。过去一直就有的。把几位“响档”，拼在一起，各扮剧中人，连唱带说，把原来是只有说唱的表演扩大成为增加了表演的说唱。这是非常能够引人注意的。不过从前那些会上，表演的大抵仍属老套，“三笑”“玉蜻蜓”之类，更加上了表演，那效果不过是单纯的增加了趣味化而已。

可是，用这种形式，来配合目前的“抗美援朝”的宣传任务，那效果就会大大地不同。特别值得注意的是，这里的观众，一般说来是比较和时事宣传教育接触得最少的。他们不大看重电影，不大看报，更难得开会听取报告。可是这一大串书戏，他们可就都去了。也都因此而部分地明了了当前的形势，这一作用，是不容漠视的。

不过，值得注意的也就在这里。正因为这里的宣传对象是政治水平比较低的，所以，就不能不特别注意，一切煊染，效果，都应该注意是不是会发生反面作用，或者是流于油滑，虽然有了趣味，然而却远离了宣传的标的。

在宣传上，不但要将美帝写得卑鄙无耻，也还要揭穿它的阴毒险狠，不但要教观众鄙视，还得要观众仇视。最后，还必须归结到怎样搞好目前的抗美援朝的实际工作。这是最重要的。

我们绝对欢迎评弹改进协会的这一新的努力的尝试。而且希望今后更大规模更经常的搞。因为这一形式，比了编一套新书，说半年六月才说得完的要好得多。可是，我们也愿意提出这样一点小意见，给同志们参考。

十二月二十六日

要求更严肃

评弹协会配合戏曲界镇压反革命演唱宣传周，在卡尔登演出了两个书戏——“兄妹除奸记”和“大破遇仙堂”。他们的演出的意义是值得我们肯定的。现在，想就书戏本身的型式说几句话。

评弹，是以说唱为主要表演方法的。这样就有了它本身的限制。以书戏的形式来演出是又增加了表演，是特例而不是惯例。不过我们现在就要肯定这个并非惯例的演出方式，不但肯定，而且还要求它更能提高一步，因为这是使评弹获取最有效的宣传效果的一个好的方法。

我们知道，所谓旧书，已经为听众所熟习而接受了的评弹脚本，都是经过多少年的琢磨研究而产生出来的。为了赶新任务，要创作长篇而成熟的新脚本，不是一件容易的事。这样，短篇的创作与书戏的演出就是非常必要的了。

不过，无论听众还是评弹演出者本身，都必须扫除一个观念，那就是评弹的唯一特点是“放噱”的这一个看法。评弹的主干是故事，故事的生动、曲折、有思想性……才是它的主要的生命寄托所在。绝不是靠卖弄噱头就能成功的。我们肯定给劳动人民以健康的笑，可是要注意这笑必须是健康的，而不是无原则的。

像“大破遇仙堂”，在丑化“顺政国皇帝”这一方面强调了，就容易引起观众的不正确的看法，如果张匪顺宝这样的罪大恶极的反革命分子只是一个滑稽而荒谬的“妖道”的话，那么上海人民对他的大张旗鼓地控诉不是就显得有些“小题大做”了吗?

我们很清楚地看见了“顺政国皇帝”在台上乱抖，在胡闹，“金童”“玉女”以至一些“大臣”们甚至于公安同志也在公开地“场笑”，我们也听见观众在大笑，好像是在看一出轻松的喜剧。可是同志们，今天我们所处理的题材，可绝不是这样一个轻松而可笑的滑稽剧呀！这样的演出，只由最后板起面孔来的公安同志一声断喝，一段讲演，是解决不了问题的，挽回不了既成的效果的。

像“兄妹除奸记”里的饰匪特的刘天韵同志，演出就是比较严肃的，不可否认地，也取得了观众的欢迎。为什么非要无原则的卖弄噱头呢，难道说这就是成功的唯一法门吗?

我们要求评弹工作者好好掌握趣味与油滑的区别，工作得更严肃！

五月二十九日

不能忍受

关于“武训传”之一

关于“武训传”的讨论已经展开了。很多位同志又重新看过一次电影，看完以后大家都有很多意见。很普遍的一种是当初看的时候就已经发现了很多不以为然的地方，可是总说不出那所以然来，现在重看，在读过了人民日报的社论以及一些非常结实的批判文章之后重看，那当初不以为然的一些处所，才终于明确起来。这就证明在进行关于“武训传”的讨论学习中间，的确已经将自己很好地提高了一步了。

重看“武训传”，的确有很多地方使人有不能忍受之感。

举例而言。武训跪在地下，嘴里叫卖着他出卖肉体体罚的价格，“两个钱打一拳，三个钱踢一脚”！这已经使观众不能逼视了。后来两个地主的豪奴上来打而又踢了，这姑且算是“合理”的处置吧，因为他们是“豪”奴。可是旁边又围了一大堆看热闹的老百姓，很有兴趣地在看这样的“喜剧”的进行，最后居然也有人跃跃欲试，也参加了踢打的行动。这就造成了不能忍受的场景。

这些老百姓是人民呀。他们竟自无动于衷地看着这样残酷的暴行，而且很有兴趣，最后居然也高兴地参加了这种暴行。出了两三个钱的代价，满足了自己的虐待狂。这不是对劳动人民的侮辱是什么！我们又怎样能够心安理得地看着这样对劳动人民的侮辱画面而沉默，如果是怎样，那千千万万的观众不也就成为旁观喝彩的更多的帮场的看客了吗？不能忍受，正是必然的当然的反应。

这里就又让我们联系到重要的一点，无论处理的是电影，话剧，戏曲；无论这被处理的题材是历史的还是现代的。凡是群众的场面出现，就一定得慎重，得设身处地地想一想。千万不能侮蔑，歪曲，丑化了这些群众。不要以为处理的是古人，可以马虎，主要的是看戏的是今人，是今天的人民大众。人民大众是不能忍受加给他们以无端的侮辱的。

五月三十日

太不真实了

关于"武训传"之二

"武训传"这部电影，有很多使观众看了感到非常不真实的地方。

关于电影中的一个重要的女性——小桃的穿插即是如此。

小桃是一个被地主用欺骗手段骗了来的贫农的女儿，受着最不人道的折磨和侮辱。可是她曾经不屈不挠地反抗过，她曾经打了一个得宠的大丫头的耳光，她也打了买了她去做老婆的屠夫的耳光，从很多地方看来，她是一个个性坚强而反抗意志极为坚决的女孩子，可是编者安排着使她爱上了武训这个白痴，这就使人觉得太不真实了。

武训，从头到尾，给人的印象是一个毫无反抗性、奴气十足的奴才。小桃怎么会爱上他了的呢？

小桃能从武训那里得到什么帮助呢？就是想要帮助这样一个孬种，他又会有怎样的出息呢？他还不是像一摊鼻涕一样的扶不起来的刘阿斗。小桃逃了出来，去找武训，而且也有了结合以后生儿育女合作谋生的愿望，可是武训却变成了疯子，去跪在广场里面出卖"打一拳""踢一脚"去了。小桃一点都不失望，远远地站着，用悲天悯人的目光向这个白痴注视着，发挥柏拉图式的“爱情”。这是可能的吗？这真会是一个贫苦的农家少女的感情吗？随便怎样也不能使人相信的。

根据武训的一些历史传记传说，都不曾提到他有过这样一段恋爱的故事。小桃这个人物无疑是作者“创作”出来的。是为了电影而电影吗？“英雄若是无儿女”就不成吗？还是怕武训这个人物太变态了，太像白痴了，特别替他制造一些人情味的穿插呢？

制造典型人物可以结合很多人物的特征而加以塑造、综合。可是这必须是真实的，必须是典型的。意马心猿，向壁虚造是不成的。

历史的真实是绝对不能歪曲的，必须以历史还历史。像武训这样一个白痴，用尽了最巧妙的方法也救不了他；相反地，只能使他变得更为白痴变态！

五月三十一日

被歪曲的周大

关于“武训传”之三

“武训传”中处理了一个人物，使用了非常不真实而拙劣的“传奇”手法，出发于空想、虚构，一点都没有照顾到历史的真实，结果就造成了思想上与政治上的严重的错误。

这个人物就是太平天国的革命者周大。通过了银幕上的画面，再经过武训嘴里的“光杀人，行吗?”的极度歪曲与侮蔑的口吻，就将革命者描写成了十足的暴徒。

这一个严重的错误，是特别值得我们警惕的。

“武训传”中的太平天国革命者，骑了马，隐现于树林庄稼之间，就有如一群出没无常的草寇；这是二十年前的影片“火烧红莲寺”里的场面呢，还是美帝电影中间的“西部英雄”呢？总之，这不可能是有政治觉悟的有组织的革命的队伍。特别是后面的那一个场面，周大手挥标枪，一下刺中了房间里面的人，而发出一声惨叫来。这样的处理，简直就好像出现于美国电影中间被侮辱的红人，是使人不能忍受的。

我们觉得，即使是在戏曲中间，在可以使用比较突出的舞蹈手法的场合中间，也不可能容许这样处理方式的存在的。

在我们的舞台上，也经常会遇上需要表现英雄人物的处所的。在表现英雄的英武勇猛之际，就必须要考虑到人物性格中间的严肃的一面。一个英雄人物的造成，除掉他的武勇之外，最重要的还在于他的思想。说回来，人物的思想也决定了他的动作。大将是大将，绝不可能是轻佻的草寇。他的气度，他的语言，都不是可以贸然处置的。自然，这还是说明有了正确的认识以后描写上的问题，如果是空想的虚构的那就更说不到这些。

六月五日

不倒翁

关于“武训传”之四

在“武训传”里，导演使用了一个“小手法”。这就是武训从他母亲那里接受了来的一个不倒翁。他热爱这个“不倒翁”，多少年不去身；他还特别从这个小泥人身上获得了立身处世的“哲学”。而这并不是什么“韧性的戏斗”，倒是货真价实的“自己流口水的下贱的奴才”的哲学。

从这个“不倒翁”身上，我们可以联系到两件重要的事实：

第一个就是普遍存在于旧社会中间而且深入人心，结合了道家思想、乡愿思想、定命论思想而形成的一种反动的思想体系。从老子的那一套道家哲学开始，结合了几千年来封建统治的便利，张公道的百忍堂就成为普遍崇奉的处世哲学的标本。“忍过事惬喜”也就成为很现实很有诗意的口号。不但取消了劳动人民的反抗意图而且还要让人们从忍受苦难中间找寻“快乐”，把斗争变为投降，把一切不合理的压迫都解释为宿命的。“命该如此”,“在数难逃”,“修来世”，……就都是取消斗争取消反抗的“思想武器”。

很多人看了“武训传”，受了他“苦行”的迷惑，只钦佩他的“挨打不还手、挨骂不还口”，却并未更深地联想到这是怎样的一种处世态度，怎样的一种处世哲学，不能不说是受惯了过去“逆来顺受”“吃亏就是占便宜”的教训毒害的结果。这是值得深深地使我们警惕的。

其次，我们看了那个不倒翁在电影中间的有机地连续地出现，就不能不感到这是受了欧美资产阶级艺术趣味——特别是美国电影方式——深深影响的结果。那种温情的，罗曼蒂克的处理方式，不能不说是美帝电影毒素的具体的表现。我们普遍地存在着一种看法，表现手法是一种艺术形式，是不会影响到被表现的内容的。现在，“不倒翁”的具体实例就给了我们一个现实回答。形式与内容是不可分割的。这种资本主义文学艺术的特殊的表现手法，最适宜于表现的而且必然地会表现出来的是怎样的意识形态是很明白的事情。这一个教训，应该是对文艺工作者们特别重要的。

六月八日

“青衣行酒”及其他

在最近，怎样处理历史剧的问题，被提出来的比较多，也普遍地引起了大家的注意。关于批判《武训传》的学习运动展开了以后，就更显示了这个问题的重要性。对于怎样处理历史事件，怎样对付历史人物的问题，的确是值得仔细研究的。

这里，我们预备只举出历史上的皇帝来作一次小小的推论。

中国的封建统治时期延长得很久；在这么长的一段时期中间，经常都有皇帝这样人物存在，作为封建统治阶级的代表人物而存在。因此，在处理历史剧的时候，也就会经常遇上皇帝这样的人物。比方，最近在华东大众剧院上演的《皇帝与妓女》中间，就有着一个皇帝——北宋的末代皇帝宋徽宗。这个皇帝是中国历史上最倒霉的皇帝，他丢尽了中华民族的丑，他被外国侵略者俘虏了去。他的丑态发展到最严重的阶段的时候是在朝廷上青衣行酒，穿了奴隶的服色唱曲跳舞替侵略者取乐。这是不是事实呢？是的，是沉痛的历史的真实。可是我们有没有把这些事实在今天搬上舞台的必要呢？

我们的回答是无此必要。不但是无此必要，简直是非常不恰当的。

在今天，中国人民已经勇敢地站立起来了。新爱国主义的精神普遍地高涨，中华儿女的最优秀的品质正赢得全世界爱好和平的人民的欢呼。在这时候，有什么理由要拣选这样的人物出现于向人民宣传教育的新戏曲中间呢？

如果我们从社会发展规律出发去看历史问题，那么，皇帝除了是封建制度的代表人物，凶残暴虐地进行着反动统治者之外，就也有个别是曾经对历史前进有着积极作用的人物的。秦皇汉武，以至明朝的朱元璋，就都是对历史的发展起过推动作用的皇帝。如果我们要将皇帝作为戏曲电影的人物而表现的话，选取好的，不是远较最坏的最倒退的更有必要吗？

如果再推论下去，要表现皇帝的凶残，无耻，反动，我们觉得也是一个严肃的工作，而个别的戏曲工作者却往往把这当作了最轻松而容易的工作。他们有了一个最原始的概念：皇帝是反动的，反动的人物应该丑化，而丑化则是在鼻子上涂点白粉。

在上海市春节戏曲创作竞赛的剧本创作中间，我们就看到了这样的例子。我们以为这样的处理方式是不恰当的，这是不负责任的作风，是思想上的懒汉的办法。

试想，一个皇帝如果只是一个小丑，他就不再是可恨的，而是可怜可笑的了。在这里，创作者就使用了自己的单纯的逻辑把自己的主观愿望和客观实践搞得完全分离了。

提到创作的风气，我们认为也是不能脱离历史发展的规律的。以京戏而论，谭鑫培的兴起与成功，正是所谓“满城争说叫天儿”的时代，也正是中国民族遭受着最严重苦难的时代。谭调的苍凉悲壮就几乎成了“时代的声音”。这不是没有缘故的。准此，剧本的创作也就不能例外。一些悲剧的盛行和普遍的流传，也就不能和时代完全无关。在清末，一些晚明史剧的搬演；在抗战中间一些爱国主义的戏如周信芳先生的《文天祥》的上演；普遍地获得了观众的欢迎，也得到了很好的教育效果，就都因为在当时那种时代，这些戏曲是有现实的意义的。

在今天，如果再搬演这样的戏，客观上是会收到怎样的效果的呢？这就不会是鼓励而是打击正在高涨着的新爱国主义的精神的戏曲了。因此，这些戏在今天的上演，也就成为没有必要而不恰当的了。

在蒋匪帮统治的时代，我们上演暴露统治阶级的黑暗与皇帝的丑态的戏，是有戏斗的意义的。而在今天，在人民当了政的今天，这样的意义也就不复存在。

至于宋徽宗与李师师的故事，特别是在妓院里皇帝与大臣们尴尬地相遇的故事，不容否认地是从周美成的一首《少年游》而来的。“低声问，向谁行宿，城上已三更。……”这样的词句至今还成为我们新时代的作者的创作的提示，也是值得注意的问题。李后主与宋徽宗，都是皇帝而兼“绝代才人”，也都各有其“风流缠绵”的故事，也一向对戏曲创作者是一个严重的诱惑。在过去，很多人对这两位是同情的。

这种同情是严重的丧失立场的表现。好像作为一个皇帝，就应该太太平平地统治着，荒淫无耻地生活着，一旦倒了楣，也就格外值得怜悯，“可怜薄命作君王”，那身世就不但“缠绵”而且“悱恻”了。不过在今天，我们想这样的诱惑应该是不存在了的。因为我们已经不再需要什么感伤……

而且从这种伤感而颓废的题材出发，虽然运用了新的手法，加上了新的意识，也还是无法扭转那原始的气味的，最好也只是弄成了四不像。

希望我们的文艺工作者运用崭新的革命的乐观主义的精神来搞创作，扔掉那些腐朽的黯黑的记忆，迈着勇敢的、轻快的脚步前进吧！

后记

自从一九五〇年十月份开始，《文汇报》的第四版增添了一栏短评的地位，叫作“文娱杂谈”。目的是配合每天的新闻撰写评论，帮助读者做进一步的了解。由我每星期写五次。题目虽然决定了是有关“文娱”的才可以写，有时候也谈得比较广泛一点，有关文化的也都包括了进去。迄今已将九月。自己检查一下，觉得实在惭愧得很。由于思想水平的不够，恐怕很少能够达到预期的效果。不过从这些文字里倒可以看出一个重要的事实，自从抗美援朝运动展开以来，曾经有那么许多重要的宣传教育运动继续发动，文艺界的同志的努力是显然可见的。我自己重读了这一些文字，也好像重新回忆了一下每一个运动的过程，实在是很使人兴奋的事。

在这半年多以来，群众的政治觉悟的确是大大提高了。有许多短评，在现在看来简直已经是早已失去时效了的。譬如，我们曾经做过肃清美帝电影的工作，曾经申述过一些道理。在今天，这些道理就已经普遍地成为群众的认识，重读之际，就不免会觉得幼稚而可笑了。这个事实充分地说明了群众的进步。也更进一步证明了时代的飞跃。向群众学习受群众的影响也获得了进步的自己，在面对这些事实的时候，是有说不出来的感动的。

在这半年多的时间里，也曾经提出过一些问题。特别是关于戏改工作方面的比较多一些。这些问题有些已经解决了，有的还有待继续深入的检讨。为能力所限，这里也只不过是把问题提了出来而已。现在把存稿稍加整理，去掉一些已经失去时效或写得太浅的文字，编成一册小书。希望在这里还保留了一点这个大时代的面影，在作者说，就已经是很满足的事了。

一九五一年六月二十一日

图书在版编目（CIP）数据

旧戏新谈　一脚踏进朝鲜的泥淖里·拟美国兵日记　新北京　和平鸽的翅子展开了/黄裳著.-- 济南：山东人民出版社，2022.1

（黄裳集.创作卷.Ⅱ）

ISBN 978-7-209-12057-9

Ⅰ.①旧…　Ⅱ.①黄…　Ⅲ.①杂文集—中国—现代　②散文集—中国—当代　Ⅳ.①I266.1　②I267

中国版本图书馆 CIP 数据核字(2021)第 014619 号

旧戏新谈　一脚踏进朝鲜的泥淖里·拟美国兵日记
新北京　和平鸽的翅子展开了

JIUXIXINTAN　YIJIAOTAJINCHAOXIANDENINAOLI·NIMEIGUOBINGRIJI
XINBEIJING　HEPINGGEDECHIZIZHANKAILE

黄　裳　著

主管单位　山东出版传媒股份有限公司
出版发行　山东人民出版社
出 版 人　胡长青
社　　址　济南市市中区舜耕路 517 号
邮　　编　250003
电　　话　总编室（0531）82098914
　　　　　市场部（0531）82098027
网　　址　http://www.sd-book.com.cn
印　　装　天津图文方嘉印刷有限公司
经　　销　新华书店

规　　格　16 开（160mm×230mm）
印　　张　32
字　　数　318 千字
版　　次　2022 年 1 月第 1 版
印　　次　2022 年 1 月第 1 次
ISBN　978-7-209-12057-9
定　　价　86.00 元

如有印装质量问题，请与出版社总编室联系调换。